LE SORT VERS LA GLOIRE

UNE PETITE ENQUÊTE DES SORCIÈRES DE WESTWICK

COLLEEN CROSS

Traduction par
ELISE DELEHAYE

DU MÊME AUTEUR

<u>Inscrivez-vous à son bulletin</u> d'information pour être immédiatement informé de nouvelles parutions !

http://eepurl.com/c1hzCv

Fraudes : Thrillers judiciaires de Katerina Carter

Stratégie de sortie: Crimes et enquêtes

Theorie des jeux

Formule mortelle

Mise au vert

Rouge vif - Nouvelle

Lune Bleue - Roman court

La Couleur de l'argent : Enquêtes criminelles de Katerina Carter (Coffret 3 volumes)

Thrillers judiciaires de Katerina : Tomes 1 et 2

Thrillers judiciaires de Katerina Carter : Tomes 3 et 4

Les Petites Enquêtes Surnaturelles des Sorcières de Westwick

Charmée de Vous Rencontrer

De la Sorcière à la Richesse

Le sort vers la gloire

Enquêtes Surnaturelles des Sorcières de Westwick

Site Web :

http://www.colleencross.com

<u>Inscrivez-vous à son bulletin</u> d'information pour être immédiatement informé de nouvelles parutions !

http://eepurl.com/c1hzCv

LE SORT VERS LA GLOIRE

Une Petite Enquête des Sorcières de Westwick

Les sorcières vont à Hollywood, et la magie du cinéma s'emballe !

Lumières, camera, assassin...

On vient de tourner un film à gros budgets en ville, et Cendrine West, journaliste, meurt d'envie d'en tirer un bon scoop. Sa famille de sorcière voudrait bien elle aussi sa part du gâteau, mais des magouilles de stars transforment cette aventure en une véritable tragédie hollywoodienne.

Les cadavres s'empilent plus vite que les malédictions durant le sabbat, et tout pointe vers la famille de Cen et leur amour pour la célébrité. Rien ne les arrête dans leur quête de célébrité surnaturelle, même si cela implique de perturber une enquête pour meurtre.

En guise de résultat, nos sorcières ont créé un sacré désordre et offert l'opportunité au tueur de s'en tirer en toute liberté. Cen décide donc d'utiliser son propre cocktail de dons surnaturels et de sens de la justice pour réussir à contenir un peu sa famille — mais parviendra-t-elle à démasquer le tueur avant qu'il ne frappe de nouveau ?

Bientôt au Far, Far West !

Le Sort Vers La Gloire est fait pour les fans de romans policiers surnaturels, de petites enquêtes, et de sorcières effroyablement drôles.

Ce livre peut être lu à part, mais si vous voulez en savoir plus sur la famille des sorcières de Westwick et sur leur histoire, vous pouvez commencer avec le premier tome : Charmée de vous rencontrer.

Au sujet des Petites Enquêtes Surnaturelles Des Sorcières de Westwick

Westwick Corners est loin d'être une petite ville normale. Ou d'être une ville fantôme normale, d'ailleurs. C'est l'endroit rêvé où disparaissent les gens qui ne veulent pas attirer trop d'attention sur eux, et c'est aussi parfait pour que les sorcières pratiquent leur magie sans problèmes. Cette combinaison occasionne des enquêtes fort intéressantes et très humoristiques, où nos sorcières sont toujours de la partie ?!

Entre Ruby et ses essais de cuisine, Cendrine et ses enquêtes d'amatrice, et l'école de magie de Pearl, tout le monde cherche à trouver l'ingrédient miracle qui apportera gloire et fortune aux sorcières et redorera le blason de Westwick Corners. Elles sont perpétuellement en quête de nouvelles affaires en espérant qu'elles fonctionneront, comme l'Auberge de Westwick Corners, le Witching Post Bar et Grill... Ou, bien sûr, l'École de Charmes de Pearl, où les sorcières vont déchiffrer des énigmes, lier des sortilèges, et créer leurs propres mystères. C'est juste dommage qu'elles soient sans arrêt perturbées parce qu'il y a continuellement des choses étranges dans l'ombre à Westwick Corners, du plus mesquin des crimes au meurtre.

La Famille West est depuis toujours à Westwick Corners et y restera à jamais. Elles descendent d'une longue lignée de sorcières qui y réside depuis la nuit des temps

Je suis en train d'écrire le prochain livre de cette série d'enquêtes surnaturelles, une enquête surnaturelle qui se produira le jour de Noël. Tant que les gens aimeront ces romans policiers surnaturels, je continuerai à les écrire. Merci, chers lecteurs !

CHAPITRE 1

*L*es vedettes de cinéma sont parfois des créatures exigeantes et irascibles. Mais je ne me serais jamais attendue à ce que Tante Amber réponde à l'un ou l'autre de ces critères. Non seulement elle était une sorcière accomplie, mais elle était également habituée à faire respecter sa volonté en tant que membre senior exécutif de la Witches International Community Craft Association. La WICCA, c'était toute sa vie.

Et pourtant mon accro au travail de tante avait abandonné sa carrière pour devenir actrice. Elle n'avait jamais exprimé le moindre intérêt pour la comédie et n'aimait même pas aller au cinéma, de telle sorte que l'idée de la voir figurer au casting d'un blockbuster m'était totalement ridicule.

Et pourtant, en moins d'une semaine, elle avait décroché le second rôle de *Le train sifflera à midi*, la séquelle de la superproduction à gros succès *Le train sifflera à minuit*. Et elle avait aussi convaincu un génie de la production de tourner ici à Westwick Corners. Notre ville presque déserte avait certes bien besoin de ce coup de pouce économique, mais sur ma tête, je ne pouvais absolument pas comprendre comment cette commune délabrée avait pu être choisie.

Cela n'avait aucun sens. Soit Tante Amber avait de puissants liens avec le gratin d'Hollywood, ou alors elle avait chargé sur la sorcellerie, ou les deux. Les détails étaient toujours vagues, et je ne savais absolument pas qui était le rôle principal qui devrait jouer à ses côtés, sinon qu'il s'agissait d'un génie d'Hollywood lui aussi.

Pourquoi il était prêt à faire tout le voyage vers l'est de l'État de Washington, je l'ignorais. Mais il y avait une chose de claire : l'équipe du film était vraiment d'Hollywood, et au rythme où allaient les événements, celui-ci nous garantissait pratiquement de rendre ses lettres de gloire à Westwick Corners. Les touristes reviendraient avec leur portefeuille chargé et les finances de Westwick Corners sortiraient enfin du rouge.

Je ne savais pas grand-chose à part ce que Maman avait bien voulu me raconter, parce que je n'avais pas encore revu la Tante Amber. Elle était arrivée tard hier soir de Londres, où elle résidait désormais. Et elle avait filé droit à sa caravane-dressing en centre-ville au lieu de s'arrêter nous dire bonjour. Cela semblait un peu étrange, mais c'était typique de la Tante Amber de prendre un train d'avance.

Maman et moi avions passé toute la nuit à préparer notre hôtel, l'Auberge de Westwick Corners, pour nos futurs invités. Même les sorcières ne pouvaient échapper au travail manuel. Et les journées étaient trop courtes, voire même les nuits, dans notre cas. Je n'avais pu m'écrouler sur mon lit que vers une heure du matin, mais je n'avais cessé d'y réfléchir entre-temps.

Mon esprit me sembla remuer sans cesse l'océan de pensée en un ressac infini. Les chambres étaient prêtes et Maman avait déjà installé les tables de la salle à manger en préparation du petit-déjeuner à venir. Je rôderai autour du tournage pour servir en gros de lien avec la ville, afin de m'assurer que les gros noms du film aient tout ce qu'ils voulaient. J'espérais aussi interviewer certaines des vedettes présentes pour le journal du *The Westwick Corners Weekly*. J'en étais également l'éditrice, même si en réalité cela sonnait plus impressionnant que cela ne l'était. La vérité était que j'avais acheté moi-même cet établissement lors du départ à la retraite du précédent propriétaire. Et j'avais vite réalisé qu'un journal en voie de disparition qui n'était sûrement pas la meilleure entreprise où travailler ces jours ici. Comme Tante Pearl aimait à le dire, ce n'était qu'un prospectus plein de coupons.

Ce commentaire faisait épouvantablement mal, mais elle avait raison. Mes dévoreurs de coupons assidus se fichaient pas mal des articles que je passais des heures à écrire. Mon équipe de pensionnaires grabataires qui me servaient de lecteurs ne s'intéressait en réalité qu'à ces coupons, quelques tracts publicitaires, ne rajeunissant pas non plus. Mais au moins pour le moment, ces revenus dus à la publicité payaient mes factures et conservaient mon journal à flot.

Mon seul autre travail était de garder un œil sur la Tante Pearl. Ce qui était plus vite dit que fait. Elle détestait l'idée d'avoir de la visite en ville. Et il brûlait entre Tante Amber et elle une immense rivalité fraternelle, de sorte que je priais que pour une fois, elles s'entendent.

Je jetai un regard à l'heure et m'aperçus qu'il n'était même pas cinq heures du matin. J'avais l'impression de ne pas avoir fermé l'œil de la nuit et il était évident que je n'allais pas me rendormir de sitôt. Cette histoire de film m'excitait trop. Cela semblait trop beau pour être vrai. Il devait y avoir une histoire de sorcellerie dans tout ça et j'avais peur que le charme ne se rompe à n'importe quel moment.

J'enfilai un jean, un t-shirt et sortis. Je descendis les marches de ma cabane, respirant l'air humide du matin. Mon grand-père avait bâti cette immense cabane autrefois à l'autre bout de notre propriété, au-dessus des vignobles. C'était un endroit intime qui était à quelques centaines de mètres de l'Auberge où Tante Pearl et Maman vivaient, au rez-de-chaussée.

Mes pensées se retournèrent vers Tante Amber. Elle préparait quelque chose, pour sûr, mais quoi ? Peut-être essayait-elle simplement d'aider un peu la ville en faisant tourner le film à Westwick Corners.

Ou peut-être que non. De ce que j'en savais elle n'était pas du style à faire quoi que ce soit qui ne la mettrait pas en valeur d'une quelconque façon. Elle était déjà chargée du rôle principal, alors pourquoi organiser le tournage ici ? Cela me turlupinait, sans que je n'arrive à mettre le doigt dessus. Tante Amber ne prenait jamais aucun jour de congé à la WICCA, peu importe la raison, sauf si cela concernait quelque chose de magique. Mais il n'y avait aucun signe annonciateur d'un quelconque problème, ou en tout cas pas à ma connaissance.

Une sorcière plus accomplie aurait facilement reconnu des frasques magiques, mais je négligeais un peu trop mes sortilèges. J'aurais vraiment voulu m'entraîner plus, mais la vie ne cessait de me mettre des bâtons dans les roues. Surtout ces derniers temps. Comme les choses devenaient de plus en plus sérieuses entre Tyler et moi, tout le reste passait au second plan. Penser à mon petit-ami si bien foutu me fit sourire. Tyler Gates était le shérif de la ville, et il serait très occupé lui-même pour les semaines à venir, avec toute l'équipe du film rôdant par ici.

J'avais prévu d'aller voir comment allait Tante Amber dans sa caravane et savoir ce que je pourrais dénicher d'autre. L'Auberge était toujours plongée dans le noir et dans le silence quand je la dépassai, car nos hôtes n'étaient pas encore réveillés pour le petit-déjeuner. Il restait quelques heures. J'avais suffisamment de temps pour aller jeter un œil au plateau de tournage sur Main Street.

Je descendis la colline, profitant du calme matinal. Il faisait encore sombre, alors j'utilisai une lampe de poche pour me guider le long du chemin à trois voies que je suivais. Après avoir atteint la route principale qui menait vers le centre-ville, je me dirigeai vers Main Street. En m'approchant, je vis des silhouettes occupées à aller et venir dans la rue. Apparemment, l'équipe du film n'avait pas dormi non plus.

Les rues normalement désertes grouillaient d'activité sous l'effet du personnel en train de décharger les camions, d'installer l'éclairage et les autres équipements nécessaires au tournage. Les caravanes mobiles étaient garées à côté de la banque. J'analysai la route à la recherche de ma rouquine de tante mais ne vis aucun signe de sa présence. Elle devait être dans sa caravane.

Je me dirigeai vers le tournage, qui était restreint entre les deux pâtés centraux de la rue principale de Westwick Corners, entouré des édifices de briques et de pierres du début 20ème. La banque à deux étages de Westwick Corners était également le bâtiment le plus haut de la ville et servait de plateau à la première scène de *Le train sifflera à midi*. Toutes sortes de caméras, de projecteurs et d'équipements étaient en train d'être installés autour du bâtiment par des dizaines de gens qui courraient dans tous les sens.

Tourner à Westwick Corners offrait ses avantages, sans l'ombre d'un doute. Les bâtiments étaient restés virtuellement intacts pendant des décennies. On n'avait tout simplement pas eu les fonds pour les rénover ou en construire de nouveaux. La rue principale était assez pittoresque en son genre, avec un aspect quelque peu effacé, légèrement oublié. Les bâtiments négligés s'ornaient toujours de fenêtres et rideaux datant du tournant du siècle dernier. Les choses étaient restées telles qu'elles, peut-être même devenues encore plus pathétiques. Nos visiteurs disaient souvent qu'on avait l'impression de remonter dans le temps.

Sauf qu'aujourd'hui la brique avait été sablée, et le bois recouvert de peinture toute fraîche. Les bâtiments étaient désormais décorés de signalétiques typiques de l'ère 1900. Même la route d'asphalte avait été recouverte d'une couche de quinze centimètres de terre pour faire croire à des sentiers d'époque.

Tout cela s'était produit durant la nuit. Je n'arrivais pas à croire que c'était exclusivement grâce au travail de l'équipe du film. Sans aucun doute, le doigt magique de la Tante Amber avait dû passer par là. Mais peu importe ce qui s'était réellement passé, le remodelage soigné qu'avait subi notre ville me rendit le sourire.

Les dernières touches de modernité avaient été soit déguisées, soit effacées. Apparemment, les problèmes de trésorerie de Westwick Corners, pourtant presque dans le rouge, s'étaient résolus durant la nuit. L'équipe du film avait grassement payé la ville pour pouvoir y faire le tournage et son personnel ainsi que son casting avaient apporté leurs sous à Westwick Corners. Nous avions même des hôtes à l'Auberge et les autres business du coin en bénéficiaient aussi. Entre le film et le remodelage de notre ville, on avait une chance de remettre nos finances d'aplomb.

Je me dirigeai vers le camion de restauration de Maman, garé à un demi-pâté de maison d'ici. Il consistait en une camionnette des années 1960 conjurée à la hâte avec sur le côté l'indication « *Ruby's Burgers* ». En dessous de l'inscription, une ouverture révélait une cuisine en inox complète. En m'approchant, je vis la porte s'ouvrir et ma mère en sortir.

J'étais surprise de la trouver ici en ville et non à l'Auberge, mais parfois les sorcières pouvaient avoir le don d'ubiquité. Ou en tout cas, l'avoir en apparence. C'était une illusion, mais une illusion bien efficace.

— Cen, est-ce que tu as vu Amber ?

Maman épousseta un peu de farine du tablier couvert de marguerite qu'elle utilisait pour protéger sa chemise bariolée et son jean brodé délavé. Elle s'habillait toujours comme un genre de hippie des temps modernes tout en réussissant à avoir l'air à la mode. Son sens vestimentaire étrange n'avait rien de calculé. Elle ne jetait jamais rien et aimait simplement s'habiller confortablement. Je fis non de la tête.

— J'étais à sa recherche. Je venais seulement pour jeter un coup d'œil à sa caravane.

J'espérais aussi trouver où étaient celles des autres vedettes du plateau. Peut-être que je pouvais en interviewer une ou deux avant le début du tournage.

— Dis-lui de passer par ici quand elle le pourra. J'ai besoin de quelqu'un pour surveiller deux ou trois petites choses en passant.

C'était le code de Maman signifiant qu'elle avait besoin de quelqu'un pour surveiller Tante Pearl afin qu'elle ne mette pas tout en l'air avec ses bêtises. Elle détestait les touristes, même quand ils nous rapportaient de l'argent. Cette histoire de film allait sans aucun doute la mettre sur les nerfs.

Et même si Maman pouvait s'accorder le don d'ubiquité, en gros, c'était un peu trop lui demander que de s'occuper de l'Auberge, travailler au camion et surveiller Tante Pearl en même temps. Même en faisant preuve d'une rapidité quasi instantanée, une demi-seconde d'inattention dans la surveillance était toujours trop de liberté à laisser à Tante Pearl. Les talents de sorcellerie de Maman étaient certes un avantage décisif quand il s'agissait de prendre de l'avance sur l'industrie de la restauration, mais ils étaient maigres en comparaison de ceux de la Tante Pearl. Et celle-ci n'avait pas tendance à se servir de ses dons pour faire le bien. Maman me fit signe de la main, me montrant les alentours du camion.

— Qu'est-ce que tu en penses ?

Il y avait grosso modo une dizaine de tables et de chaises installées à la droite du camion sous l'ombre d'un grand saule. Elles étaient accueillantes, avec des nappes à carreaux rouges et des vases d'œillets blancs et rouges décorant chaque emplacement de leur fraîcheur. Le plan de Maman était de faire en sorte que tout soit prêt au camion pour pouvoir proposer aux gens d'ici une collation pour pouvoir aller servir le petit-déjeuner à ceux qui résidaient à l'Auberge.

— On dirait que tu as tout. Besoin d'aide pour préparer le repas ?

Non qu'elle puisse vraiment en avoir besoin… On se serait damnés pour goûter à sa cuisine.

Et on risquait effectivement de se damner avec Tante Pearl aux commandes. Elle sortit du camion et se dirigea vers l'aire des barbecues, juste sur la gauche, à environ trois mètres de là.

— Reste en dehors de ça, Cen. J'ai tout sous contrôle.

Tante Pearl revint sur ses pas et se dirigea vers nous, brandissant des pinces de barbecue comme une arme.

J'allais lui demander pourquoi elle comptait faire un barbecue si tôt le matin quand j'aperçus Maman me faire un signe du coin de l'œil. Elle posa le doigt sur ses lèvres, m'indiquant de me taire. On allait gâcher des steaks, mais c'était un petit prix à payer pour occuper la Tante Pearl.

— Cen, tu arrives juste à l'heure pour le déjeuner. Prends un petit pain.

Tante Pearl me monta une table rectangulaire à côté du camion, chargée de petits pains, de condiments, et de salades.

— Et voici mes steaks grillés à ma façon !

— Il n'est même pas encore l'heure de petit-déjeuner, protestai-je. Et pourquoi pas un café, plutôt ?

Elle m'ignora et se retourna, étrangement aveugle aux flammes d'un mètre de haut qui s'élevaient hors du barbecue derrière elle. Les flammes s'approchaient un peu trop près des branches du saule qui descendaient sur nos têtes.

— Attention !

Les branches de l'arbre les plus proches de nous se mirent à fumer et crépiter sous l'effet de quelques étincelles. Je cherchai autour de moi quelque chose pour arrêter les flammes, mais Maman avait un temps d'avance. Elle murmura quelques mots et en quelques secondes les flammes s'éteignirent.

Tante Pearl la pyromane adorait avoir un public pour ses frasques et était prête à recourir aux grands moyens pour attirer l'attention. Ce qui comprenait généralement l'utilisation de magie, de feu, ou trop souvent, des deux. Elle adorait particulièrement m'agacer, de sorte que je préférais l'ignorer. Ce que je ne pouvais me permettre de faire quand elle compromettait la sécurité du monde. Je jetai un œil à l'équipe du film. Heureusement, ils étaient trop concentrés sur leurs tâches pour remarquer cette combustion instantanée.

— Relax, Cen. J'aurais résolu tout problème qui aurait pu se déclarer. Tu en fais toujours trop.

— Mieux vaut qu'il n'y ait pas de problème tout court, observai-je avant d'étudier le plateau plein de steaks carbonisés, sur la table à côté d'elle. Personne ne mangera jamais ces trucs. Ils sont complètement cramés jusqu'au cœur.

Maman s'empara du plateau.

— Il y a des gens qui aiment bien que leur steak soit bien cuit. Je vais les mettre dedans pour qu'ils soient prêts à emporter.

Ces steaks allaient tout droit à la poubelle, mais Tante Pearl n'en savait rien. Je calculai mentalement le nombre de kilos de viande que ma Tante pourrait passer au barbecue par heure avant midi. C'était une façon bien onéreuse d'avoir la paix, même si au moins cela limitait les dégâts. Tante Pearl aurait vraiment pu causer un sacré chaos si elle l'avait voulu. Au moins, assignée ainsi à la cuisson des steaks, elle restait sous la surveillance de Maman.

J'avais peur à l'idée des autres désastres que Tante Pearl aurait pu prévoir pour arrêter le tournage. Malgré son comportement qui se voulait bienveillant, je savais qu'elle n'avait qu'une envie : chasser ces visiteurs hors de chez nous. Cela ne me plaisait vraiment pas de devoir réfléchir aux plans qu'elle aurait pu mettre au point concernant notre Auberge complète, alors qu'elle était la chef de l'entretien.

L'idée de l'employer ici venait de Maman, qui pensait que cela limiterait ses interactions avec les hôtes ou les réduirait à zéro. Malheureusement, cela donnait à Tante Pearl un accès sans fin à leurs chambres, et des opportunités illimitées d'âneries à faire avec les shampoings, les savons et autres bizarreries avec les chargeurs de téléphones des invités. Elle avait sûrement des choses bien pires de prévues, mais moins on en sait, mieux on se porte et je ne voulais même pas envisager ce qui pouvait bien se passer dans sa petite tête.

Le problème le plus immédiat concernait son comportement près du barbecue. Je craignais de la questionner là-dessus mais le fis quand même.

— Qu'est-ce que tu fais ici ? Je croyais que Tante Amber t'avait trouvé un travail à faire sur le tournage.

Est-ce qu'elles s'étaient déjà disputées ? Tante Pearl m'ignora en claquant une demi-douzaine de steaks de plus sur le gril. Puis elle alluma le gaz.

Tante Amber avait promis de garder sa grande sœur occupée en permanence. Pourtant voilà que Tante Pearl était là, au beau milieu de tout, à attendre de causer des problèmes. Une tornade de quarante kilos en quête d'une piste d'atterrissage. Touristes, équipes du film... Tous étaient des ennemis à ses yeux. Sa présence au camion de restauration de Maman n'était pas une coïncidence. J'espérais juste qu'elle n'irait pas assez loin pour empoisonner les gens.

— Amber a trouvé un travail à Pearl qui concernait les accessoires, mais Pearl a refusé, m'expliqua Maman en coinçant une mèche blonde sous son bandana couleur fuchsia et turquoise. Elle dit que ce n'est pas à sa hauteur.

— Tu as tort, Ruby. Je n'ai jamais refusé, la contredit Tante Pearl en agitant sa pique de barbecue dans l'air, manquant d'embrocher une branche. Mais on m'a donné une fausse image de ce travail. J'étais supposée être à la tête du département des effets pyrotechniques, pas un laquais qui garde les boîtes à joujoux. Pas étonnant que Amber m'évite. Elle me le paiera.

— Tu ne peux pas être la chef du département pyrotechnie. Tu n'as aucune expérience dans le milieu du cinéma, soupirai-je, parce que la rivalité fraternelle entre mes tantes ne connaissait décidément aucune limite. Je suis sûre que Tante Amber ne faisait qu'essayer de t'aider.

Tante Pearl eut un petit rire nasal en répandant sur le barbecue du liquide venant de sa flasque. Les flammes bondirent d'un seul coup moins d'une seconde plus tard. Elle posa un regard amoureux dessus, tandis qu'elles s'élevaient de plus en plus haut. On aurait dit une transe.

— Attention ! rugis-je, sentant les petits cheveux de ma nuque se hérisser.

Ma folle de tante d'un mètre cinquante avait la haine des figures représentant l'autorité, formelles et informelles. Elle était aussi une ex-pyromane en cours de désintoxication, et l'idée qu'elle s'approche de quoi que ce soit en rapport avec le feu me fichait la frousse.

Les flammes décrurent quand le volume de carburant diminua à son tour et Tante Pearl sortit de sa transe.

— Tu as dit quelque chose ? demanda-t-elle en nous adressant un doux sourire.

— S'occuper des accessoires serait déjà une excellente opportunité pour toi, Pearl. Il faut bien commencer quelque part, soupira Maman en réduisant le volume des flammes du barbecue. Tu pourras toujours ajouter cela à ton CV.

— Amber n'a pas d'expérience, elle, fit-elle en soufflant du nez. Comment a-t-elle fait pour décrocher le rôle principal ?

Je me posais la question, moi aussi. En lieu et place, je répondis :

— Tu es juste jalouse.

— Pas vrai.

Je levai les yeux au ciel.

— Est-ce que vous êtes toujours obligées de vous faire la compétition ?

Les deux sœurs aînées de Maman avaient maintenant environ soixante et soixante-dix ans, Pearl étant la plus vieille des deux. Leur intense rivalité fraternelle n'avait jamais diminué. Au contraire, elle n'avait fait que croître à chaque Nouvel An. Elles ne pouvaient passer cinq minutes dans la même pièce sans essayer de se surpasser l'une l'autre. Maman devait toujours intervenir dans leurs disputes et jouer les médiateurs, même si elle était la plus jeune.

— J'aurais tellement aimé qu'Amber et toi puissiez calmer un peu votre esprit de compétition, observa Maman. Vous êtes toutes les deux fortes en différents domaines, c'est tout, vous vous complétez.

Je ricanai involontairement et elles me foudroyèrent toutes deux du regard.

— J'ai l'expérience de la vie, Ruby. Je suis aussi une sorcière et une sacrément bonne en plus. Je ne suis pas près de travailler pour un incompétent qui ne sait absolument pas ce qu'il fiche.

— Tu parles du chef accessoiristes ? Mais si, bien sûr qu'il sait ce qu'il fait. Il a plusieurs années d'expérience derrière lui comme tout le monde ici. Ce sont tous des professionnels, dit Maman en inclinant la tête en direction du plateau.

— Mais moi, je sais fabriquer de méchants effets spéciaux. À côté de moi, les siens, c'est de la gnognotte, râla Tante Pearl en faisant un signe de la main et faisant rugir à nouveau les flammes du barbecue.

Maman les éteignit elle aussi d'un geste de la main.

— Contrôle-toi un peu sur tes tours pendant quelques jours d'ailleurs, d'accord ? Personne sur le tournage ne sait que nous sommes des sorcières et il faut que ça reste ainsi.

— Mais Bill n'y connaît rien. À ce stade, ils risquent de filmer jusqu'à la fin des temps, s'offusqua-t-elle. Je voulais juste leur apporter une main secourable pour qu'ils puissent en finir rapidement. Mais dès que je suggère quelque chose, ils refusent directement.

— Essaie de ne pas commettre de folie, Tante Pearl, lui conseillai-je.

Je ne savais absolument pas qui était Bill ou pourquoi elle le traitait d'incompétent, mais j'imaginais que les personnes qui travaillaient sur un film aussi gros devaient être douées pour leur travail. Je dirais même plus, excellentes. Le cinéma audiovisuel est une industrie qui fait rêver tout le monde, avec une compétition féroce.

— Cen a raison. Tu ne peux pas te permettre de ruiner notre couverture, la gronda Maman. Contente-toi de faire du bon travail et de gagner leur respect. Au moins, Amber a réussi à te décrocher un emploi.

Tante Pearl fit non de la tête.

— Non, certainement pas. Je ne veux pas faire de compromis sur la qualité des choses. J'ai des standards, tu sais.

J'ignorais totalement de quels standards de qualité elle parlait. Peut-être qu'avoir un travail de plus était trop stressant pour elle. Les Westwick Corners étaient si petits que la plupart des locaux avaient tous un second emploi. Nous devions tous travailler comme entrepreneurs parce que l'économie locale était inexistante.

La famille West n'était pas différente, puisqu'on donnait toutes la main à la pâte pour faire à la fois tourner notre Auberge de Westwick Corners et notre bar, le Witching Post, en plus de quelques autres boulots. On avait toujours besoin d'argent supplémentaire pour joindre les deux bouts. Et c'était sûrement pour cela que Tante Amber nous avait toutes engagées pour le film. Du moins c'était son intention de départ.

Enfin, toutes, sauf moi. J'étais légèrement vexée que Tante Amber ne m'ait pas également trouvé un emploi, mais d'un autre côté j'étais soulagée. La plupart des aventures de la famille West tendaient toujours à partir en vrille. Je pourrais observer à distance.

Mais quand même.

Pourquoi pas moi ? Est-ce que c'était parce que je ne pratiquais pas assez ma sorcellerie ? C'est vrai, j'avais lâché mes études à l'École de Charmes de Pearl, mais me punir ainsi d'être une sorcière tire-au-flanc me semblait extrême. Peut-être que Tante Amber ne me pensait pas assez douée, mais faire assez confiance à Tante Pearl pour lui confier un emploi avant moi était à la fois surprenant et troublant venant d'elle. Peut-être que c'était sa façon de me réveiller, mais son amour vache blessait le bât.

J'observais Tante Pearl retourner et enlever du grill des steaks carbonisés pour les mettre sur une assiette. Elle en déposa ensuite promptement une autre demi-douzaine sur le gril.

— Après tout peut-être que c'est une mauvaise idée de te faire travailler sur le tournage... Que vont devenir tes élèves ?

L'École de Charmes de Pearl, l'école de sorcellerie de ma Tante, n'avait aucun étudiant et prenait l'eau, malgré ses dires. De fait, toutes nos entreprises étaient sacrément dans le pétrin, à commencer par le Westwick Corners Weekly. Le tournage du film était le plus gros événement qui s'était produit dans cette ville depuis des décennies, et nous voulions tous… Non, nous avions tous besoin, plutôt, d'en faire partie.

— Il faut que je fasse une pause dans mon travail d'enseignante. Tu sais à quel point je peux m'ennuyer de temps en temps, siffla Tante Pearl. Ces étudiants mettent vraiment ma patience à rude épreuve parfois, eux aussi.

— En quoi est-ce que c'est mieux, ça ? demandai-je en étudiant ma tante aux cheveux gris. Tu retournes des steaks sur un barbecue. Et en plus, ça te déprime.

— Ce n'est pas mieux, Cendrine. C'est bien ça le problème, se lamenta-t-elle, reniflant. Ce rôle de chef des effets spéciaux était supposé me procurer un moyen d'exprimer mes talents créatifs. Amber m'avait promis de me donner les pleins pouvoirs de création. Elle disait que si je l'aidais à obtenir ce rôle, elle ferait en sorte que ça en vaille la peine. Et ensuite elle m'a rabaissée en me donnant un travail bien en dessous de mes talents et de mes vraies capacités.

J'étais tentée de demander comment elle avait fait exactement pour aider Tante Amber à faire tourner le film à Westwick Corners, mais notre discussion déraillait déjà.

— Tu n'as pas le droit d'utiliser ta sorcellerie. Ou le feu.

J'avais un mauvais pressentiment quant au fait que l'aide apportée par Pearl ne devait pas aller sans contrepartie. Il valait mieux ignorer certaines choses.

— Tu sais que ce n'est pas mon genre, Cendrine, protesta-t-elle en mettant la lèvre inférieure exagérément en avant pour une fausse moue, les yeux filants comme d'habitude dès qu'elle mentait. Je suis toujours les règles.

Je me mordis la langue, n'ayant pas envie de me lancer dans une nouvelle dispute. Tante Pearl avait sûrement forcé Tante Amber à l'employer dans cette histoire d'accessoires en la menaçant par quelque chose de bien pire. Sa déception ne faisait que nous laisser présumer une revanche à venir, peu importe laquelle. Ce que cette riposte serait, ce n'était pas vraiment clair, mais nous craignions tous les accès de « créativité » de la Tante Pearl. Il n'y avait qu'une mince frontière entre « céder à ses demandes » et « l'empêcher de se mettre dans le pétrin ». Pas étonnant que Tante Amber lui ait dégotté ce rôle d'assistante-accessoiriste.

C'était aussi pour cela que Maman la laissait gérer le barbecue. S'il fallait que Tante Pearl joue avec le feu, au moins que ce soit sous bonne supervision.

CHAPITRE 2

Maman et moi laissâmes avec beaucoup de réticence Tante Pearl s'occuper au camion restaurant pendant qu'on partait œuvrer au petit-déjeuner de l'Auberge. Voir notre établissement entièrement plein comme aujourd'hui était plutôt rare. Mis à part quelques-uns qui avaient décidé de loger en ville, la plupart des membres de l'équipe et du casting avaient préféré le faire dans des endroits plus modernes à une heure d'ici, à Shady Creek. Nos hôtes comprenaient quelques VIP et nous voulions mettre le paquet pour faire bonne impression, espérant ainsi encourager de potentielles nouvelles visites et éventuellement engranger un peu de publicité gratuite.

Je râpai du fromage pour faire des omelettes tandis que Maman s'occupait d'émincer des légumes. Nous commencions tout juste à nous mettre dans le rythme quand une voix perçante nous surprit.

— Comment avez-vous osé me laisser toute seule ? s'offusqua la forme fantomatique de la Grand-Mère Vi, parcourant les cent pas dans les airs de la cuisine. Tous ces intrus ne me plaisent pas du tout. Que font-ils ici ?

— Ils tournent un film, Grand-Mère. Ce n'est que temporaire.

J'étais surprise que Tante Amber ne lui ait pas parlé à l'avance du film, mais enfin là encore, nous n'avions pas été prévenues longtemps à l'avance non plus.

— Je n'ai pas le temps. Je veux que vous vous débarrassiez de tous ces gens.

L'apparition tremblotait, comme toujours lorsqu'elle se mettait vraiment en colère. Grand-Mère n'avait jamais pardonné à Maman d'avoir transformé notre demeure familiale en Auberge. Ce devait être pour elle la cerise sur le gâteau.

— Tu es un fantôme, Grand-Mère, rétorquai-je. Tu as tout le temps nécessaire.

Grand-Mère logeait avec moi dans la cabane désormais. Même si a priori, avoir un colocataire fantomatique semblait être l'idéal, elle était vraiment pénible à vivre. Elle se battait toujours pour attirer mon attention quand j'avais des invités et se plaignait de la solitude quand nous n'étions que toutes les deux.

— Arrête de me le rappeler tout le temps. Remettez au moins la maison comme avant.

Elle parlait de l'Auberge, qui n'avait pas changé mis à part pour la présence des invités.

— Il faut bien qu'on gagne notre vie, Grand-Mère. Ils partiront bientôt.

J'avais honte de le dire, mais nos besoins financiers devaient prendre le pas sur les sentiments pour le moment. Soit nous louions ces chambres, soit nous déménagions pour une autre ville avec plus d'opportunités d'emploi.

— Bientôt, ça reste trop pour moi. J'essaie d'être patiente, mais ils sont déjà restés trop longtemps pour être les bienvenus. J'en ai assez. Il est temps de me donner en spectacle.

Elle se dirigea vers la porte qui menait à la salle à manger. Je courus pour lui bloquer le passage.

— Un spectre, Grand-Mère. Tu es un spectre, pas un spectacle. S'il te plaît, n'y va pas. Je me rattraperai envers toi, je te le promets, lui glissai-je en jetant un œil à Maman, mais elle me tournait le dos, en train de préparer le petit-déjeuner sur le gril.

— Tu sais que je peux te traverser, Cen, répondit Grand-Mère Vi en continuant à flotter à quinze centimètres de mon visage. Ne me force pas à le faire.

— Bon, très bien, d'accord. Pourquoi est-ce qu'on ne fabriquerait pas quelques mixtures ensemble un peu plus tard ?

La corruption était la seule arme qui me restait. Grand-Mère sèmerait le chaos si elle n'obtenait pas ce qu'elle voulait.

— On n'a plus fait ça depuis longtemps, non ? suggérai-je.

L'aura de Grand-Mère s'illumina instantanément et vira au jaune soleil, couleur bonheur.

— J'adorerais. On pourrait faire des philtres d'amour et ensorceler tous ces gens du cinéma, s'exclama-t-elle en gloussant comme une adolescente. Pense à tout le désordre qu'on pourrait causer !

— Ça ne me semble absolument pas drôle ! protestai-je.

Ma voix fut un peu plus aiguë que de coutume et je priais pour avoir l'air convaincante. Je n'avais nullement l'intention d'utiliser de la magie sur l'équipe du film sans leur consentement, mais Grand-Mère Vi n'avait pas à le savoir.

— Peut-être qu'on pourra le faire demain, dès que les choses se seront un peu calmées.

Elle fit lentement non de la tête.

— Non. Il faut que tu trouves mieux. Que suis-je supposée faire en attendant ?

— Pourquoi est-ce que tu ne choisirais pas un film ou une série à regarder ? On pourrait se faire l'intégrale de tous les vieux *Ma Sorcière Bien-Aimée* ou *Jinny de mes rêves* ce soir. Ne serait-ce que pour récupérer un peu d'inspiration ?

Je tendis la main pour lui tapoter le bras, mais évidemment, elle la traversa.

— C'est tout ce que tu as à me proposer ? Ça ne vaut pas du tout mon temps, ronchonna Grand-Mère Vi. En plus, je ne suis pas vraiment d'humeur pour la comédie. En fait, j'adorerais pouvoir me défouler un coup et faire peur à deux trois personnes là tout de suite. Peut-être vais-je créer mon propre mélodrame ?

— Non, s'il te plaît, Grand-Mère ! protestai-je en levant les mains.

La personne dont Tante Pearl avait hérité son mauvais caractère était évidente, mais il était tout aussi évident qu'on avait trop poussé la Grand-Mère Vi. Je baissais le ton pour que ma voix ne devienne qu'un murmure, afin que Maman ne puisse m'entendre.

— Peut-être qu'on pourrait jeter un sort sur Amber et Pearl. Tu sais, pour qu'elles s'entendent bien.

— Hmm, fit-elle pensive, en s'élevant vers le plafond, profondément perdue dans ses pensées.

Quelques secondes plus tard, elle réapparut à cinq centimètres de mon visage et reprit :

— C'est une excellente idée, Cen. Tu apprendras quelque chose de nouveau et pour une fois je verrai mes filles s'entendre un peu.

— Marché conclu, dis-je. Je vais aller récupérer des herbes dans le jardin et je te retrouve dans la cabane ce soir.

Faire des potions était bien la seule chose en matière de sorcellerie qui me plaisait, même si je doutais de l'existence d'un philtre assez puissant pour arrondir les angles des fortes personnalités de mes tantes. Mais cela sembla satisfaire Grand-Mère, ne serait-ce que pour le moment.

— Ta ta, fit-elle avant que son image ne se dissipe dans le vide.

Je tournai mes pensées vers la Tante Pearl. La laisser sans surveillance autour de l'équipe de tournage était risqué, mais nous n'avions pas vraiment le choix. Heureusement, il était encore tôt, à une heure où elle était d'une humeur relativement civile et peu encline à faire des remous. Cette histoire de barbecue avait dû satisfaire sa pyromane intérieure pour le moment.

Il nous fallait deux personnes à l'Auberge. Une pour cuisiner et une autre pour servir le petit-déjeuner. J'avais aussi d'autres raisons d'y aller, concernant mon autre emploi, et une envie que mon job de serveuse me permettait de satisfaire, à savoir arranger quelques entretiens avec certains de nos hôtes les plus fameux. Alors peut-être, juste peut-être que l'un de mes articles pourrait accrocher les lecteurs et que je pourrais vraiment faire marcher ma boutique pour une fois. J'avais déjà beaucoup d'articles sur le tournage du film et de critiques sur les vedettes du cinéma de prévus. Il ne me restait qu'à en rencontrer une pour de vrai pendant le service du petit-déjeuner.

Plus que tout, je voulais rencontrer Steven Scarabelli, le producteur légendaire qui séjournait dans notre auberge. Mais cela ne devait pas se faire, ou en tout cas pas aujourd'hui. Il s'avéra que je l'avais raté d'à peine quelques minutes, car il avait décidé de sauter le petit-déjeuner et de partir pour le tournage pendant qu'on faisait encore la cuisine.

Heureusement, cela ne nous prit pas longtemps à Maman et à moi pour finir de nous occuper des invités et on revint bientôt au camion. La Rue principalegrouillait de vie et en notre absence, plusieurs autres bâtiments s'étaient vus être repeints. Les nouvelles façades de la rue contrastaient grandement avec l'allure des ruelles subsidiaires. Là, les bâtiments, cette fois négligés, restaient condamnés, garnis de peintures qui s'écaillaient de leurs murs en bois.

Un regain d'espoir me submergea, heureuse que le film ait déjà ressuscité une partie des poumons de Westwick Corners avant même le début du tournage. La population de notre ville s'était réduite comme peau de chagrin durant la dernière décennie, passant de plusieurs milliers d'habitants autrefois à quelques malheureuses centaines d'égarés. Le manque de travail faisait fuir les jeunes dès leur sortie de l'école. Quelques-uns partaient chez nos voisins de Shady Creek, et d'autres, encore plus nombreux, jusqu'à Seattle même. Mais l'arrivée du film pourrait inverser cette tendance. Notre chance allait enfin tourner, et dans le bon sens cette fois.

Si l'équipe du film appréciait notre ville, ils reviendraient. Et nous pourrions nous qualifier d'« Hollywood du Nord ». Ce film était un coup de pouce économique énorme, une opportunité en or qui nous tombait toute cuite dans le bec. Un film pouvant mener à un autre, il pourrait nous rapporter du travail et de l'argent. Les sorcières pouvaient faire bien des choses, excepté conjurer de l'argent. Nous connaîtrions le succès, tant qu'on ne ruinait pas tout en faisant n'importe quoi.

Je fus tirée hors de mes pensées à notre arrivée près du camion. Un éclair rouge attira mon attention. Un éclair rouge si puissant qu'il se reflétait sur notre camion blanc et que je dus me protéger les yeux. En me rapprochant davantage, j'en repérai la source. Une bombe blonde platine en robe de soirée rouge à sequin, qui posait en face du camion.

Au début, je crus qu'il s'agissait d'une des actrices, mais en venant plus près, je me rendis compte que ce n'était pas le cas. Et un sentiment fort désagréable naquit au fond de mes entrailles. Maman s'en était également rendu compte.

— Oh non ! J'avais bien dit à Pearl que Carolyn n'était pas la bienvenue ici. Mais pourquoi faut-il toujours qu'elle gâche tout ?

Aucune réponse ne me venait. Carolyn Conroe était une sorte d'alter ego de la Tante Pearl, une création magique similaire à une Marilyn Monroe d'une trentaine d'années en qui ma tante se transformait dès qu'elle avait besoin d'attention. Et surtout d'attention masculine.

Tante Pearl disait détester les hommes, mais semblait en même temps se lancer dans de vrais fantasmes par procuration dans sa vie de Carolyn Conroe. Et cela me mettait toujours mal à l'aise de la voir ainsi, même si le reste du monde restait aveugle à ses âneries.

Sa robe à sequin moulante se tendait à chaque mouvement des courbes de son corps tandis qu'elle transformait son œuvre en une immense pile de steaks. Puis elle fit signe de s'approcher — telle une sirène —, au flot constant d'admirateurs masculins qui se mit à avancer comme des zombies vers le camion. J'en comptais au moins deux douzaines, qui n'étaient absolument pas du coin, je supposai donc qu'ils faisaient partie de l'équipe du film. En ce moment même, il ne devait pas y avoir beaucoup de travail effectué.

Carolyn réussissait ainsi à arrêter le tournage, en appâtant les gens avec de la viande de bœuf et une chevelure blonde. Si on voulait impressionner les grosses têtes d'Hollywood, mieux valait éviter les interruptions de ce genre-là. Notre futur dépendait de la capacité du film à se faire sans anicroche.

En me rapprochant de plus près, je pus détailler du regard les admirateurs de Carolyn. Il y avait deux ou trois qui en bavaient presque en la contemplant, pratiquement en transe.

— Au moins, on sait où elle est et ce qu'elle fabrique, soupirai-je.

— C'est vrai, dit Maman. Et comme ça, on peut l'empêcher de s'approcher de Amber. Leur esprit de compétition risquerait sinon de devenir hors de contrôle et tout gâcher.

J'acquiesçai. Un concours de beauté surnaturelle était bien la dernière des choses dont nous avions besoin en ce moment, avec ces deux sœurs qui essayaient chacune de faire mieux que l'autre. Même si c'était principalement Tante Pearl qui lançait les hostilités, car elle en voulait à sa cadette d'être plus jolie et d'avoir une meilleure carrière.

Cela dit, cela me surprenait que Tante Pearl ose sortir son numéro de Carolyn Conroe avec la Tante Amber dans les parages. Techniquement, sa transformation violait les lois de la WICCA. Il n'y avait que très peu de cas où une sorcière avait le droit de se transformer en quelqu'un d'autre, qu'il s'agisse d'une personne réelle ou imaginaire. Et tandis que la Tante Pearl violait tout le temps les lois, elle en était déjà à deux avertissements de la WICCA à cause d'un incident qui s'était produit un peu plus tôt dans l'année. En tant que vice-présidente de la WICCA, Tante Amber était à cheval sur les règles. Et on n'avait vraiment pas besoin d'une confrontation entre les deux.

— Je vais chercher Tante Amber. Il faut que je lui parle, dis-je en analysant la rue du regard, me réjouissant de ne voir aucun signe d'elle.

Au moins, je pourrais la retrouver avant Carolyn. Carolyn qui était actuellement assise à l'une des tables de l'aire de repos, posant de façon suggestive dessus et dévoilant une partie généreuse de chair qui dépassait de la longue fente de sa robe.

Non, je ne pouvais pas laisser Maman seule avec elle.

En notre absence, le nombre de tables avait doublé. De toute évidence, encore une fois, c'était l'un des tours de Tante Pearl qui visait à attirer les hommes ici. Ces tables étaient chargées de burgers, de sandwiches, de salades et de boissons fraîches. Quelques hommes se servirent des collations, même si la plupart se contentaient de rester plantés là, bouche bée, devant Carolyn, ignorant délicieusement la supercherie. Ce qui était un sacré exploit en y réfléchissant bien, parce qu'après tout l'équipe du film traitait avec des actrices hollywoodiennes sublimes tout le temps.

Je me rendis à la table de Carolyn et passai mon bras dans le sien pour l'arracher de ses admirateurs masculins.

— Pourquoi est-ce que tu fais ça ? Tu chamboules le planning de tournage !

Les lèvres écarlates de Carolyn formèrent un O innocent tandis qu'elle y posait le bout de ses doigts.

— Je ne fabrique rien du tout. Je n'y peux rien si ces hommes ont faim, si ?

— Ils n'ont pas faim. Ils… Enfin, oublie, grognai-je en la foudroyant du regard. Tu ne me trompes pas, Tante Pearl. Je sais très bien ce que tu trafiques.

— Arrête de m'appeler comme ça… Je suis Carolyn. Et je n'ai pas la moindre idée de ce que tu racontes.

Elle rendit du volume à ses cheveux blonds en quelques coups de main manucurée. Ses ongles étaient vernis de la même couleur que sa robe et son rouge à lèvres.

— Ah, je comprends. Tu as parlé à Amber. Donc je n'ai même plus le droit de cuisiner ? Elle est sûrement jalouse, à croire que je vais faire mieux qu'elle.

— Non, je n'ai pas encore vu Tante Amber, mais je doute qu'elle soit jalouse de toi. Maintenant reviens à la normale avant que je ne doive sévir.

— Oh, arrête de te plaindre Cendrine. Laisse-moi m'amuser pour une fois. Au moins toi, tu as un travail qui te convient.

Maman sortit de la roulotte en sentant les problèmes arriver. Elle se faufila à côté de Carolyn, de sorte que je fus la seule à voir son expression. Elle leva les yeux au ciel, sans dire quoi que ce soit. J'avais mieux à faire que de me faire avoir par l'une des ruses de la Tante Pearl, mais je ne pus m'en empêcher.

— Pourquoi est-ce que d'un coup tu dis que mon travail me va ? Selon toi, d'habitude, mon journal est une perte de temps.

— Oui, c'est une perte de temps, comme ta vie, rétorqua-t-elle en haussant les épaules. Tu n'as aucune ambition. Tu refuses de pratiquer la sorcellerie, tu sors avec ce bon à rien de shérif et tu es tout simplement pénible. Tu devrais déjà le savoir à l'heure qu'il est, mais il ne me reste qu'à me répéter : on ne récolte que ce que l'on sème.

Comme à point nommé, le Shérif Gates apparut à cet instant dans mon champ de vision, avançant d'un bon pas vers nous. Tandis qu'il se rapprochait, je vis que mon petit ami normalement calme était furieux, et que son sourire habituel était devenu grimace. Ce n'était pas le seul à être nerveux aujourd'hui. Alors je me retournai vers la Tante Pearl, m'empourprant de rage.

— Le fait que je ne veuille pas aller à l'École de Charmes de Pearl ne signifie pas que je sois « une perte de temps » ! Tes distractions ne fonctionneront pas. Tu sais à quel point ce film est important pour notre ville. Tu ne peux pas rester toi-même pour une fois ?

— Non, pas comme…

Maman s'arrêta en plein milieu de sa phrase et on vit des flammes rugir du barbecue.

— Oh oh, fit Carolyn en mettant la main sur la bouche. À l'aide !

Je l'écartai du barbecue tandis que des flammes de trois mètres se mettaient à rugir dans les airs juste au-dessus.

— Tante Pearl !

— Je t'ai déjà dit de ne pas m'appeler…

Je l'ignorai et l'entraînai plus loin.

— Tu vas mettre le feu à toute la ville !

Deux des hommes qui stationnaient loin de nous arrachèrent leurs t-shirts et coururent vers le barbecue pour éteindre ensemble les flammes.

— Oh mon dieu ! s'exclama Tante Pearl en faisant mine de s'évanouir, imitant Scarlett O'Hara à la perfection.

L'un des hommes courut au côté de Carolyn.

— Est-ce que vous allez bien, Mademoiselle ? demanda-t-il en passant un bras protecteur autour d'elle pour l'emmener loin du barbecue.

— Et nous ? s'étonna Maman en se tournant vers moi.

— Je crois qu'on est invisible, répondis-je en étudiant les restes carbonisés du barbecue, me demandant combien de fois cette scène se répéterait aujourd'hui.

— Je ne crois pas, intervint Tyler en m'enlaçant d'un bras à son tour.

Il était au courant du secret de notre famille, ce qui rendait mon statut de sorcière un peu moins difficile à porter.

— Mais je crois qu'il vaudrait mieux trouver à Pearl un nouveau travail. Quelque chose qui ne lui donne pas l'occasion de faire du feu.

Maman secoua la tête.

— Je ne sais pas quoi faire, Tyler. Elle refuse le travail qu'Amber lui a trouvé, mais elle ne peut pas travailler avec moi non plus si elle continue de faire n'importe quoi avec la nourriture. La façon dont elle a allumé ce barbecue…

— Je m'en charge. Je finirai bien par trouver quelque chose, dis-je. Et je garderai un œil sur elle en même temps.

— Bien, déclara Tyler. Parce que Brayden me surveille comme un aigle. Et il a promis d'avoir ma tête si quoi que ce soit se passe mal.

Brayden Banks était le maire de notre ville et mon ancien fiancé. Il en voulait à Tyler de sortir avec moi, cherchant constamment une excuse pour le virer.

— Il veut provoquer des dégâts, j'imagine.

J'avais de la peine pour Tyler. En aucun cas il ne pourrait gagner. S'il y avait un problème durant le tournage, Brayden trouverait un moyen de l'accuser. Et si le film était couronné de succès, il s'en attirerait toute la gloire.

Je retournai mon attention sur la Tante Pearl et son travail. Il fallait que je l'occupe, mais comment? Une maîtresse sorcière comme elle pouvait causer beaucoup de dégâts, et ces âneries risquaient d'empêcher le tournage de prochains films à Westwick Corners. Ce qui n'était bon pour personne.

Toutes choses considérées, l'idée de Tante Amber d'employer Pearl sur scène était probablement la meilleure option, surtout avec son caractère soupe au lait. Je pourrais la superviser et observer le tournage en même temps. Ce travail d'accessoiriste comprenait des interactions limitées avec les gens. Il fallait juste que je convainque Tante Pearl que ce travail était aussi important que celui de Tante Amber.

— J'irais toucher deux mots à Tante Amber, dis-je. Je suis sûre qu'on trouvera quelque chose.

On pouvait peut-être vraiment combattre le feu par le feu, en fin de compte

CHAPITRE 3

Je ne pus m'empêcher de me sentir un peu supérieure en observant Tante Pearl descendre la rue d'un pas lourd en direction du foyer. Après lui avoir lancé un sort d'amnésie affectant sa mémoire à court terme, je l'avais envoyée faire une fausse course pour l'École de Charmes. Ce qui me laissait un peu de temps pour retrouver Tante Amber, histoire de récupérer le rôle d'assistante de Pearl.

Sauf que cette fois, j'avais inséré dans le sort un faux souvenir qui ferait penser à Pearl que c'était son idée depuis le début. Après m'être sentie un peu coupable, je me rappelai que Tante Pearl me faisait tout le temps des coups pareils. Quelle ironie ! Dire qu'elle avait une si piètre opinion de mes dons de sorcières... Même si je ne l'étais que contre ma volonté, j'avais pratiqué mes talents en secret ces derniers mois, et cela commençait enfin à payer.

Mais ce sort d'amnésie était complexe parce qu'il impliquait tous les autres individus concernés dans l'histoire. Les admirateurs masculins de ma tante se souvenaient désormais d'être arrivés au camion mais de l'avoir trouvé fermé, sans personne dans le coin pour s'en occuper. C'était un sort de difficulté intermédiaire mais compliqué, que je n'avais pratiqué que quelques fois. Son exécution n'avait pas été parfaite, mais presque.

Après tout, je venais de dépasser une maîtresse du sort avec l'un des miens. J'étais, ce qui va sans dire, très fière de moi.

Mon sort avait effacé les dix dernières minutes de son existence. Les tables chargées de nourriture, les hommes… Plus rien. Même le souvenir de Carolyn s'était estompé. Tante Pearl s'était spontanément retransformée en la vieille grincheuse qu'elle était tout le temps. La seule preuve trahissant le carnage de steaks de Carolyn s'exprimait en un barbecue carbonisé, ce que Maman pourrait facilement réparer en un rien de temps. Tante Pearl serait fière de moi, tout en étant furieuse d'avoir fait l'objet de ce sort.

Elle se comportait vraiment parfois comme une gamine de deux ans dans un corps de soixante-dix balais. Cette Carolyn n'était qu'un prétexte pour faire l'idiote. On s'inquiétait tout le temps, soit qu'elle attire trop l'attention de nos invités, en tant que Carolyn, ou qu'elle les chasse, fidèle à elle-même.

J'aurais dû anticiper l'ennui qu'elle ressentirait, vu que Maman et moi avions temporairement assumé son devoir de ménagère à l'Auberge et l'avions laissée avec trop de temps libre. Trop de temps, y compris pour se mettre dans le pétrin. Et trop de temps pour ruminer la victoire de Tante Amber au casting. Pas étonnant qu'elle soit aussi bouleversée. Je me sentais un peu coupable.

Je décidai de prendre un café au camion avant de me rendre au tournage. Je venais de me retourner quand je sentis l'air siffler dans mon dos.

— Cendrine !

Tante Amber se matérialisa subitement en face de moi, me bloquant le chemin vers ma salvation caféinée. Ses cheveux rouges coiffés en arrière révélaient une paire de pendants d'oreilles en diamant qui semblaient valoir fort cher, ainsi qu'un collier assorti. Même vêtue d'une robe de chambre de soie, elle avait tout le glamour d'une vedette de cinéma des années 50.

Problème : le film concernait le Western du début 1900. Ses diamants et talons aiguilles étaient inappropriés au possible pour des rues de terre de cette époque.

— Tu ne devrais pas être en train de te préparer pour tes scènes ?

Elle fit comme si de rien n'était, d'un geste de main dédaigneux.

— J'ai besoin de ton aide en urgence. Je ne trouve plus mon assistant.

— Dommage.

Je décidai d'oublier le café et me dirigeai vers le plateau, enjambant des câbles électriques en analysant la rue du regard. Je m'attendais à moitié à voir un carrosse de Cendrillon tiré par des chevaux accourir à la rescousse de Tante Amber. Heureusement, rien ne se produisit, mis à part que quelques-uns des hommes qui avaient assisté au mélodrame façon barbecue de la Carolyn en détresse vinrent s'affairer autour de nous. Ils ne semblèrent pas nous remarquer.

— Tante Pearl pourra peut-être t'aider. Elle reviendra d'un moment à l'autre.

Tante Amber ricana.

— Tu n'es pas sérieuse. Elle a la capacité de concentration d'une mouche. J'ai besoin de quelqu'un qui s'oriente vers les détails. Quelqu'un en qui je peux avoir confiance, qui fait du bon travail.

Je regardai autour de nous.

— Je jetterai un œil pour retrouver ton assistant.

— Il me faut quelqu'un comme toi, reprit-elle en me mettant de force une armée de robes dans les bras, manquant de me renverser. Apporte ces trucs dans ma caravane. J'ai besoin qu'elles soient repassées et prêtes d'ici une heure.

— Désolée, Tante Amber. Je n'ai pas le temps.

J'essayai de lui rendre les robes mais elle me repoussa encore plus fort. Je perdis l'équilibre pendant un instant avant de me reprendre, puis les lui remis sur les bras de toute ma force mais elle ne bougea pas.

— Trouve-le, Cendrine. C'est important.

— Je suis convaincue que ton assistant va débarquer d'un moment ou un autre.

Au moins, Tante Amber n'avait pas utilisé ses pouvoirs de sorcières pour repasser ses robes. Je me retournai vers le camion, mais elle me bloqua le chemin.

— Je n'ai vraiment pas le temps. Prends-les, c'est tout.

Elle me fit ensuite un vague signe de tête vers les caravanes. Je levai les bras en guise de protestations mais elle me les rabaissa. Les robes longues étaient faites de laine épaisse et étaient incroyablement lourdes. Je titubai en arrière à cause du poids.

— J'ai promis à Maman de l'aider à nettoyer après le petit-déjeuner !

C'est mal de mentir, mais je n'avais ni le temps ni l'envie d'être l'assistante vestimentaire de Tante Amber. Elle n'acceptait jamais les refus. Dès que je dirais oui, elle me donnerait des dizaines de tâches ingrates à faire. Il fallait que je me défende dès maintenant.

— Bon Dieu, Cen. Nous sommes des sorcières. Tu n'as qu'à lancer un sort.

— Tu peux le faire toi, indiquai-je.

La robe en haut de la pile était particulièrement fluide et avait un milliard de jupons. En plus d'être hyper lourde, elle m'empêchait pratiquement de voir en face de moi. Dès que j'appuyai dessus pour me libérer la vue, elle rebondissait aussitôt. Je m'armai de courage et basculai les robes sur une épaule pour pouvoir au moins voir où j'allais.

J'analysai la rue à la recherche de quelqu'un à qui donner les vêtements de la Tante Amber, mais tout le monde m'ignora, courant dans tous les sens comme des fourmis sous stéroïde. La raison pour laquelle une sorcière de soixante balais sans aucune expérience d'actrice avait dégotté un tel job dans un film hollywoodien me dépassait toujours. Quelque chose clochait et je n'aimais pas ça.

— Fais-le, d'accord ? Je dois me préparer pour la scène du braquage, rétorqua-t-elle en me foudroyant du regard alors qu'elle ajustait la ceinture de sa robe de chambre.

— Tu ne peux pas y aller comme ça, protestai-je. Il faut d'abord que tu passes dans ta caravane pour te changer, non ? Alors pourquoi ne pas emporter tes robes ? En plus, je ne sais même pas où c'est.

Trop tard. Tante Amber courut derrière un bâtiment et chuchota quelque chose à voix basse. Quelques secondes plus tard elle en émergea, vêtue d'une longue robe bleue des années 1900 avec un col haut à dentelle. Ses bijoux en diamant n'étaient plus, mais elle était désormais affublée d'un chapeau élaboré blanc et bleu avec une ombrelle assortie. Elle disparut immédiatement au travers des portes de l'ancien bâtiment sans un mot.

Mes bras me faisaient mal sous tout ce poids, mais je ne pouvais pas vraiment laisser traîner ces robes par terre. Elles semblaient chères et je ne voulais pas qu'elles soient abîmées. Peut-être pourrais-je les refourguer à quelqu'un sur le plateau. Ils sauraient où les mettre en sécurité. L'assistant finirait bien par remonter le bout de son nez.

Quant à moi, j'avais besoin de mes mains pour écrire mon article, ou peut-être même ma dizaine d'articles, avant que le tournage de ce film ne soit terminé. J'avais peur qu'une fois que le sort de Tante Amber serait rompu, tout prenne fin aussi subitement que ça avait commencé. Les gros noms du film avaient de toute évidence été ensorcelés sinon ils n'auraient jamais envisagé, même pour une seconde, de tourner dans notre ville si démodée. Les vedettes du film et l'équipe de tournage partiraient et on retournerait à notre train-train usuel, à tenter désespérément de joindre les deux bouts et passer le temps. Il fallait à tout prix que j'interviewe les vedettes du film avant qu'ils ne réalisent leur erreur et ne mettent les voiles.

Je voulais surtout avoir une interview du premier rôle. Une tonne d'anecdotes de tournages pourrait peut-être bien réussir à garder le West-wick Corners Weekly à flots. Tout ce qu'il me fallait, c'était quelques bons articles pour retourner la situation.

Mais pour ça, il fallait que je me mette au travail. Ce qui signifiait me décharger des robes. Mon humeur s'améliora en voyant que j'approchais des roulottes de l'autre côté du tournage. Celle de Tante Amber ne devait pas être bien loin.

— Besoin d'un coup de main ? me demanda un homme dans la trentaine en m'adressant un sourire et en montrant les robes.

J'acceptais volontiers et les lui mis dans les bras.

— Merci. Il faut que je les dépose dans la caravane d'Amber West.

— Amber West ? grimaça l'homme. Ça ne me dit rien.

— Grande, mince, rousse, dans la soixantaine ?

La sorcière qui a organisé toute cette histoire dingue de tournage.

Il grimaça, une expression troublée sur le visage.

Le second rôle, voulus-je ajouter, avant de m'immobiliser. Peut-être qu'elle avait menti ou exagéré. Qui sait ce qui est vrai et ce qui ne l'est pas ?

— Amber West… Ah oui, exact. Je me souviens, dit-il en faisant un signe de tête vers d'autres roulottes rangées sur un emplacement vide en peu plus bas sur Main Street. Sa caravane est par ici. V'nez, je vais vous montrer.

Je le suivis, troublée par son manque de familiarité avec Tante Amber, étant donné que c'était le second rôle. D'un autre côté, tout ce tournage était une histoire de dernière minute, selon Maman. Tante Amber n'avait reçu le rôle qu'hier après que l'actrice originale se soit désistée.

Je le suivis jusqu'au perron d'une caravane décidément bien plus petite et plus vieille que les autres. Le nom de Tante Amber était imprimé en lettres capitales sur un petit panneau blanc attaché à la porte. Il ne donnait en tout cas pas l'impression d'être celui d'une vedette, et pas d'assistant en vue. La caravane était vide.

— On y est, dit l'homme en déposant les vêtements sur la table de cuisine dépliée dans la roulotte avant de me tendre la main. Désolé, je ne me suis pas présenté. Je suis Rick Mazure. Le scénariste.

Je lui serrai la main.

— Ouah, c'est vous qui avez écrit « *Le train sifflera à midi* » ? Et « *Le train sifflera à minuit* » aussi ?

Il acquiesça.

— Je suis Cendrine West. Je suis reporter pour le *Westwick Corners Weekly*, me présentai-je en faisant l'impasse sur le fait que j'en étais aussi l'éditrice, la chef publicitaire, la propriétaire et la préposée au café. Merci d'avoir fait tout ce chemin. Je ne savais pas que ce serait si loin.

— Pas de problèmes. Je suis sûr que vous trouverez plein d'articles juteux à vous mettre sous la dent ici, que ce soit sur le tournage ou en dehors du plateau, dit Rick. Je vous aiderais bien à commencer, mais je dois filer. J'ai un délai de reprise pour les scripts de dernières minutes et il y a des gens ici qui ont tendance à devenir irritables quand les choses ne sont pas faites avant même qu'ils n'y aient pensé.

Je souris.

— Je vois très bien le genre de personnes dont vous voulez parler.

Je n'avais aucune envie d'attendre Tante Amber donc je l'accompagnai dehors et l'observai retourner à grands pas vers le tournage. Faire la causette ne me tentait pas, et lui non plus. Après l'avoir vu disparaître à une demi-rue d'ici, je lui emboîtai le pas.

Mon bureau était près de la mairie et du camion restaurant. La façon la plus rapide d'y retourner serait de couper au travers du plateau. Avec un peu de chance, je tomberais sur une vedette et obtiendrais une interview.

Westwick Corners s'était transformée en une ville du Far West du début des années 1900, ou en tout cas version Hollywood. L'équipe du tournage s'était tellement multipliée durant la dernière heure que tout grouillait désormais de vieilles voitures, de chevaux et de costumes d'époques. Même si j'adorais voir ces bâtiments à peinture toute fraîche, l'ancienne splendeur délabrée de la ville me manquait. Elle était un peu comme une sorte de vieux jean adoré, usé, déchiré partout, mais en bien. D'un coup, Westwick Corners semblait être devenue une version étrange et stérile d'elle-même.

Le petit parking du supermarché en face de la banque était désormais plein d'accessoires et de personnel très affairés, qui déposaient des câbles, redressaient les lampes et mettaient tout en place. Une dizaine d'hommes et de femmes, à peu près, en costumes d'époques, se mélangeaient à l'équipe. Les hommes portaient tous des chapeaux et les femmes, de longues robes resserrées bien trop fort autour de la taille.

Je remarquai Tante Amber en même temps qu'elle. Elle s'était, je ne sais comment, encore changée. Elle avait enfilé l'une des robes d'époques que je venais de déposer dans sa caravane. Sorcellerie, bien sûr. Pour un si haut cadre de la WICCA, elle violait les règles assez facilement. Je me demandais le nombre d'écarts qu'elle avait dû faire pour obtenir ce rôle.

— Cendrine ! Viens m'aider pour mes répliques ! s'exclama-t-elle en courant vers moi, soulevant ses jupons pour ne pas les salir sur le sol poussiéreux.

— Je t'ai déjà dit que je suis en retard pour aller aider Maman ! protestai-je avant de baisser de ton. Tu es une sorcière. Tu peux t'engranger les répliques en tête d'un claquement de doigts.

Je joignis le geste à la parole.

— Les grands acteurs n'apprennent pas leurs répliques. Ils deviennent le personnage, renifla-t-elle. Tous les mouvements, les nuances et les inflexions de voix, sont critiques. J'ai besoin que tu me critiques. En tant qu'actrice majeure, il faut que je le fasse bien.

— Je ne suis pas une experte du cinéma, Tante Amber. Peut-être qu'un autre acteur pourra t'aider. En plus, il faut vraiment que j'y aille.

Je voulais ajouter qu'elle n'aurait pas dû attendre la dernière minute avant de s'entraîner, mais la mettre en colère contre moi ne me tentait pas. Elle soupira.

— D'accord, très bien. Mais viens au moins avec moi rencontrer Steven, dit-elle avant de redonner du volume à sa chevelure. Il était tellement heureux que j'arrive à le convaincre de tourner ici. Surtout avec le décès brutal du premier rôle féminin, il était vraiment dans de beaux draps. Il veut que je prenne sa place.

— Attends… Son décès ? Je croyais qu'elle s'était désistée !

J'ignorais que Tante Amber avait eu le rôle à cause du décès de quelqu'un. De savoir qu'elle remplaçait la tête d'affiche intéresserait déjà tout Westwick Corners, comme elle y était née. Mais que ce soit à cause du décès rendait la chose encore plus intrigante. Elle fit comme si de rien n'était d'un geste de main négligent.

— C'est une longue histoire qui n'a pas d'importance pour le moment. L'important, c'est que Steven dit que j'ai du talent à l'état brut. Il veut que je devienne une vedette.

Je jetai un œil autour de moi, à tous ceux qui s'activaient sur le plateau. Je ne vis pas Steven Scarabelli, ou qui que ce soit en train de surveiller. Tout le monde paraissait savoir exactement quoi faire, comme s'ils le faisaient pour la centième fois.

— Westwick Corners semble quand même être une place à sacrément petit budget pour lui.

Je n'étais pas une grande connaisseuse de cinéma, mais même moi je savais que Steven Scarabelli, c'était quelque chose. Ses films avaient perdu un peu en popularité ces dernières décennies, mais ils remportaient quand même des Oscars et des Golden Globes. Il faisait partie du gratin d'Hollywood peu importe ce qu'on en disait, et les acteurs semblaient l'adorer.

— Ça fait partie des raisons de son choix. Il a dit que c'était incroyablement… authentique, renchérit Tante Amber en me prenant la main. Viens avec moi, je vais te présenter.

CHAPITRE 4

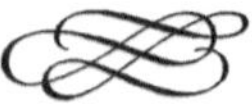

Dix minutes plus tard, j'étais assise aux côtés de Tante Amber dans la caravane-bureau de Steven Scarabelli. J'étais en admiration devant ce producteur et directeur légendaire d'Hollywood, alors que l'individu face à moi semblait pourtant si ordinaire, si loin de l'icône d'Hollywood qu'on aurait pu imaginer. Son expression épuisée lui donnait aussi l'air d'être bien plus vieux que l'homme que j'avais vu à la télévision. Il avait l'air de quelqu'un à qui une bonne longue nuit de sommeil ferait du bien.

Il se leva et se pencha sur le bureau avant de me serrer la main en m'adressant un sourire chaleureux et amical. Ses vêtements ordinaires, une chemise de coton blanc sur un jean noir, lui donnaient plus l'air d'un membre du personnel que d'un membre du gratin d'Hollywood.

— Bienvenue à Westwick Corners.

Quelle entrée pitoyable ! Je ne sus pourtant que dire d'autre. Si une ville devait ressentir le syndrome de l'imposteur, ce devait être la nôtre, à se cacher ainsi derrière une façade à peine fraîchement repeinte. J'étais sûre que Steven Scarabelli reprendrait ses esprits très bientôt et qu'il allait tout annuler. Nous n'étions pas vraiment le genre d'endroit fait pour Hollywood.

— Cet endroit est merveilleux. Dire que sans Amber, jamais je n'aurais connu ce petit joyau de ville. Votre tante et moi nous nous connaissons depuis longtemps, ajouta-t-il en faisant un signe de tête à Tante Amber.

Elle rayonnait.

— Ce film mettra le nom de notre ville sur toutes les lèvres, Cen. « *Le train sifflera à midi* » sera un encore plus gros carton que « *Le train sifflera à minuit* ». Un succès garanti pour Steven et ses investisseurs.

— J'y compte bien, dit-il en poussant un document vers elle. Voilà le contrat final à signer. Tous les autres ont apposé leur signature eux aussi, à part Dirk, qui devrait arriver à tout moment. Dès qu'on a la sienne, on pourra commencer.

Ma mâchoire se décrocha. La dernière superproduction de Steven Scarabelli avait eu comme tête d'affiche l'une des plus grosses vedettes d'Hollywood.

—Dirk… Comme Dirk Diamond ? Qui va arriver ici, dans votre caravane ?

Les hommes adoraient les films de Dirk Diamond pour leurs scénarios pleins d'actions neuneus. Et les femmes les adoraient parce que… et bien, pour Dirk Diamond, précisément. Steven rit doucement.

— Il ferait mieux d'arriver vite cela dit, ou j'aurais de gros ennuis.

J'étais surprise que Steven n'ait pas déjà fait signer tous leurs contrats à ses acteurs, mais comme il s'agissait d'une suite, peut-être que ce n'était qu'une formalité. Ou justement, les choses étaient peut-être moins formelles à Hollywood. J'en doutais, mais je ne pouvais pas vraiment le savoir non plus. Je me tournai vers Tante Amber.

— Dirk séjourne-t-il en ville ?

Ce que je demandais pour de vrai, en fait, c'était si Dirk faisait partie des hôtes de l'Auberge. Je n'avais pas vu son nom sur les registres, mais bon, beaucoup de vedettes utilisaient des pseudonymes sous couvert d'anonymat.

— Bien sûr, confirma-t-elle. Steven aussi, ainsi que quelques autres membres de la distribution. Le reste loge à Shady Creek.

Elle gribouilla pour signer son contrat puis le poussa sur la table vers Steven et lui sourit.

— Voilà. Je suis toute à toi.

Steven sourit en grand.

— Je suis allé m'enregistrer chez vous hier au soir. C'est un endroit adorable.

Notre petite auberge cosy au charme désuet était fort loin d'un hôtel de snob de Beverly Hills. Et c'était sûrement bien en deçà des endroits où Steven avait l'habitude de loger, de sorte qu'il était bien gracieux de sa part de nous adresser de tels compliments. J'espérais juste ne pas le décevoir. Les logements de luxes les plus proches étant à une heure d'ici à Shady Creek, le sens de l'utile avait dû primer apparemment sur le confort.

— Notre petite ville va devenir célèbre, Cen ! m'annonça Amber en se levant et en me faisant signe de la suivre. Allez, viens, que je te montre le tournage.

Une image mentale de cinéphiles effectuant des pèlerinages à Westwick Corners et y dépensant beaucoup d'argent tout en logeant à notre Auberge me vint à l'esprit. Je suivis ma tante dehors, heureuse de voir que son humeur s'était améliorée. On s'arrêta net en manquant de percuter une petite femme aux cheveux noirs. Je m'excusais pendant qu'elle nous dépassait et mettait un pied dans la caravane de Steven. Je la pointai du doigt, toute excitée.

— C'est Arianne Duval ! Encore une tête d'affiche d'Hollywood !

Tante Amber m'envoya une claque sur la main.

— Ne montre pas les gens du doigt ! Tu me fais honte en face de mes collègues !

Je me tournai vers elle.

— Au fait, comment as-tu fait pour obtenir un rôle aussi important ? Tu n'as jamais pris de leçons de théâtre.

— Selon Steven, j'ai un talent naturel. C'est pour ça qu'il m'a choisie pour partager la tête d'affiche avec Dirk.

Je m'en décrochai la mâchoire. À ma connaissance, Tante Amber n'avait jamais joué la comédie en public.

— Tu l'as ensorcelé, hein ?

Elle ne répondit pas.

— Tu sais que ça ne compte pas si ce n'est pas naturel.

— C'est naturel. Steven a juste remarqué mes talents, c'est tout, répondit Tante Amber en reniflant et en se retournant, m'indiquant que la discussion était finie.

Mais je me figeai alors à l'arrivée de Dirk Diamond vers nous. Ses cheveux châtains grisonnaient près des tempes et il était plus petit que prévu, mais restait incroyablement bel homme. Il portait une chemise de western, des bottes de cowboy et un jean.

Une femme marchait à ses côtés, perchée sur des talons de cinq centimètres. Sa robe à fleurs tendance s'ornait d'un blazer en lin blanc, boutonné jusqu'à la taille. Ses cheveux bruns étaient attachés en un chignon lâche. Et, comme elle n'était pas en costume, je supposai qu'elle ne faisait pas partie du casting.

— C'est lui ! C'est…

— Dirk Diamond, dit Tante Amber, terminant ma phrase pour moi. C'est l'autre tête d'affiche, mon coéquipier. Et la femme avec lui est son agent, Kim Antonelli.

— Je n'y crois pas !

J'avais toujours jugé les gens du cinéma comme étant des personnes tout à fait ordinaires, et ceux qui devenaient de vrais bêtas en face de leurs idoles de l'écran m'avaient toujours paru un peu idiots. Et pourtant aujourd'hui j'étais comme eux, frappée par l'éclat des vedettes. Dirk Diamond avait une incroyable présence, même hors de l'écran. Je me sentais attirée vers lui comme un aimant. Et je souriais comme une idiote, sans voix.

— Bonjour, dit-il en m'adressant un clin d'œil et un petit sourire avant de se tourner vers Tante Amber. À bientôt, Amber.

Il lui fit un signe de la main en nous dépassant pour aller à la caravane de Scarabelli.

— Dirk Diamond vient de me faire un clin d'œil ! m'exclamai-je, toute folle, avant de me rendre compte que vraiment, toute cette idée de Tante Amber partageant la tête d'affiche avec Dirk Diamond défiait toute logique. Tu t'es servie de magie. Je ne sais comment, mais tu as ensorcelé toute l'équipe et ils te prennent maintenant pour une vedette.

— Mais je suis une vedette, bouda-t-elle. Douterais-tu de mes talents ?

— Alors comment t'a-t-on « découverte » ? demandai-je en mimant les guillemets de mes mains.

Il devait y avoir une autre histoire. Il y en avait toujours une avec les sorcières.

— Steven et moi nous nous connaissons depuis longtemps. Il m'a toujours dit que je devrais me lancer dans le cinéma, que j'avais du charisme, dit-elle en haussant les épaules. Le premier rôle féminin a disparu au dernier moment. Les amis doivent naturellement s'entraider. La façon dont les événements se sont déroulés n'importe pas vraiment. Ce qui compte, c'est que j'en fasse partie.

Sa version des choses me rendait sceptique.

— Mais pourquoi maintenant, après toutes ces années ? La comédie ne t'a jamais vraiment intéressée.

— La mort soudaine de Rose l'a mis dans le pétrin. Je ne fais que l'aider. Ça leur aurait pris des lustres pour faire une nouvelle audition puis négocier un nouveau contrat. Steven ne pouvait se permettre de nouveaux retards, et n'avait pas le temps non plus d'aller à la recherche d'un nouveau talent. Il a déjà trop dépassé le budget. Alors je me suis proposée.

— Rose ? Qui ça, Rose ?

—Rose Lamont.

J'eus un cri de surprise.

— La femme de Dirk Diamond ? Quand est-ce que c'est arrivé ?

Je n'en avais pas entendu parler aux infos et Dirk ne semblait pas vraiment en deuil. D'un autre côté, c'était un acteur, il savait donc masquer ses émotions. Je me tournai vers lui juste à temps pour le voir entrer dans la caravane de Steven.

— Il y a environ une semaine. Rose Lamont a fait une rupture d'anévrisme. Dirk est resté très silencieux là-dessus. Ça n'a même pas encore paru aux infos, dit Tante Amber. À peine trente-sept ans. Quel dommage !

— Dirk ne semble pas aussi bouleversé que ça, observai-je. Je suis surprise que le tournage n'ait pas été retardé si elle vient tout juste de mourir.

Et cela me perturbait autant que le changement de tournage pour aller à Westwick Corners. C'était encore une histoire de dernière minute. Existait-il un lien ? Dans tous les cas, le timing était suspect. Une vedette était morte et son compagnon, non, son époux, continuait ses affaires comme d'habitude.

— Oui. Dirk, ce brave homme, a décidé de continuer sa route, dit Tante Amber. Après un de mes discours d'encouragement, bien sûr.

— Est-ce que tu étais là quand elle est morte ?

Rose Lamont était jeune, athlétique, l'incarnation de la santé. Soit, une rupture d'anévrisme à l'échelle d'une vie humaine c'est plutôt rare, mais à l'échelle d'une population c'est très fréquent. Et cela arrive à tout le monde, même à des gens en apparence en bonne santé. Mais enfin quand même. Il fallait que je m'assure que Tante Amber n'avait rien à voir avec ça, même indirectement.

— Bien sûr que non ! Cen, est-ce que tu insinues que j'ai commis quelque chose d'horrible pour avoir ce rôle ? Tu m'insultes ! protesta-t-elle en secouant la tête. J'étais à Londres et j'ai des témoins pour le prouver.

Des cris surgirent de la caravane de Steven avant que je ne puisse répondre.

Je me retournai en un éclair.

Les voix de Steven et Dirk portaient sur toute la place alors qu'ils n'étaient que dans la caravane. Ils se disputaient pour le contrat. Kim les attendait dehors et grimaçait à chaque rugissement de Dirk. Je fronçai les sourcils.

— Si elle est son agent, pourquoi est-ce qu'elle n'est pas avec eux à négocier ?

Tante Amber ne répondit pas. Dirk descendit d'un bond les marches et se tourna vers Kim.

— On y va.

Kim le suivit pendant quelques mètres puis s'arrêta brusquement, avant de se retourner pour croiser le regard de Steven qui descendait à son tour les marches derrière eux. La pauvre fille leva les mains en l'air, paumes vers le ciel en signe de confusion.

— Je suis vraiment désolée, Steven.

— Allez, Kim. Tu n'as rien à lui dire de plus, gronda Dirk dont l'expression s'empourpra de rage. On y va.

Kim accompagna Dirk comme un chiot qu'on venait de gronder, avec une expression chagrinée sur le visage. Steven les suivit à la hâte.

— Tu ne peux pas me faire une chose pareille, Dirk !

— Quelque chose ne va pas, chuchota Tante Amber. Dirk était supposé signer ce contrat. J'imagine qu'il ne l'a pas fait.

Kim prit le bras de Dirk et l'arrêta à quelques mètres de nous.

— Tu es en train de faire une erreur, Dirk. Tu as déjà donné à Steven ton accord verbal. Tu veux changer les termes du contrat ? Laisse-moi parler à Steven pour voir ce que je peux faire.

Steven Scarabelli resta planté là près d'eux, sans trop savoir s'il devait continuer à les pourchasser ou retourner à sa caravane.

— Ne me dis pas ce que je dois faire, Kim ! siffla Dirk en arrachant son bras de son emprise. Sauf si tu veux toi aussi être virée. Je ne travaille ni pour Scarabelli ni pour personne d'autre. Je vais monter ma propre boîte. Je mérite une plus grosse part des profits.

— Mais Steven a fait de toi une vedette, dit Kim, clairement frustrée par son client. Tu sais que cette séquelle sera au box-office, comme le premier. C'est de l'argent facile, tu connais déjà tes répliques. Tout ce que tu as à faire, c'est de venir pendant quelques semaines, faire ce qu'on te dit et jouer dans le film. C'est une affaire conclue.

Dirk tapa du pied par terre.

— C'est un mensonge ! Personne ne m'a aidé à devenir une vedette. Les gens lui accordent bien trop de mérite. Et ce n'est pas conclu du tout. Je n'ai jamais rien signé, et j'ai le droit de changer d'avis.

— Mais Steven te faisait confiance. Tout t'allait la semaine dernière quand on a discuté des conditions du contrat, non ? fit-elle en montrant le plateau d'un geste du bras. Steven a continué en toute bonne foi en se basant sur ton accord verbal des conditions. Il a investi tout ce qu'il a dans ce film. Tu mettras le casting et l'équipe entière sur la paille si tu refuses de coopérer. Et Steven s'est déjà engagé à les payer.

— Je m'en tape. C'est le problème de Steven. Ce script est une vraie merde et je ne veux pas qu'on y associe mon nom, fit Dirk avant de mimer un téléphone de la main et d'envoyer promener Kim d'un geste. Tu me rappelleras plus tard.

On contempla tous Dirk Diamond partant en furie vers sa caravane. Il était bien loin du type que j'adorais tellement à l'écran. De fait, maintenant, je le détestais profondément. C'était l'archétype de la diva exigeante et acariâtre. Un connard total. Mais il était en tête d'affiche et il le savait. Tout le monde devait se plier et obéir à ses moindres caprices. Sans avoir le choix s'ils voulaient continuer à faire tourner la caméra.

Kim Antonelli ne dit plus rien. À quoi bon ? Son expression dégoûtée parlait pour elle. Steven s'approcha.

— Est-ce que tu pourrais le ramener à la raison, Kim ? Je ferais tout ce que je peux pour le contenter, je te le promets. Mais le temps, c'est de l'argent, et j'ai plein de monde sur le plateau qui n'attend plus que de tourner. Trouve ce qu'il veut. Peu importe ce dont il s'agit, je lui donnerai.

— Je vais essayer, promit Kim en acquiesçant avec sympathie. Mais vous savez combien il est imprévisible.

Steven semblait désespéré.

— C'est bien ça qui m'inquiète. J'ai mes investisseurs sur le dos et je suis en retard sur les paiements. Je cours à la ruine, sans ce film.

— Ne fais rien d'insensé, chuchotai-je à Tante Amber, qui voulait tellement ce contrat que j'avais peur de la voir conjurer une autre tête d'affiche comme ça, à la hâte.

— Désolée, Steven. J'ai vraiment essayé de le raisonner, dit Kim. J'ai honte, mais qu'est-ce que tu veux que j'y fasse ? Tu sais bien que je n'ai d'agent que le titre avec lui. Il fait ce qu'il veut, quand ça lui chante. Moi aussi je suis dans le rouge, et j'aurais bien besoin de ma paie.

Un homme courut vers nous en agitant un dossier dans sa main. Il s'agissait de Rick Mazure, l'homme qui m'avait aidée tout à l'heure avec les robes de Tante Amber.

— Hé, Steven, je les ai réécrites ! Ça m'a pris toute la nuit, mais j'ai fini. C'est plutôt pas mal, je crois. Est-ce que tu peux confirmer ?

Steven le congédia de la main.

— Pas maintenant, Rick. Je n'ai pas le temps de les lire parce que Dirk vient tout juste de partir en furie du plateau. Si on n'arrive pas à le calmer, on ne pourra pas tourner ce film.

— Encore ? Je ne comprends pas, protesta Rick dont les épaules s'abaissèrent en signe de défaite. Dirk a pourtant eu tout ce qu'il voulait dans cette réécriture.

— Je sais. Mais va donc la lui donner. Je suis sûr que ce que tu nous as fait est parfait, pas besoin de vérifier. Prions juste que Dirk revienne bientôt pour qu'on puisse commencer le tournage.

— OK, boss, dit Rick avant de partir dans la même direction que Dirk.

— Peut-être que je peux ramener Dirk à la raison, suggéra Amber en se tournant vers Steven. Essayons.

— Ça en vaut la peine. Sinon, je risque de perdre des millions, dit Steven en s'essuyant le front de la main. Peu importe ce que tu tentes, ça ne pourra pas empirer.

Il se retourna et revint dans sa caravane d'un pas lent, les épaules aussi basses que si tout le fardeau du monde y pesait.

— Allons-y, dis-je en prenant le bras de Tante Amber avant de me remettre en route.

En chemin, on retrouva Rick. Je lui témoignai ma sympathie.

— Vous devez être déçu d'avoir fait toute cette réécriture pour rien.

Rick haussa les épaules.

— On ne sait jamais ce qui va se produire avec Dirk. Il est imprévisible, mais les choses finissent par se faire quand même. En plus, je travaille avec lui sur un autre projet, un thriller 100 % action, dont je viens de terminer le script. Je ne coopère à toutes ses exigences que parce qu'avoir son nom sur l'affiche garantit pratiquement à tous les coups le succès au box-office.

On rejoignit le tournage avec Rick, où on trouva Dirk qui s'était arrêté en route vers sa caravane pour se disputer avec un membre de l'équipe.

— Bon, au moins, Dirk n'est pas encore parti, dit Tante Amber en se dirigeant vers lui, flanquée de moi sur ses talons.

Dirk se tourna vers Rick à notre approche, une expression de mépris inscrite sur le visage.

— Qu'est-ce que tu veux ?

— Est-ce que tu as pu jeter un œil au script spéculatif ? demanda Rick en lui montrant le dossier. J'en ai une copie juste ici, si tu veux.

— Ne t'enquiquine pas, Rick. Ton script, c'est de la merde. Je n'ai pas pu dépasser les premières pages. Ton soi-disant thriller m'a endormi.

Le visage de Rick resta impassible.

— Je suis ouvert à toute suggestion. Dis-moi ce qui...

Dirk secoua la main d'avant en arrière, paume vers l'extérieur.

— Tout, tout est de la merde. Ne me fais pas perdre mon temps. J'en ai marre de vous tous. Je lance ma propre société de production, avec mes propres scripts. Sans parasites pour profiter de mon talent.

Kim apparut aux côtés de Dirk, avec une expression peinée sur le visage. En tant qu'agent, elle recevait un pourcentage de tous les gains de Dirk Diamond, mais à en voir son expression, les compromis étaient énormes.

— Dirk, il faut qu'on parle, l'interpella Amber en souriant. Tu arriverais à tout faire les yeux fermés. Souviens-toi de ce que je t'ai dit sur le professionnalisme.

La grimace de Dirk se transforma en un sourire penaud.

— Oui, tu as raison, comme d'habitude, Amber. Désolé de ne pas être plus comme toi.

Ma mâchoire se décrocha. Tante Amber avait un pouvoir évident sur Dirk, même sans magie. Parce que si sort il y avait à l'œuvre, je l'aurai senti. Mais aucune force magnétique ne semblait à l'œuvre, rien, si ce n'est la force de caractère que Tante Amber avait naturellement. Pourtant, cela restait un peu dur à croire.

Kim soupira, soulagée que quelqu'un ait limité la descente aux enfers de son boss.

— Dirk est mon protégé. On se connaît depuis longtemps tous les deux, n'est-ce pas, Dirk ? m'apprit Tante Amber en se tournant vers moi. Je l'ai aidé à obtenir son premier gros contrat dans l'industrie du spectacle. Et de plus, son tout premier film était de Steven Scarabelli. On se connaît depuis longtemps.

— Oui, confirma Dirk. Depuis longtemps.

— Steven a vraiment besoin de nous cette fois, dit Tante Amber en tapotant doucement le bras de Dirk. Allez, va voir Steven et arrange cette histoire. Tu t'en réjouiras plus tard, tu verras.

Dirk pinça les lèvres et parut réfléchir un instant.

— Bon d'accord, Amber. Allez viens, Kim.

Kim le suivit tandis qu'il rebroussait chemin et retournait à la caravane de Steven. J'étudiai ma tante du regard, épatée par l'emprise qu'elle semblait avoir sur Dirk. Comment se faisait-il qu'il l'écoutât alors qu'il ignorait le reste du monde ? Elle me vit faire et sourit.

— Quoi ?

— Rien.

Elle voulait des louanges, sauf que je ne lui en adresserais pas. Je ne voulais pas faire enfler encore plus ses chevilles.

— Tu n'as pas un travail à faire ? rétorqua-t-elle alors en tapant du pied par terre, me foudroyant du regard.

— Hein ? Ah oui, si, si.

J'ignorais que mon journal avait une quelconque importance pour elle.

— Mes robes ne se repasseront pas toutes seules.

— Euh… J'y vais tout de suite.

Je n'avais nullement l'intention de m'occuper de sa garde-robe, mais je n'avais vraiment pas envie d'une autre dispute terrible sur le plateau. Toutefois, je ne savais pas d'où venaient les changements d'humeurs si brusques de la Tante Amber, mais elle d'habitude si stable devenait aussi fluctuante que Dirk.

Ou aussi instable que Tante Pearl. Je réalisai alors que je n'avais toujours pas évoqué le sujet avec elle.

— Bien. Parce qu'il faut que j'aille sur le plateau, dit Tante Amber en me chassant d'un geste de la main avant de se retourner et de traverser la route qui menait à la vieille banque.

Je fus soulagée de ne voir ni Dirk ni Kim. Ils devaient déjà être en train de parler avec Steven. Je fis profil bas et attendis que Tante Amber entre dans l'immeuble, puis me tournai vers la caravane de Steven, comptant bien entendre une chose ou deux. Après le départ de Dirk et de Kim, j'espérais bien obtenir quelques minutes du temps de Steven pour gribouiller un article.

Je n'eus pas à attendre bien longtemps avant d'entendre des voix venant d'à côté de la banque. Les interlocuteurs m'étaient invisibles, mais je reconnus la voix de Dirk Diamond, qui parlait à Steven Scarabelli. Je me rapprochai en entendant leurs voix croître.

— On peut tout changer, script, conditions, tout, à ta guise, disait Steven.

— OK, très bien. Alors je veux faire changer ça.

À ses mots, des bruits de papier résonnèrent et quelqu'un frappa dans de la terre.

— Aucun problème, dit Steven. Merci beaucoup, Dirk. Je suis heureux qu'on ait pu arranger les choses.

— Oh, et encore une chose, reprit Dirk.

— Vas-y.

— Renvoie la vieille. Soit Amber West s'en va, soit c'est moi qui m'en vais.

Je retins un cri de surprise. Elle n'allait pas du tout aimer ça.

CHAPITRE 5

« *Le train sifflera à midi* » commençait plutôt à avoir des airs de « *Le bon, la brute, et* (surtout) *le truand* ». De l'autre côté de la rue, j'espionnai les équipes du film en train de travailler frénétiquement aux modifications demandées par la réécriture du script. Jamais auparavant je ne m'étais trouvée dans les coulisses d'un film. Cette activité effrénée que j'avais plus tôt confondue avec un chaos total se révélait en réalité être une symphonie finement jouée de la part de l'équipe et du casting. Ils ne cessaient d'aller et venir tout en accomplissant simultanément un millier de tâches visant à préparer le plateau pour la première scène du film. Ils en accomplissaient sûrement un millier d'autres inutile, à cause de l'arrogance et des exigences invraisemblables de Dirk Diamond.

Honnêtement, je ne m'attendais pas à ce qu'un acteur puisse demander autre chose qu'une réécriture de ses répliques, mais Dirk avait carrément exigé d'avoir la banque dans une nuance de bleu différente ! Il y avait encore des vapeurs de peinture qui flottaient dans les airs en empestant les narines de tout le monde tandis que les peintres terminaient de nettoyer derrière eux et de démanteler leurs échafaudages.

L'équipe du film s'attirait encore plus mon respect pour le coup, contrainte de se plier aux caprices d'une starlette pourrie gâtée. Mais malgré les exigences de dernière minute de Dirk, le tournage était fin prêt à commencer. Il ne restait à Rick Mazure que quelques dernières mises à jour à faire, à cause du récent changement de script par Dirk qui entraînait quelques erreurs de continuité. Mais heureusement, cela ne comprenait qu'une légère modification des répliques de Dirk Diamond. Le reste de la scène du braquage restait intact.

Après avoir jeté un coup d'œil à la ronde, je fus surprise de voir Tante Pearl pas très loin de nous. Qu'elle n'ait pas encore pu parler à Tante Amber me rassurait parce qu'elles risquaient de se disputer et de retarder encore plus le tournage. Je ne savais pas trop cependant si elle était venue parce qu'elle avait changé d'avis sur son travail ou si c'était juste pour observer les événements. Dans tous les cas, ce serait une bonne chose. Dès que les caméras se mettraient à tourner, elle verrait combien le travail d'aide-accessoiriste pouvait être intéressant.

Tout le monde semblait détendu et enchanté maintenant, prêt à s'y mettre. Sauf Dirk, qui avait l'air de ne pas se trouver à sa place sur le plateau. Son impatience ne cessait de croître, et je priais pour qu'il ne s'en aille pas sur un coup de tête avant que Rick ne revienne avec les dernières modifications.

Cela me surprenait encore que Dirk ait accepté de continuer le tournage malgré la mort soudaine de sa femme. Était-il plus dévoué à son travail qu'à son deuil ? Vu sa tirade dans la caravane de Steven, j'en doutais. Rose Lamont était à la fois sa femme et l'autre tête d'affiche initiale. Soit il était extrêmement stoïque, ou alors… quelque chose d'autre l'animait, un motif dont la simple idée était bien trop épouvantable pour moi.

D'un autre côté, je regardais beaucoup de séries criminelles et je m'attendais toujours au pire. L'homicide n'était pas à exclure, d'autant plus que Rose était beaucoup plus jeune que Dirk et un modèle de forme physique. On ne peut pas s'attendre à voir les gens de son style décéder brutalement de mort naturelle. Je me fis une note mentale, m'enjoignant d'aller chercher plus de détails sur son décès brutal.

Encore plus étrange était le fait de trouver ma tante, la retraitée, agissant comme une doublure de Rose Lamont. Elles n'avaient rien en commun que ce soit en âge ou en expérience, et je doutais qu'Amber ait autant de sex-appeal au box-office qu'une femme de trente ans. Sachant qu'en plus, Dirk voulait la faire virer, je m'attendais au pire.

— Tournez-vous un peu vers la gauche, dit le photographe en ajustant son objectif. Oui, comme ça. Restez comme ça.

— Assurez-vous de prendre un cliché bien photogénique, dit-elle en envoyant un grand sourire à la caméra.

Elle avait une bonne douzaine de photos, certes, mais elles étaient aussi peu flatteuses, et simples. On l'avait déjà prise en photo fixe avec Dirk, Arianne et quelques autres membres peu enjoués de l'équipe que ses distractions constantes semblaient enquiquiner de plus en plus. Tellement de membres, d'ailleurs, que Steven l'avait grondée pour avoir retardé la production.

— Voici les scripts réécrits, déclara tout d'un coup Rick Mazure en déboulant à la hâte sur le plateau, essoufflé et complètement échevelé.

Sa veste était froissée, sa chemise déboutonnée et son front couvert de sueur.

— Mais ce sont des changements assez importants... Alors merci à tous de bien vouloir revoir vos répliques, dit-il en tendant à tous les acteurs et aux membres de l'équipe un exemplaire du script depuis un gros dossier aux pages bleues.

Le type chauve et baraqué à côté de moi jura sous cape. Bill Kazinsky était extrêmement fidèle à la description que Tante Pearl avait faite de lui sauf qu'il ne semblait pas paresseux du tout. Malgré tous ses jurons et ses protestations, il effectuait à lui seul tous les changements nécessaires aux exigences de Dirk Diamond, et ce sans le moindre délai.

— Je croyais que ça devait être des changements mineurs ? protesta Bill en s'emparant du dernier exemplaire de Rick, avant d'analyser les pages et de pointer son index en furie dessus. C'est quoi ces conneries ? C'était supposé être des couteaux, pas des flingues ! Qu'est-ce que vous voulez que je fasse avec ça ?!

— Est-ce que ça pose un gros problème ? demandai-je.

— Plutôt, ouais ! jura-t-il sous cape. Je suis à des centaines de kilomètres du studio et tous mes accessoires deviennent obsolètes, putain de merde ! Ils ne pouvaient pas me dire les bons à prendre dès le début ?

Rick haussa les mains, paumes vers l'extérieur.

— Désolé, Bill. J'ai juste réécrit comme on m'a dit de le faire. Si tu as des questions, pose-les à Steven. C'est lui le patron.

De ce que j'avais vu jusqu'ici, j'en doutais sérieusement. C'était Dirk Diamond, le boss, ici.

— Mais ouais, bien sûr, gronda Bill sous cape.

Il fonça ensuite à quelques mètres de là, rageusement, vers un endroit où étaient exposés les accessoires et autres équipements en une sorte de forteresse en cercle d'un mètre cinquante de haut, avec une légère entrée d'à peine quelques centimètres de large. La configuration ne permettait aucune autre entrée, tout en protégeant tout à l'intérieur.

Je le suivis mais m'arrêtai juste à l'entrée du cercle d'accessoires de Bill. Ce mini-Stonehenge ne permettait qu'à une seule personne d'entrer. Bill se mit sur le côté et se glissa dans cette légère ouverture, avant de commencer à faire la revue de son inventaire, une expression frustrée sur le visage.

— Bon, où est-ce que je vais bien pouvoir trouver six pistolets du début vingtième ? Ça ne pousse pas sur les arbres, vous savez !

L'homme obèse s'assit sur un tabouret au cœur de cette forteresse et se gratta le front.

— Besoin de pistolets ? J'en ai ! s'exclama Tante Pearl en se matérialisant à mes côtés, brandissant un pistolet dans chaque main. Je peux vous en récupérer d'autres en un claquement de doigts, si vous voulez.

Je lui fis silencieusement « non ». Ce n'était ni l'endroit ni le moment de faire étalage de sa magie ou de faire croire qu'elle avait un accord avec des trafiquants d'armes. Une Tante Pearl armée, voilà une idée qui me fichait les chocottes. Une arme à feu était bien pire qu'un simple feu.

— Euh… Faites-moi voir ça ? grommela Bill, émergeant de sa grotte pour prendre l'un des pistolets, qu'il retourna dans sa main en l'examinant. Ça peut marcher. Mais on en a besoin de six, par contre.

— Pas de soucis, une seconde, dit-elle avant de disparaître dans un coin du plateau et de revenir en moins de deux avec un fourre-tout si lourd qu'elle en avait les bras tombants.

Elle le remit à Bill.

— Essayez ça.

Que Tante Pearl semble finalement si intéressée par ce rôle d'accessoiriste me ravissait. Bill prit un des pistolets.

— Hé, ils ont l'air vraiment anciens. Où est-ce que vous les avez eus ?

— Ça n'a aucune importance, tant qu'ils vous conviennent, fit Tante Pearl en faisant une fausse courbette, battant des cils. À votre service, Monsieur Bill.

Je me tournai vers lui, du coup.

— Il ne faudrait pas d'abord les tester pour s'assurer qu'ils fonctionnent ?

Le comportement épouvantablement doucereux de Tante Pearl signifiait qu'elle avait quelque chose en tête. Et je la soupçonnais d'avoir trouvé le moyen de miner la performance de Tante Amber. La rivalité entre sœurs sorcières était vraiment la pire qui soit.

— Ah, c'est sûr, vous avez raison. Mais on n'a pas assez de temps, grimaça Bill. Maintenant que j'y pense, j'ai d'autres revolvers qui pourraient marcher et qui fonctionnent. Pourquoi est-ce que Rick n'est pas fichu d'écrire correctement la scène du premier coup ?

Il jeta un regard noir en direction de Rick. Mais le scénariste était soit hors de portée auditive, soit il l'ignorait à dessein. Alors, Bill s'accroupit et jeta un œil dans une grande boîte.

— Mince, je ne les trouve pas. Il va falloir que je retourne rapidement à ma caravane pour aller les chercher.

Tante Pearl leva la main.

— J'y vais — dites-moi juste où ils sont.

Bill fit non de la tête.

— Vous ne pouvez pas, ils sont sous verrou, lui expliqua-t-il avant de pointer le doigt sur la Tante Pearl. Par contre… surveillez la boîte. Ne laissez personne prendre quoi que ce soit.

Il tourna les talons et partit. Tante Pearl jura sous cape.

— Je fais tout le sale travail et personne ne m'accorde le moindre respect. Je lui ai trouvé ses pistolets, et pourtant, au lieu de me faire faire quoi que ce soit de productif, je me retrouve à faire la nounou pour une boîte à jouet. Je ne suis pas assez payée pour ça.

— Tu viens de commencer. Tu n'as encore rien fait, tu sais ! Et en plus, personne ne te paie. Tu t'es portée volontaire pour aider avec les accessoires, tu te souviens ?

Il était assez évident que Bill n'avait pas vraiment besoin de son aide.

— Ouais, ouais. Mais je m'attendais à un peu plus d'excitation avec un film d'action. Je commence vraiment à le regretter. Mais peut-être faudrait-il que je sème un peu le désordre, observa-t-elle en se grattant le menton, perdue dans ses pensées.

Un frisson me parcourut. Une Tante Pearl qui réfléchissait, ce n'était pas bon signe du tout.

— Ne t'en mêle pas en conjurant d'autres pistolets. Les gens risquent de se méprendre, tu sais !

Personne ne pouvait la prendre pour une terroriste, mais on risquait de paniquer si on la voyait armée jusqu'aux dents avec une demi-douzaine de revolvers.

— Mais je pourrais leur faire gagner à tous un bon paquet de temps. Bill n'est pas vraiment un rapide, et il y a plein de gens talentueux avec de sacrés salaires dans le coin, protesta-t-elle avant de croiser les bras et de taper du pied par terre. Je lui ai proposé de l'aider, mais il refuse. Il doit se sentir menacé.

— J'en doute. Il travaille là-dedans depuis longtemps. Il est peut-être lent, mais il sait ce qu'il fait.

Elle fit lentement non de la tête.

— S'il avait lu le script, il aurait vu que la dernière version comporte des explosifs en plus.

— Comment est-ce que tu sais ça ?

Tante Pearl leva les yeux au ciel et sortit une pile de feuilles de sa poche arrière.

— Voyons voir... C'est écrit ici, en page trois, dit-elle en tapant la feuille de l'index.

— Où est-ce que tu as trouvé ça ? demandai-je en me penchant pour mieux regarder.

Le numéro de page en bas indiquait qu'il s'agissait de la version cinq du document, alors que celle que Rick venait de donner à Bill était la quatre.

— Rick me l'a filée, grimaça-t-elle en arrachant son script de mon regard, avant de le lever au-dessus de sa tête. En anticipation.

— Tu es sûre d'avoir bien lu ?

Son sourire suffisant m'indiqua qu'elle mentait effrontément. Sur le script, sur ces explosifs, ou même les deux, je ne savais pas trop. La seule chose dont j'étais sûre, c'était que la mêler à tout ça avait été une énorme erreur.

— Bien sûr que oui. Rick me l'a donné en précaution au cas où, parce qu'il sait que Bill est particulièrement désordonné et incompétent. Peut-être que je devrais aller voir Steven Scarabelli moi-même. Il m'engagera sûrement sur le tas comme chef du département accessoire et pyrotechnie. Je ferais un bien meilleur travail que lui.

De la pyrotechnie dans un Western. L'idée me parut farfelue, jusqu'à ce que je me rappelle de la dynamite. Imaginer Dirk Diamond explosant un coffre de banque et réduisant en miettes au passage tout le vieux bâtiment autour me fit frémir. J'avais le sentiment que toute la dynamite fournie par Tante Pearl serait bien réelle. Le bâtiment était trop vieux pour supporter une telle chose, et nous ne pourrions pas payer les réparations. Je priais pour que la Tante Pearl ne me mente pas, mais je ne pouvais pas lui accorder une confiance aveugle là-dessus. Il faudrait que je trouve Rick Mazure afin qu'il puisse confirmer ses dires.

Ou alors Amber. Elle était probablement la seule à pouvoir freiner la quête effrénée de pouvoir de sa sœur.

Tante Amber !

Je jetai un coup d'œil à l'endroit où elle posait préalablement pour les photos, mais elle était partie et il ne restait que le photographe en train de tripatouiller son équipement.

J'analysai l'endroit à la recherche de Tante Amber, et la repérai à l'autre bout, en train de parler… ou plutôt de se disputer… avec Steven Scarabelli. Et à en juger par son visage strié de larmes, Steven avait dû succomber aux exigences de Dirk Diamond et l'avait virée.

Je dus lutter contre l'envie de courir vers ma tante pour la prendre dans mes bras, parce que d'apprendre que j'étais au courant ne ferait que l'humilier davantage. Devais-je lui parler de la conversation entre Dirk et Steven ? À bien y réfléchir, à quoi cela servirait-il ? Rien ne pourrait changer la donne.

Je ne voulais pas non plus mettre en danger le film. L'équipe et les acteurs rapportaient de l'argent à Westwick Corners. Notre Auberge familiale était pleine, et Maman faisait aussi du profit avec la restauration. Si Steven Scarabelli décidait de partir pour poursuivre le tournage ailleurs, cela serait un vrai désastre. Enfin, si on filmait un jour pour de bon, bien sûr.

— Tu vas le regretter ! rugit Tante Amber avant de se retourner et de partir comme une furie en direction de sa caravane.

Elle manqua de se cogner contre Bill, qui venait de revenir avec une mallette en bois. En jurant, elle le dépassa, lui donnant un coup de coude au passage.

Bill jura à son tour et se décala de son chemin, avant de filer vers les acteurs. Puis il posa sa mallette par terre et la déverrouilla avant d'en sortir des pistolets et de les distribuer à chacun, un par un. Enfin, il referma la valise et revint vers nous, avant de la soulever au-dessus de la grande boîte qu'il avait fouillée un peu plus tôt, et de la laisser tomber dessus avec un bruit sourd.

Le photographe leva tout d'un coup la tête, surpris par le son. Puis grimaça en voyant Tante Amber hors plateau.

— Cen ? Tu m'écoutes ? demanda Tante Pearl en me tirant le bras.

Elle ne semblait pas au courant du renvoi d'Amber.

— Hein ?

J'acquiesçai vaguement, même si je n'avais pas écouté un seul mot de ce qu'elle m'avait dit. Heureusement, je fus sauvée par l'appel du directeur. Les acteurs s'installèrent et je me fis un mémo mental pour me souvenir d'aller voir comment allait Tante Amber dès que la scène serait tournée.

Le tournage se mettait enfin en place.

— À vos places, ordonna Steven Scarabelli qui venait de retourner sur le plateau, rouge et essoufflé.

Il fit un geste de la main vers les caméras, le désespoir ayant cédé à l'optimisme chez lui.

— Vaut mieux que ce soit le dernier changement. Surveille les affaires, Pearl, il faut que j'aille m'en griller une, dit Bill en pointant Tante Pearl du doigt avant de traverser la route.

— Qu'est-ce qu'il y…

J'agrippai l'épaule osseuse de ma tante d'une main et posai un doigt sur mes lèvres.

Elle fit la moue mais se tut.

— Action ! cria Steven.

Les portes de la banque s'ouvrirent à la volée et Dirk Diamond sortit en toute hâte. Il s'engouffra dans la rue en direction d'une Ford Model T noire dont le moteur ronronnait, vêtu d'un long manteau noir dont la queue flottait au vent derrière lui. Il avait un pistolet dans une main et un sac de butin dans l'autre. Un second homme vêtu d'un jean et d'une veste en daim le suivait, pointant son pistolet à la ronde autour d'eux pour couvrir leurs arrières pendant qu'ils traversaient.

Mais le conducteur de la Model T descendit de son siège et se mit à côté de la voiture, faisant de grands signes frénétiques de la main à Dirk et serrant un couteau dans l'autre.

Alors, trois hommes inconnus bondirent de derrière un bâtiment de l'autre côté de la rue en brandissant des pistolets sur Dirk et sur son compagnon. Celui en tête du cortège ouvrit le feu, touchant un des complices de Dirk. L'homme laissa tomber son arme en hurlant de douleur. Il tituba jusqu'à la voiture, main serrée sur son bras, et se jeta sur la banquette arrière.

Arianne Duval sortit de la banque en hurlant. Puis elle s'immobilisa soudainement sur le trottoir en remarquant les hommes qui s'y trouvaient. Le conducteur armé de son couteau retourna d'un bond au volant de la Ford, juste au moment où la rue principale se transformait en scène de fusillade de western. Les balles fusaient de tous les côtés, les chevaux partaient en courant, et les chiens aboyaient à qui mieux mieux, galopant comme des fous en pleine mêlée. Quand la poussière retomba enfin, cinq hommes gisaient sans vie au sol.

— Non ! hurla Arianne, avant de courir vers Dirk et de s'accroupir à côté de lui, puis, face caméra, tout bas : Il est mort.

— Coupez ! Bon boulot, tout le monde ! retentit la voix de Steven.

Il adressa un pouce victorieux à tout le monde en quittant à la hâte le tournage pour retourner aux caravanes, tandis que tous les acteurs se relevaient et s'époussetaient.

Tous, sauf Dirk Diamond.

Il ne se releva jamais.

CHAPITRE 6

— Dirk a été abattu ! criait Arianne.

— Allez, arrête. On fait une pause, répondit un grand acteur blond, l'un des tireurs, en lui faisant signe hors du plateau.

Tante Pearl ricana.

— Évidemment qu'il a été abattu. C'était une fusillade, andouille. C'est la suite logique des événements, soupira-t-elle avant de se tourner vers moi. Tous des incapables.

— Arrête, Tante Pearl ! Ce n'est pas le moment de faire dans le sarcasme !

Dirk portait une chemise blanche de cowboy sous son manteau. De là où j'étais, je vis un cercle rouge se répandre lentement dessus. Et je réalisai, horrifiée, que cette tâche ne faisait pas partie du film. Une fausse blessure par balle demandait en effet d'utiliser du faux sang, mais comme la scène s'était terminée dès la fin de la fusillade, il ne servait à rien d'en mettre.

Arianne s'en était rendu compte aussi.

Je posai la main sur la bouche de terreur quand je compris enfin. Tous les autres acteurs, mis à part Arianne, s'étaient levés et s'en allaient. Mais Dirk restait inconscient au sol, sans bouger d'un iota.

— Franchement, j'en ai jusque-là, fit Tante Pearl en tapotant son front du bout des doigts. Tu n'imagines pas ce que c'est que de devoir recevoir des ordres d'un bouffon incompétent. Je vais demander une augmentation à Steven. Je ferais mieux que Bill avec une main dans le dos.

Je la foudroyai du regard. Heureusement, tout le monde était trop distrait par les cris d'Arianne pour entendre le caprice de Pearl. Elle secoua la tête et haussa les épaules.

— J'ai voulu l'aider, mais il est trop têtu pour réaliser ses erreurs.

Je l'ignorai. Dirk aurait déjà dû se lever.

Nous venions juste d'assister à un tragique accident de tournage, voire à un meurtre.

Arianne courut frénétiquement du bâtiment à la rue et vice versa, là où le corps sans vie de Dirk reposait sur la route de terre.

— À l'aide ! Il ne respire plus !

Une demi-seconde s'écoula, puis il y eut l'impact des mots d'Arianne. Tout le monde courut vers Dirk.

— C'est trop tard, murmura l'un des acteurs en s'accroupissant à côté de Dirk. Je crois qu'il est mort.

Un sursaut collectif se répandit en un éclair entre la vingtaine de personnes présentes qui s'étaient rassemblées autour de Dirk dans un demi-cercle lâche. Même si personne ne semblait aussi accablé de chagrin qu'Arianne, les visages étaient tous frappés de terreur. État de choc.

— On l'a vraiment abattu, murmurai-je choquée. Ce n'est pas de la comédie.

Je me tournai vers Tante Pearl, mais elle était partie.

En me retournant, je la vis en train de s'éloigner à la hâte du tournage. Elle était déjà à une demi-rue de là et venait de rattraper Steven. Il avait dû quitter le plateau dès la fin du tournage, et vu sa démarche ordinaire et peu pressée ; il ne savait rien encore du sort de Dirk.

Bill accourut vers moi, un mégot pendouillant à la bouche. Après une profonde respiration, il le jeta par terre et l'écrasa du pied.

— Qu'est-ce qui se passe, bordel ? Pourquoi y a toute l'équipe dans tous ses états ?

Je secouai la tête.

— On vient d'abattre Dirk d'une balle en pleine poitrine. Il est mort.

Il plissa les yeux.

— Z'essayez de faire de l'humour ou quoi ?

— Je ne plaisante pas.

— Je n'y crois pas. C'est un autre changement de script, non ? demanda Bill dont les yeux ne cessaient de zigzaguer entre le corps sans vie de Dirk et moi.

— J'ai bien peur que non, murmurai-je en l'étudiant du regard pour déceler toute trace de duperie. Mais il semblait réellement surpris.

Alors, il se mit à faire les cent pas, le visage pâle.

— Comment est-ce que ça a pu arriver ? Qui est le tireur ? Où est-il ?

Je baissai le ton de ma voix.

— Je l'ignore, mais la balle semble provenir de l'un de vos pistolets.

— C'est impossible, répondit Bill. Mes pistolets ne sont jamais chargés. Jamais. Je les laisse toujours à blanc.

— Vous en êtes sûr ?

J'analysai la rue où j'avais vu pour la dernière fois Tante Pearl et Steven. Ils étaient en pleine conversation, apparemment bien agitée. Tous deux semblaient ignorer totalement la tragédie qui s'était déroulée devant leurs yeux. Je me retournai vers Bill.

— Évidemment ! Je les ai tous vérifiés moi-même avant de les donner. Je n'ai même pas de balles, protesta-t-il avant de me foudroyer du regard. Vous me soupçonnez d'y être pour quelque chose, hein ? Pouvez m'expliquer pourquoi j'aurais fait quelque chose comme ça ?

Je secouai la main, refusant cet argument. Je voyais déjà plein de raisons.

— On n'accuse personne pour le moment. On énonce les faits, c'est tout. Dirk a été abattu.

Arianne s'avança alors rapidement vers nous puis s'arrêta brutalement en face de Bill pour le foudroyer du regard.

— Tu nous as refilé des flingues chargés ? On aurait tous pu être morts à l'heure qu'il est ! Comment as-tu pu être aussi stupide ?!

— Évidemment que non ! Je ne vous ai pas donné de flingues chargés ! Tu me prends pour un idiot ? Les pistolets étaient tous à blanc ! protesta-t-il en se grattant la tête. Je ne comprends pas.

— Tu as un sacré paquet d'explications à fournir, Bill, l'accusa Arianne. Parce qu'il n'y a que toi qui as pu y toucher.

— On ne peut pas savoir s'ils étaient tous chargés. Il n'y a qu'une seule balle qui a été tirée, dis-je.

Le sujet restait à débattre. On pourrait vérifier les faits tout à l'heure, mais je n'avais pas envie que tout le monde cède à la panique et prenne des conclusions hâtives. Bill leva les bras.

— Je te jure qu'ils n'étaient pas chargés. Quelqu'un a dû le faire après la distribution.

— Si quelqu'un les avait trafiqués, on les aurait vus, dis-je. Vous les avez distribués juste avant le début du tournage. On avait tous les yeux sur le plateau.

— Peut-être, mais quelqu'un a réussi à agir, de toute évidence. Peut-être Pearl. Où est-elle ?

— Elle n'a jamais touché aux pistolets, j'en suis sûre.

La tentative désespérée de Bill pour détourner les blâmes me mettait sérieusement en colère. Non que je puisse lui en vouloir d'être bouleversé, furieux ou autre, que sais-je, mais ce n'était pas une excuse pour transformer Tante Pearl en bouc émissaire de sa négligence. Heureusement qu'elle n'avait pas entendu ses accusations. Elle était très bien capable de se défendre toute seule, mais c'était précisément ce qui m'inquiétait. Je ne voulais pas lui donner l'opportunité d'aggraver les choses.

Son visage s'empourpra d'une rage à peine contenue.

— Vous avez dû détourner les yeux une seconde.

— Non, elle n'a pas quitté mon champ de vision un seul instant. Allez lui demander par vous-même. Peut-être qu'elle a vu quelque chose dont moi je n'ai pas été témoin, dis-je en inclinant la tête vers la direction qu'elle venait d'emprunter. Elle est en train de s'entretenir avec Steven.

Je ne doutais pas que Tante Pearl soit en train d'essayer de récupérer le job de Bill, mais cela n'avait plus aucun sens. Sans Dirk Diamond, le film ne pourrait continuer. De sorte qu'on n'avait plus besoin non plus du rôle de gestionnaire-accessoiriste de Bill ni de Tante Pearl. Une superstar décédée signifiait aussi la fin du film, ou en tout cas, son report assuré.

Arianne, tremblante, sanglotait entre ses mains.

— Comment est-ce que ça a pu arriver ? Il y a deux secondes, Dirk était encore en vie, à courir. J'ai à peine cligné des yeux et pouf, le voilà mort.

Le timing était troublant. D'abord Rose Lamont, l'épouse de Dirk, puis Dirk lui-même. Même si Rose était supposée avoir trouvé la mort à cause d'un anévrisme, entre la coïncidence et l'incident d'aujourd'hui, il semblait y avoir quelque chose d'extrêmement louche dans l'histoire. Le décès de Dirk était-il un tragique accident, ou quelqu'un voulait-il les tuer en réalité tous les deux ?

Un pistolet chargé, de vraies balles au lieu de tirs à blanc : quelqu'un avait trafiqué les armes. Et pourtant Bill persistait à dire qu'il les avait tous vérifiés, sachant qu'en plus je l'avais vu distinctement tout distribuer. En plus d'une douzaine de témoins, tout cela avait été enregistré sur pellicule. Identifier le tireur ne serait qu'une simple affaire de rembobinage.

À supposer qu'il s'agisse bien d'un meurtre, pourquoi le commettre en plein jour à la vue d'une douzaine de personnes ? Soit le tueur était extrêmement culotté, soit très bête. Ou alors, il essayait de faire porter le chapeau à un innocent.

Je déglutis, priant pour que mon intuition ne soit pas la bonne.

CHAPITRE 7

Je saisis mon téléphone portable pour composer en vitesse le numéro du shérif Tyler Gates.

— Viens vite au plateau de tournage. Dirk Diamond vient d'être abattu.

Le personnel s'était rassemblé par dizaines, muré dans un silence effaré, formant un grand cercle autour du corps sans vie de Dirk Diamond. La rumeur s'était répandue comme une traînée de poudre au sein de l'équipe. Et tout le monde était revenu sur le lieu du tournage, ébahi et choqué par l'énormité des événements. La vérité se fit bientôt connaître : quelqu'un venait d'assassiner la tête d'affiche du film, et par là même, éliminer toute chance de paie. Toute chance de voir Westwick Corners devenir l'Hollywood du Nord s'était également volatilisée.

— Je suis déjà là, retentit la voix de Tyler.

Je découvris en effet sa présence tandis qu'il s'avançait vers moi, le corps sans vie de Dirk à quelques mètres de là. Son visage était fermé et sa bouche pincée en une mince ligne.

— Amber vient de tout me raconter.

— Tante Amber ? Les nouvelles vont vite, je vois, fis-je avant de grimacer. Je croyais qu'elle avait déjà quitté le plateau.

Tyler fit un signe de tête vers l'endroit, à quelques mètres de là, où se tenait Tante Amber.

— Non, elle dit qu'elle était là au moment des faits. Elle a couru au commissariat pour venir me chercher.

Il s'avança alors vers le corps de Dirk et je le suivis, tandis qu'il appelait l'unité d'investigations scientifiques sur son téléphone. Comme Westwick Corners était trop petite pour avoir ses propres médecins légistes ou ses investigateurs, en tant que shérif, il devrait se reposer sur l'unité disposée à cet effet à Shady Creek, à une heure d'ici. Tyler devrait du coup se débrouiller tout seul jusqu'à l'arrivée des renforts.

J'étais tout autant soulagée que perturbée de voir Tante Amber de retour sur le plateau.

— Je devais être trop occupée à regarder le tournage pour m'apercevoir de sa présence, j'imagine…

— Oui, ça fait beaucoup. Entre le tournage et tout le reste, compatit Tyler. Raconte-moi ce qui s'est passé.

Je fis un récapitulatif de ce que j'avais vu.

— De ce que j'ai pu en voir, il n'y avait rien de bizarre. La scène de fusillade s'est bien déroulée comme dans le script, sauf que Dirk Diamond ne s'est jamais relevé.

Bill m'envoya un coup d'épaule pour passer devant moi et s'attirer l'attention de Tyler.

— Bon, au cas où il y ait quelqu'un qui se soit mis à lancer des accusations à tort et à travers, faut que vous sachiez que j'y suis pour rien, ce n'est pas moi qui ai tué Dirk.

— Personne ne vous accuse, répondit Tyler tout en se grattant le menton, perdu dans ses réflexions. Pourquoi dites-vous cela ?

— Parce qu'il y a quelqu'un qui a saboté l'un de mes pistolets en le chargeant avec de vraies balles, dit Bill en se frottant la paume de la main sur sa tête à moitié chauve, munie d'une unique mèche rabattue dessus. J'ignore qui et comment, mais on essaie de me faire porter le chapeau, c'est sûr. Mes flingues n'étaient pas chargés.

Tyler leva les sourcils.

— Où étiez-vous au moment de la fusillade ?

Bill sembla soudain tout penaud.

— Parti m'en griller une. Mais seulement après avoir donné les pistolets à tout le monde. Mais je les avais bien vérifiés pour m'assurer qu'ils étaient tous à blanc. Quelqu'un a dû les trafiquer juste après.

— Des témoins ? demanda Tyler en tirant un calepin de la poche de sa chemise. Qui avait accès à ces pistolets ?

Bill jeta un œil nerveux à la ronde.

— Et bien, il y avait Pearl qui m'aidait…

— Sauf qu'elle n'a jamais touché vos pistolets, rétorquai-je en le foudroyant du regard devant son insinuation répétée impliquant que Tante Pearl y était pour quelque chose.

Et j'étais aussi furieuse contre elle d'avoir encore choisi un moment pareil pour disparaître en me laissant toute seule la tâche de la défendre.

En fait, j'étais tellement en colère contre Bill, qui essayait de jeter la patate chaude à Tante Pearl, que j'avais bien envie de lui balancer une malédiction. Mais la loi du talion n'aurait aidé en rien nos affaires. Et de toute façon, je ne connaissais que la magie blanche. Il m'aurait été impossible de lancer la moindre malédiction. Si seulement j'avais connu un sort de vérité que j'aurais pu utiliser sur toutes les personnes ici présentes… Tante Pearl le saurait, elle, si une telle chose existait.

Même si d'un autre côté, cela aurait été irresponsable de perturber ce qui était très probablement une enquête pour meurtre. Mais je me demandais qui avait un motif. Même si tout le monde ou presque haïssait Dirk Diamond, il était leur principal gagne-pain. Personne n'avait quoi que ce soit à gagner avec sa mort.

En tout cas, pas à ma connaissance.

Je me reconcentrai sur Bill et Tyler. Leur discussion commençait à s'enflammer de plus en plus.

— Tout ce que je veux dire, en gros, c'est que Pearl m'aidait, admit Bill. J'ai vérifié les pistolets dans ma caravane avant de les apporter sur le plateau. Allez donc la fouiller si vous voulez. Vous ne trouverez pas de balles.

— J'irais, confirma Tyler. En attendant, ne partez nulle part. J'aurais besoin d'un témoignage de votre part dès que j'aurais fini d'analyser la scène.

« Du crime » manqua de lui échapper, mais il fit attention de ne rien dire. Toutefois, à en juger son expression, il avait déjà conclu que la mort de Dirk n'était pas un accident.

— Oh oh, fis-je en jetant un œil de l'autre côté de la rue et apercevant le Maire Brayden Banks avancer d'un pas rapide vers nous.

Il détonnait étrangement du reste de l'équipe, habillée plutôt ordinairement. Une couche de poussière avait teinté d'une fine pellicule de beige ses chaussures, son pantalon, et même sa veste sombre. Il n'avait vraiment pas besoin d'une mauvaise publicité. En prime, devoir employer Tyler ici devait être la dernière chose dont il avait envie. Car Tyler et moi avions commencé à sortir ensemble quelques mois après la rupture de mes fiançailles avec Brayden. Rupture effectuée à ma demande. Dans une petite ville comme celle-ci, il était difficile de rendre les choses plus tendues.

— Bonjour Cen, me salua froidement Brayden en m'adressant un signe de tête bourru juste avant de se tourner vers Tyler. Des pistes, shérif ?

Brayden détonnait de toute façon à Westwick Corners, même sans tournage. Mais son image d'homme d'opportunité était travaillée avec précaution. Je le savais bien, moi. Mon ancien fiancé s'était toujours cru destiné à d'autres cieux que ceux de Westwick Corners.

— Je viens de commencer, dit Tyler. Les techniciens de Shady Creek sont en route.

— Parfait. Vous en aurez bien besoin.

La menace à peine voilée de Brayden n'échappa ni à Tyler ni à moi. Être le maire de Westwick Corners n'était pour lui qu'un tremplin de sa route vers la grandeur politique, ou tout du moins, telle était sa vision des choses. Tout obstacle en chemin devait être rapidement annihilé.

Le regard de Brayden se posa sur le corps sans vie de Dirk, puis sur le tournage. Il fit un signe du bras droit vers tout le plateau.

— Je veux qu'on fasse partir toutes ces caméras, et que l'on confisque tous les téléphones portables. La presse va foncer là-dessus comme des mouches sur un pot de confiture. On n'a pas besoin de média pour débarquer et chercher à faire du sensationnel.

Oh, si le Maire Banks ne voulait pas d'une mauvaise publicité pour Westwick Corners, ne vous y trompez pas, ce n'était pas pour le bien de la ville, mais pour le sien. Et il ferait tout ce qui était en son pouvoir pour s'en tirer sans une anicroche.

Tyler semblait ne pas trop mal vivre ce micro-management de la part de Brayden, mais moi je fulminais intérieurement. Je faisais partie de cette presse. Et j'ignorais ce qui était le pire : que Brayden ait oublié ce détail, ou qu'il me qualifie d'insecte.

Mais il fallait que je prenne sur moi. Tyler aurait besoin de mon aide s'il voulait garder ce travail. Brayden sauterait sur la première opportunité venue pour renvoyer Tyler si l'enquête n'était pas conclue dans les plus brefs délais.

Brayden jeta un œil autour de nous pour être sûr que personne d'autre ne l'entende.

— Vous avez jusqu'à minuit ce soir pour trouver et arrêter le tueur. Sinon, vous êtes viré.

CHAPITRE 8

*L*es enquêteurs de Shady Creek arrivèrent en un temps record pour analyser la scène tandis que le médecin légiste examinait d'ores et déjà le corps de Dirk. Mais même si la Police de Shady Creek offrait une assistance en termes d'analyse, la seule personne capable d'enquêter sur le terrain restait Tyler.

En effet, meurtre ou pas, notre petite ville n'avait simplement pas suffisamment de budget pour s'offrir d'autres officiers, que ce soit pour un emploi plein temps ou pour louer ceux de Shady Creek. D'un côté, nous n'en avions pas les finances, mais d'un autre, il y avait une raison beaucoup plus sinistre. Brayden Banks s'arrangeait pour que Tyler fonce au désastre, ce que je ne pouvais laisser faire. Je me tournai vers Tyler.

— Tu ne vas pas vraiment confisquer le téléphone de tout le monde comme Brayden te l'a ordonné, si ? Je sais bien que c'est ce qu'il t'a demandé, mais ça va déclencher une révolte. Ça risque surtout de nous attirer toute la publicité dont il ne veut pas. À mon avis, ça finirait par nous retomber dessus.

Tyler secoua la tête.

— Ça ne ferait qu'attirer l'attention sur nous. Mais je dois quand même empêcher qu'on interfère avec la scène de crime, et...

Il me fit un clin d'œil.

— Je me demande si tu ne pourrais pas m'aider ?

— Je peux, effectivement.

Je n'utilisais jamais ma magie à des fins frivoles, mais s'il y avait bien une occasion où son usage était légitime, c'était celle-ci. Je concentrai ma vision pour la focaliser sur mon ancien fiancé, tout en réalisant que je me servais rarement deux fois d'un même sort en une journée. Après avoir jeté un rapide coup d'œil aux alentours pour vérifier que personne ne pourrait m'entendre, je me reconcentrai sur Brayden.

Avant de murmurer :

Mémoire troublée, cervelle en panne d'éveil,

Oublie ce qui te préoccupe, dors, dors et sommeille

Bientôt tu t'éveilleras et de rien ne te souviendras,

D'aucun souci, d'aucun tracas

Car ces dix dernières minutes te font désormais faux bond.

Cela fonctionna sur Brayden aussi bien que sur la Tante Pearl un peu plus tôt. Et de le voir partir ainsi d'un air hagard me procura fierté et culpabilité à la fois. Il parcourut en titubant la rue en direction de la mairie, se grattant la tempe d'un air perplexe.

— Bien joué, Cen.

Le son de la voix de Tante Pearl me fit sursauter tout à coup, car je n'avais remarqué ni son retour ni celui de Steven. À en juger par l'expression paisible de ce dernier, il ignorait tout ce qui était arrivé à Dirk.

— Tes leçons paient enfin, me félicita-t-elle à voix basse. Peut-être que tu deviendras un jour une vraie sorcière, après tout.

Je lui attrapai le bras au passage.

— Il faut que je te parle. Dirk Diamond vient de mourir, et pour de bon, murmurai-je avant de faire un signe vers le corps de Dirk qu'une couverture recouvrait désormais.

Tante Pearl se retourna pour me faire face, sans expression, de sorte que je ne pus savoir si elle était sérieuse ou si elle plaisantait.

— Qu'est-ce qu'on lui trouve à ce Dirk Diamond d'abord ? Il exagère tellement dans son jeu d'acteur que cela manque de réalisme. Même jouer un cadavre, il n'y arrive pas.

— On n'est pas au théâtre, Tante Pearl. Cette fois, c'est pour de vrai, repris-je. Dirk est vraiment mort.

— Ça ne me surprend pas, avec un tel comportement ! fit-elle en secouant la tête. Ce film va faire un flop.

— Attendez… Dites-moi que j'ai mal compris ! Dirk Diamond est mort ?! s'exclama Steven ébahi.

Son visage se vida de toutes couleurs, il me dévisagea d'abord moi, puis Tante Pearl.

— Ce n'est pas vrai ! On vient de tourner une scène !

— Justement, ça s'est produit précisément à ce moment-là. L'un des pistolets était chargé d'une vraie balle, dis-je en détaillant tout ce que je savais.

Steven m'écouta puis rebroussa chemin, effaré.

— C… c'est impossible ! Ça ne peut pas être vrai ! protesta-t-il, sur le point de s'évanouir. Ça change tout…

Je luttais contre l'envie instinctive de courir à la recherche de Tante Amber. Ce que nous venions de voir était soit un accident horrible, soit un meurtre. Les prochaines minutes allaient être décisives. Il s'agissait de collecter des preuves et d'établir des témoignages.

C'était un travail pour Tyler et la police de Shady Creek, soit, mais il fallait au moins que j'empêche les gens de partir.

Tante Pearl semblait s'en ficher comme de l'an 40. Elle passa à côté de moi en ligne droite vers Bill, qui s'attardait autour de ses boîtes d'accessoires et d'équipements.

Tyler n'était pas le seul à savoir ce qu'il devait faire. Je la suivis et l'attrapai par le bras pour l'arrêter afin qu'elle n'aille pas harceler Bill.

— Tu n'aurais pas vu Tante Amber ?

Je fus soudainement frappée par le fait qu'il me devenait désormais impossible de distinguer la réalité de la magie. Je savais que Tante Amber en avait fait usage pour que le film soit tourné à Westwick Corners. Mais pouvait-elle être allée plus loin ?

Il y avait une chance, cependant infime, que l'assassinat de Dirk soit du chiqué. Mais au plus profond de mon cœur, je savais que ce n'était pas le cas. Tante Amber suivait toujours les règles à la lettre. Enfin… Presque toujours. Mais même si elle avait employé de la magie pour que le film se déroule ici, elle n'avait pas trafiqué le cours du temps même après avoir été renvoyée par Steven. Elle n'avait lancé aucun sort pour récupérer son job, et elle n'aurait certainement jamais usé de magie pour assassiner qui que ce soit.

Mais, il fallait quand même que je la retrouve. Il y avait peut-être un moyen de réparer cette tragédie.

— La dernière fois que j'ai vu Amber elle était à côté des caravanes, dit Tante Pearl. J'imagine qu'elle est sans emploi, maintenant.

Je reportai mon attention vers la scène. On devait avoir une cinquantaine de personnes autour de nous, baignant tous dans une atmosphère sinistre. Même si, cela dit, malgré l'état de choc collectif, la tristesse ou la surprise ne semblaient guère régner. Cela me parut étrange puisqu'ils travaillaient tous ensemble depuis bien des années, sur de nombreux films.

— Comment est-ce possible ? balbutia Steven Scarabelli, le front couvert de sueur.

— Je n'y crois pas. Il est vraiment mort, murmura Rick Mazure en secouant la tête d'un air malheureux, contemplant le corps de Dirk. D'un claquement de doigts. Que fait-on, Steven ?

— On va trouver quelque chose, dit Steven, même s'il semblait tout sauf convaincu.

Arianne était hystérique.

— Mais qu'est-ce qui s'est passé, Bill ? Tu n'as pas vérifié tes pistolets avant la distribution ? Il y avait une vraie balle ! Ça aurait pu toucher n'importe lequel d'entre nous.

— Ça ne venait pas des miens, dit Bill. Ils étaient tous chargés à blanc.

— Je ne sais pas comment on va faire sans Dirk, déclara Rick en se levant. Je ne peux pas franchement l'ôter du script. C'était lui la vedette.

— Il doit forcément y avoir un moyen de résoudre tout ça. Et si on collait d'anciennes scènes coupées dans le film ? suggéra Arianne. Mais tu as vraiment tout foiré cette fois, Bill. Les pistolets appartenaient à toi et à personne d'autre. Comment pouvais-tu ignorer qu'il y en avait un qui était vraiment chargé ? Tu ne vérifies pas avant de les distribuer ?

Tante Pearl se décrocha la mâchoire.

— Oh oh...

Je fis volte-face d'un bond pour lui tirer les vers du nez.

— Qu'est-ce que tu as fait ?

Et si ce coup fatal avait été le résultat d'un sort qui aurait terriblement mal viré ? Tante Pearl n'était pas du genre à admettre ses erreurs, même s'il s'agissait de quelque chose d'aussi épouvantable qu'un meurtre accidentel. Sorcellerie ou non, Bill serait probablement viré. Tante Pearl louchait sans aucun doute sur son poste, ce qui serait un véritable cataclysme.

Sauf que sans Dirk, il n'y aurait pas de film. Quelles étaient alors les chances pour que Tante Pearl puisse parvenir à ses fins ?

Aucune.

— Je ne comprends rien. Je vous jure que j'ai vraiment vérifié tous les pistolets.

Bill foudroya Tante Pearl du regard mais se tut. Il semblait penser la même chose que moi. C'est-à-dire que Tante Pearl avait peut-être momentanément relâché son attention en gardant les accessoires. Ou bien peut-être pire : aurait-elle pu abandonner son sens de la morale ?

Bill se mit à suer à profusion, tandis qu'Arianne se traînait jusqu'à une chaise voisine et se laissait choir dessus, où elle pleura doucement, la tête dans les mains. Steven et Rick étaient à quelques mètres de nous, discutant ensemble. Rick avait beau me tourner le dos, je voyais à l'expression paniquée de Steven qu'ils parlaient de la suite des événements.

Le reste du casting et de l'équipe restait un peu plus loin, en groupe, marmonnant à voix basse. Mais leurs voix portaient vers nous, pleines de spéculation sur ce qui venait de se produire et sur ce qui suivrait.

Dirk Diamond était populaire à l'écran, mais en coulisse il semblait avoir plus d'ennemis que d'amis. Seulement tous ceux qui étaient ici présents dépendaient de lui pour leur salaire, de sorte qu'un assassinat n'avait aucun sens. Sa puissance de vedette était l'unique raison pour laquelle ce film avait eu du succès. Ce qui aurait dû être une séquelle tournée à la va-vite devait soudainement observer une grosse pause. Sans Dirk, ce film ne serait probablement jamais tourné, ce qui disculpait pratiquement toutes les personnes ici présentes en raison d'un manque de mobile. Si tout le monde voulait sa mort, pourquoi ne pas avoir attendu la fin du film ? Cela aurait, de prime abord, réduit considérablement le nombre de témoins.

Tyler fit un signe vers le pavillon de toile qui recouvrait désormais une demi-douzaine de tables près de la caravane de ravitaillement.

— Il va falloir qu'ils quittent tous le plateau. Qu'ils viennent s'asseoir ici à l'ombre. Cen, assure-toi que personne ne s'en aille. Je vais avoir besoin de récupérer vos témoignages à tous d'ici quelques minutes.

J'acquiesçai, même si Steven avait déjà fait signe à l'équipe et aux acteurs de le suivre. Ils se rassemblèrent autour des tables, les yeux tournés vers nous. À présent, la plupart des gens avaient réalisé la gravité de la situation. Les autres acteurs qui avaient participé à la fusillade semblaient choqués, se rendant compte qu'ils auraient eux-mêmes pu recevoir cette balle fatidique.

Moi, cependant, je restais convaincue que cette balle avait été adressée à Dirk à dessein. Mais comment le prouver ?

Bill resta sur le plateau.

— Vous feriez mieux de ne pas me faire porter le chapeau. Mes flingues étaient définitivement tous à blanc. Je les ai tous vérifiés au moins deux fois avant de les distribuer, comme d'habitude.

— Qu'est-ce que tu insinues par là, Bill ? Que j'aurais chargé moi-même ces pistolets ? rétorqua Tante Pearl, affrontant Bill, les mains sur les hanches.

— Il est trop tôt pour tirer des conclusions, dit Tyler, sans expression et en étudiant la douille. Quelqu'un avait un pistolet chargé. Soit il s'agissait de l'un de vos accessoires, soit d'une arme que quelqu'un d'autre a apportée sur le tournage. Vous êtes sûr d'avoir tout vérifié ?

— Évidemment. Je n'ai même pas de balles, fit Bill en faisant un signe de main vers les accessoires. Allez donc vérifier mes affaires. Les pistolets sont dans une mallette dans cette grosse boîte en bois.

— Je vais bientôt aller vérifier.

Bill soupira, visiblement soulagé. Il adressa ensuite un regard amoureux vers la caravane de ravitaillement, où attendaient tous les autres.

— Bien. Je vais aller prendre un café.

Tante Pearl pointa Bill du doigt tandis qu'il se frayait un chemin vers le camion.

— Il n'est vraiment pas bon pour surveiller ses affaires.

Bill se retourna, fâché.

— J'ai tout entendu. Tu es vraiment la dernière personne qui devrait s'amuser à lancer des accusations à tort et à travers.

Tyler leva la main.

— Restez par ici, Bill. J'ai des questions sur les pistolets.

— Hey ! s'écria Tante Pearl en levant la main. Moi, je peux y répondre. Contrairement à Bill, je suis restée au même endroit tout le temps.

— Je parlais à Bill. Ça viendra à vous plus tard, grimaça Tyler, son expression habituellement calme remplacée par de la frustration.

Il avait déjà assez de choses à faire sans que Tante Pearl ne mette en plus la pagaille. Je la foudroyai du regard, furieuse contre ses provocations. C'est faux, elle n'était pas restée auprès de la boîte d'accessoire depuis le début comme elle le racontait. Je l'avais clairement vue partir du plateau avec Steven avant que la fusillade ne commence. De toute évidence elle mentait, même si je n'arrivais pas à déterminer exactement l'heure de son départ.

Tyler nous fit signe de le suivre et nous nous dirigeâmes vers Bill. Il montra ensuite la boîte en bois.

— Elle est verrouillée. Quelqu'un a une clé ?

Je soupirai de soulagement. Au moins, la serrure innocentait Tante Pearl. Sauf si on supposait un casse surnaturel, mais après tout, elle n'avait aucune raison de tuer une vedette qu'elle n'avait jamais rencontrée auparavant.

Bill acquiesça. Il sortit un trousseau de clés de sa poche avant et le tendit à Tyler.

Le shérif déverrouilla la boîte d'une main gantée. Après l'avoir ouverte, il jeta un œil dedans. Puis il en tira une plus petite boîte, également verrouillée.

— Essayez la petite clé dorée, suggéra Bill.

Ce que fit Tyler avant d'en vérifier le contenu. La boîte était tapissée de velours rouges, avec six formes de pistolets.

— Six positions pour six pistolets, sauf qu'il n'y en a que cinq dedans.

— C'était déjà comme ça quand j'ai fait la distribution, dit Bill. Il manquait un de mes flingues.

— Vous auriez dû le mentionner avant, dit Tyler en choisissant un pistolet, le retournant dans sa main, l'étudiant.

Il l'ouvrit ensuite et l'examina. Puis répéta chaque étape sur tous les pistolets.

— Comme vous le disiez. Tous ces pistolets sont déchargés.

Bill soupira, soulagé de toute évidence.

— Quelqu'un d'autre a dû amener l'une de ses propres armes.

— Qui a la clé de cette boîte ? demanda Tyler.

— Il n'y a que Steven et moi. La sienne ne sert que de précaution, au cas où j'égarerais la mienne, dit Bill en faisant un signe de tête vers Steven, assis au camion de ravitaillement avec les autres.

— Ça ne me surprendrait pas que tu aies perdu tes clés, grogna Tante Pearl. La surveillance ça n'a pas l'air d'être ton fort, qu'il s'agisse de tes clés ou de tes pistolets.

— Restons concentrés, ordonnai-je.

Tante Pearl était trop facilement capable de diriger toute cette enquête sur de fausses pistes et on n'avait vraiment pas le temps. Bill jura sous cape.

— Tu étais supposée tout surveiller, Pearl. C'est autant de ta faute que la mienne.

Je tirai Tante Pearl vers moi au moment où elle ouvrit la bouche pour répondre.

— Ce n'est pas le moment de se disputer. Laisse-le avoir le dernier mot.

Elle arracha son bras du mien et secoua le poing en direction de Bill, vindicative.

— Je ne partirais pas en taule à cause de ses erreurs.

— Personne n'ira en prison.

J'avais l'impression d'observer un carambolage d'une cinquantaine de voitures une seconde avant l'impact. Comme si je savais qu'un cataclysme allait se produire et que je ne pouvais pas l'arrêter. Sauf que moi, j'étais une sorcière. Je n'étais peut-être pas aussi impuissante que ça.

CHAPITRE 9

*D*e voir toutes ces personnes s'activer autour de nous, à tout toucher, tout bouger, me mit un peu mal à l'aise. Tyler ne pourrait jamais réussir à tout gérer, même avec mon aide. Alors je fis ce que toute petite amie en panique ferait : je pris le contrôle de la situation.

Et au vu des circonstances, je n'eus d'autre choix que de lancer un sort de paralysie.

Je fermai les yeux et incantai les mots que je me souvenais avoir lus dans *Perles de Sagesse*, le livre de sortilèges géants de la Tante Pearl. Mais je regrettais de ne pas les avoir plus étudiés, et je priai pour ne pas avoir simplement aggravé les choses.

Mon manque de confiance en ma capacité à lancer les sorts avait en effet occasionné toutes sortes de petits cataclysmes avec des sorts qui avaient mal tourné, principalement à cause de mon habitude à trop réfléchir à tout. De fait, le seul moment où je voyais mes sorts réussir, c'était dans de tels moments, quand il fallait agir en un quart de seconde. Je n'avais tout simplement pas assez de temps pour réfléchir par deux fois à mes actes, même si cela semblait un tantinet risqué.

J'ouvris lentement mes yeux, inquiète et pleine d'espoir à la fois. Avais-je mal prononcé un mot, et dans ce cas, les choses s'étaient-elles mal passées ? À mon grand soulagement et admiration, le sort avait fonctionné !

Ils étaient tous, même la Tante Pearl, figés. Utiliser la sorcellerie ne venait qu'en dernier recours pour moi, mais cette fois-ci selon moi, c'était justifié. Il fallait que j'empêche Bill et Tante Pearl de se disputer pour pouvoir faire avancer l'enquête.

Je venais de lancer plus de sorts en un jour qu'en toute une année, et il n'était même pas encore midi. Si nous n'avions pas une telle tragédie sur les mains, j'aurais pu m'arrêter un instant, ne serait-ce que pour célébrer ma réussite du jour en matière de magie. Mais ce n'était vraiment pas le moment de me vanter, réalisai-je, horrifiée.

Tante Pearl émergeait déjà du sort. Cela n'avait clairement pas été aussi efficace sur elle que sur les autres. Elle se frotta la tête, un peu confuse, comme si elle venait de se réveiller dans un lieu étrange. Elle croisa mon regard.

— Qu'est-ce qui se passe ? Est-ce que tu viens de…

— Te lancer un sort ? Oui. Désolée, tu ne m'as pas laissé le choix, dis-je en jetant un œil à la ronde, soulagée que l'autre cinquantaine de personnes autour de nous fussent, elles, restées figées.

Les sorts ne fonctionnaient pas de la même manière sur tout le monde, et il semblait que Tante Pearl soit devenue un peu immunisée. Sûrement à cause d'Amber qui s'exerçait tout le temps sur elle dans leur jeunesse. Elle grimaça comme si elle venait de mordre dans un truc particulièrement amer.

— J'imagine que tu as appris un petit peu de moi, au moins.

Utiliser de la sorcellerie sans entraînement pouvait avoir de sérieuses répercussions. Un sort raté représentait déjà une catastrophe, mais les conséquences imprévues de celui-ci se faisaient bien pires, car on ne pouvait pas forcément les défaire. C'était l'une des raisons pour laquelle j'hésitais toujours à faire usage de magie. Tante Pearl, désormais bien éveillée, applaudit de ravissement en contemplant notre entourage figé dans le temps.

— Oh, bien joué, Cen ! Tu vois ce que tu arrives à faire quand tu t'appliques un peu ?

— Bon, mettons au moins une chose au clair. Oublie ta dispute avec

Bill, d'accord ? Laisse le shérif faire son enquête et tu seras libre de tout soupçon. Pas besoin de se disputer avec l'accessoiriste.

— Le shérif Gates ? ricana Tante Pearl. Il en a après moi. Je vais me retrouver accusée, alors il faut bien que je me défende.

Je jetai un œil à Tyler qui restait toujours immobile aux côtés de Bill.

— Ça te dépasse, Tante Pearl. Coopère pour une fois, je t'en prie. Pour le bien de la ville.

Du coin de l'œil, je repérai quelques mouvements lents. Quelques personnes se remettaient à bouger, y compris Bill. Le charme s'était rompu. Bill secoua la tête et regarda son entourage, troublé, avant de se retourner vers Pearl.

— Ah ouais… Encore une pique de ta part, et je te fais virer du tournage.

— Ah ouais ? grogna Tante Pearl à quelques centimètres de Bill, les mains posées sur les os qui lui servaient de hanches en un geste de défi.

Je la foudroyai du regard.

— Tante Pearl, on n'a pas le temps…

— Bon, ça suffit ! s'empourpra Bill. T'es virée ! Maintenant, dégage d'ici.

Tante Pearl jura sous cape.

— Steven m'a employée. Tu n'as pas l'autorité pour…

— Arrêtez, vous deux ! criai-je. Personne n'ira nulle part sans l'accord du shérif !

Je sentis des yeux rivés sur moi et compris que tout le monde avait repris connaissance. Et aussi que j'avais dépassé les bornes. Tyler nous contemplait, un air perturbé sur le visage.

— Est-ce que j'ai raté quelque chose ? Je croyais qu'on parlait de pistolets.

Je me tournai vers lui et haussai les épaules.

— On s'est laissé distraire.

Mais Tyler ne m'écoutait plus. Il posa la petite boîte de pistolet sur l'établi de Bill, puis se pencha et essaya d'atteindre quelque chose dans la plus grande boîte à accessoires.

— Attendez une minute. Il y a quelque chose au fond de la boîte. Pourquoi est-ce que celui-ci n'était pas à sa place ? demanda-t-il alors qu'il se raidissait en se relevant, tenant un pistolet identique aux autres. Bill grimaça.

— Hé, c'est celui qu'il me manquait. Comment est-ce qu'il a fait pour retourner dans la boîte ? Il n'y était pas avant, pour sûr.

— Vous en êtes certains ? demanda Tyler, grimaçant. Cela m'interpelle toujours que vous n'ayez pas jugé utile de noter sa disparition dès le départ.

— Je ne pensais pas que c'était un vrai problème puisque tout le monde se sert de mes affaires. Je suis prêt à parier que quelqu'un doit aussi avoir un double de mes clés. Mes accessoires disparaissent tout le temps, alors un pistolet manquant, ça ne me surprenait pas vraiment. Parfois, mon travail est vraiment infernal, se plaignit Bill, secouant la tête en faisant un signe vers le pistolet. Faites-moi voir.

Tyler le mit hors de sa portée.

— Regardez, d'accord, mais n'y touchez pas. Aucune preuve ne doit être détruite ou altérée.

Bill laissa retomber sa main puis plissa les yeux, examinant l'arme.

— Ouais, c'est bien le mien. Il y a ma gravure sur le barillet. Mais je ne sais toujours pas quand est-ce que quelqu'un a pu avoir le temps de le remettre en place, observa-t-il, en sueur de toute évidence, et pâle.

— Peut-être que vous l'avez laissé tomber dans la boîte et que vous l'avez oublié ? suggéra Tyler avant de renifler le nez du pistolet. Le problème c'est… qu'il a tiré, tout récemment.

Bill se gratta la tête.

— Ce n'est pas possible. J'ai vidé toute la grande boîte un peu plus tôt ce matin, à sa recherche. Il n'y avait vraiment aucun pistolet dedans, parce que je m'y suis repris à plusieurs reprises. Et il n'était pas dans l'étui de ma caravane non plus. Donc quelqu'un a dû le piquer avant le début du tournage.

— Peut-être qu'il vous a échappé, fit Tyler qui plissa à son tour les yeux. Où étiez-vous au moment de la fusillade ?

— Ici, dit Bill. Je venais de distribuer les pistolets et de mettre l'étui dans ma boîte à accessoires.

— Vous êtes certains de n'avoir pas laissé la boîte sans surveillance ? Même pas pendant deux secondes ?

— Bah… si, mais juste pendant cinq minutes, le temps que je m'en grille une. Mais Pearl est restée là durant tout ce temps. N'est-ce pas, Pearl ?

Elle acquiesça.

— Je n'ai jamais quitté les accessoires des yeux. Vu personne.

Bill fit un geste vers le camion de ravitaillement.

— Il faut que j'aille parler à Steven. Venez me trouver si vous avez besoin de moi.

Tyler, Tante Pearl et moi le contemplâmes en silence pendant qu'il s'éloignait. Tyler se tourna alors vers Pearl.

— Avez-vous vu ou entendu quoi que ce soit d'inhabituel durant le tournage, Pearl ? Vu quelqu'un d'autre sur le plateau que les acteurs prévus ?

— Non. Enfin, à part Steven qui traînait autour des accessoires, grimaça-t-elle. Il avait l'air d'attendre que je m'en aille, je ne sais pas. Il semblait nerveux.

— Quoi ? s'étonna Tyler en tirant son calepin. Quand est-ce que Steven est venu ici ?

— Pendant qu'ils tournaient, dit Tante Pearl en me foudroyant du regard. Il y avait Cen aussi.

— Je n'ai jamais vu Steven dans le coin. Par contre, je l'ai aperçu venir par ici, indiquai-je en montrant l'endroit où Steven et Tante Amber avaient discuté tous les deux il y a quelques instants. Amber et lui se sont disputés juste avant la fusillade.

— Y étaient-ils toujours au moment du tournage ? demanda Tyler.

J'acquiesçai, puis secouai la tête immédiatement ensuite.

— Enfin, je ne suis pas sûre. J'ai vu Amber quitter le plateau de tournage, pour sûr. Mais je n'ai pas gardé d'œil tout le temps sur Steven. Je ne me souviens pas de l'avoir vu partir avant que la scène ne se soit finie. Je ne l'ai revu qu'avec Tante Pearl plus tard, dis-je en faisant un signe de tête à ma tante pour avoir confirmation. Ils traversaient la rue.

Tante Pearl acquiesça.

— Ensuite, Steven est venu là où Cen et moi attendions à côté des accessoires.

— Je ne m'en souviens pas du tout, dis-je en faisant non de la tête. Il n'y avait que toi dans mon souvenir. Je suis sûre que sinon j'aurais remarqué

Steven à proximité. Je n'ai vu personne ouvrir ou fermer cette boîte, vraiment pas.

Les dires de Tante Pearl ne concordaient pas avec mon souvenir. Se trompait-elle, ou essayait-elle délibérément de mettre Tyler sur une fausse piste ? Elle parut lire mes pensées parce qu'elle pointa le doigt sur moi.

— Non, tu étais trop occupée à contempler le plateau pour ça. Mais tu as au moins dû voir le tireur. À moins que tu n'aies été trop occupée à penser à ton petit ami.

Tyler ne put s'empêcher d'avoir un petit sourire.

— Revenons à nos moutons. Est-ce que tu pourrais me retracer la scène du film, Cen ? Qui était en face de Dirk ?

— Je ne sais pas… Tout s'est passé trop vite. Il y a eu un nuage de poussière qui s'est élevé en plein milieu du tournage et trop de gens sur le plateau pour qu'on puisse distinguer quoi que ce soit. Mais peut-être qu'on le verra sur la pellicule.

— Bonne idée, dit Tyler. On va vérifier.

— Comment ça, vous ne comptez pas arrêter Steven ? grommela Tante Pearl. Ou Bill ? Je pense qu'ils sont de connivence.

Tante Pearl avait une telle haine envers Tyler qu'elle essayait constamment de le faire chuter de sa place de shérif. C'était peut-être ce qu'elle tentait de faire en cet instant. Mais ce n'était ni le lieu ni le moment. Un homme venait de périr, et le tueur était toujours dans la nature.

— C'est encore un peu prématuré pour arrêter qui que ce soit. Je collecte des preuves pour le moment, dit Tyler avant de se tourner vers moi. Qui as-tu vu d'autre ?

J'examinai rapidement les tables à côté du camion de ravitaillement et remarquai Steven dans la foule. Il parlait avec quelques cameramen mais continuait de jeter des coups d'œil vers nous à l'occasion. Je fis un récapitulatif de ce que j'avais aperçu.

— J'ai observé la scène, mais j'ai été distraite par Steven et Tante Amber qui se disputaient sur le plateau, dis-je en faisant un geste de la main pour désigner l'emplacement où je les avais remarqués en train de se chamailler. J'ai entendu les coups de feu, mais cela ne m'a pas particulièrement marquée avant de voir que Dirk ne se relevait plus. Je croyais que la fusillade faisait partie du film.

— Combien de coups a-t-on tirés ? demanda Tyler.

— Je ne sais pas... une douzaine, peut-être ? dis-je en rougissant, choquée de voir que même si un homme avait trouvé la mort en face de moi, j'étais incapable de me souvenir des détails même les plus basiques. Mais est-ce que ça importe vraiment ? Je veux dire, la plupart d'entre eux provenaient d'armes chargées à blanc.

Une voix féminine retentit à mes côtés et me fit sursauter.

— Dites, est-ce que je peux retourner dans ma caravane maintenant ?

Le mascara avait coulé et strié le long des joues d'Arianne Duval, qui tremblait de façon incontrôlable, malgré la température élevée environnante.

— Oui, mais il faut d'abord que je vous pose quelques questions, observa Tyler. Avez-vous remarqué quoi que ce soit d'inhabituel sur scène ?

Elle fit non de la tête.

— Pas sur scène. Mais Bill ne m'a jamais donné mon arme comme il était supposé le faire. Donc j'ai dû venir ici et me servir au dernier moment.

Tyler haussa les sourcils.

— Vous servir où ?

— Dans la boîte à accessoires, répondit-elle avant de baisser le ton de sa voix. Bill n'est pas digne de confiance. Il file toujours pour aller picoler ou autre, et cela m'a agacé de voir qu'il n'y avait personne pour s'occuper de nous. J'ai dû partir à la pêche toute seule dans la boîte.

— La boîte était ouverte ? demanda Tyler en fronçant les sourcils.

Arianna acquiesça.

— Elle l'est souvent.

Bill, qui était revenu quelques secondes auparavant, jura sous cape en chemin. Je jetai un œil à Tante Pearl, en panique. Quelqu'un mentait.

— Tante Pearl, tu es sûre que tu n'as pas quitté l'endroit des yeux ?

Elle leva le nez au ciel.

— Bon d'accord, je suis peut-être partie une minute ou deux. Bill m'a appelée depuis la caravane, pour me demander de trouver une selle qu'il avait oubliée sur le plateau.

Cet événement avait dû se produire avant mon arrivée. Mais j'avais bel et bien vu Bill distribuer les pistolets. Je me tournai vers Arianne.

— Quand avez-vous trouvé votre pistolet, alors ?

Elle foudroya Bill du regard.

— Une minute avant le début du tournage. J'ai réalisé que tout le monde avait son arme sauf moi, et j'ai dû courir partout pour en trouver un. J'imagine que Bill m'a oublié, comme d'habitude.

Bill secoua la tête. Geste qu'Arianne ne sembla pas remarquer, ou en tout cas, qu'elle ignora.

— J'ai pris le pistolet dans la boîte et j'ai couru pour revenir en place, puis on a commencé le tournage, dit-elle avant de se décrocher la mâchoire. Attendez, est-ce que ça pourrait être moi la personne qui a tué Dirk ?

Tyler ne répondit pas. En lieu et place, il se tourna vers Bill.

— Est-ce vrai ? Votre boîte à accessoires était restée ouverte ?

— Eh, si c'est le cas, ce n'est pas ma faute — c'est celle de toutes ces réécritures de dernière minute. Dès que j'ai le dos tourné, Dirk fait des changements. Et jamais des changements mineurs, hein. Non seulement il a voulu remplacer une bataille à l'arme blanche par une fusillade, mais il a fait ajouter un cheval. Non mais sérieux, vous y croyez, vous ? Un cheval ? J'ai dû trouver une selle des années 1900 ainsi qu'un cheval avant qu'on tourne la scène suivante. Sauf que je n'ai pas le don d'ubiquité. Pourtant, on continue à me faire porter le blâme dès que quelque chose tourne mal par ici.

— Oh, arrête de reporter la faute sur les autres, Bill ! protesta Arianne en secouant le poing vers lui. Tu ne fais que t'occuper des accessoires. Ce n'est pas si dur que ça !

Bill leva les yeux au ciel.

— Quand j'ai réalisé qu'il manquait un pistolet, je n'avais plus le temps de faire quoi que ce soit. Alors j'ai cru que personne ne s'en rendrait compte, avec toute la pagaille sur scène.

Arianne s'outragea.

— Et donc tu t'es dit que j'étais moins importante que tout le monde ?

Bill l'ignora.

— En connaissant Dirk, il y aurait sûrement un autre changement de dernière minute de toute façon. Cependant, je ne comprends pas comment le sixième pistolet est retourné dans la boîte sans que personne ne s'en rende compte.

Tyler posa les yeux sur moi.

Il pensait à la même chose que moi. Bill, Arianne, Tante Pearl, ou les trois, mentaient.

Le tournage du film, et la fortune qui aurait dû venir avec, allaient trouver une fin abrupte. Et rien d'autre que la vérité ne pourrait l'empêcher.

CHAPITRE 10

Tyler avait besoin de mon aide, qu'il s'en rende compte ou non. De la sorcellerie trempait très certainement dans au moins l'un des événements du jour. Et je m'inquiétais du fait que la Tante Pearl aurait pu, je ne sais comment, trafiquer les pistolets. Qu'elle l'ait fait intentionnellement ou non, cela avait eu de réelles conséquences. Et si ses actes avaient brouillé la piste menant au vrai tueur ?

Ou pire. Et si ses actes avaient causé la mort de Dirk, tout court ?

Je jetai un œil à Tyler, assis en face de l'un des cameramen, un homme aux cheveux gris, baraqué, dans la cinquantaine. Chaque entretien ne semblait que mettre de plus en plus en relief les incohérences de témoignages concernant les pistolets. Au lieu de trouver de nouvelles pistes, tout menait directement aux contradictions entre Bill et la Tante Pearl. On n'était pas plus avancés.

Je me focalisais sur mes oreilles pour entendre quelques bribes de conversation, l'homme était en train de décrire les événements ayant précédé la fusillade pendant que Tyler prenait des notes. Il avait déjà terminé son entretien préliminaire avec la plupart des membres de l'équipe et du casting et il ne restait que quelques acteurs à interroger.

L'aire à l'extérieur de la banque, celle où Dirk avait été tué, était désormais mise sous scellés par le scotch jaune de la police. Arianne avait reçu l'autorisation de retourner à sa caravane. Les questions et les témoignages l'avaient en effet confirmée comme étant sur scène, mais derrière Dirk. Et la balistique l'innocentait : elle n'aurait alors pas pu lui tirer en pleine poitrine. Tandis que personne n'était cependant écarté de tout soupçon, de multiples témoignages avaient confirmé sa position. De sorte que la balle meurtrière n'aurait pu venir de son pistolet.

La voix de Tante Pearl s'éleva à quelques mètres de là.

— Pourquoi n'avoir parlé à personne du pistolet qui manquait, Bill ? Ça te rend suspect, pour moi. En réalité tu as peut-être tué Dirk et tu essaies juste de te couvrir !

— On ne t'a pas sonné, siffla Bill.

— Et pourtant, il est grand temps que quelqu'un le fasse, renifla Tante Pearl. À mon avis, le Shérif Gates perd un temps précieux. Tu m'as avoué toi-même que tu ne pouvais pas sentir Dirk Diamond. Et pourtant tu n'as rien dit au shérif. On cache quelque chose ?

— Ne sois pas ridicule. Je haïssais Dirk, je l'admets, surtout pour sa façon de torturer Steven tout le temps. Mais le tuer, c'est comme tuer la poule aux œufs d'or. Ça nous fait perdre à tous notre emploi, fit-il en levant les bras au ciel. Je ne suis pas une exception, parce que personne ne pouvait le sentir. Mais sans vedette, pas de film.

— Je parie que moi, je serais arrivée à vous trouver un autre nouveau talent. Par exemple, un acteur inconnu qui ne demande pas la lune, lui ! rugit Tante Pearl. Même s'il faudrait lui donner une sacrée prime de risque, pour le coup. Parce qu'apparemment les acteurs sont de la chair à pâté ces jours-ci.

C'était bien un point sur lequel je m'accordais avec la Tante Pearl. Les décès si rapprochés de Rose Lamont et Dirk Diamond étaient plus que louches. Bill ricana.

— Ce tournage tout entier est un vrai désordre de toute façon. D'abord, cette histoire de changement de lieu de tournage de dernière minute, puis toutes ces réécritures de script. Non, je n'ai jamais parlé du pistolet manquant parce que ces acteurs se croient toujours au-dessus des lois. Ils font que ce qu'ils veulent et n'ont jamais d'ennuis. Personne ne suit jamais les règles.

Pourquoi, en effet, personne n'avait-il expliqué la raison pour laquelle on était parti d'un plateau hollywoodien pour aller à Westwick Corners ?

Même si j'avais des doutes à l'idée que ce soit lié aux meurtres, il était certes beaucoup plus simple de s'en tirer au sein d'une petite ville.

— Transformer des couteaux en flingues, cela dit, semble une réécriture de script majeure pourtant. Tous les changements sont-ils toujours aussi significatifs ? demandai-je.

Bill leva les yeux au ciel.

— Dirk fait tout le temps réécrire les choses. Mais moi, si je me plains, c'est moi que l'on blâme. Jamais je n'en fais toute une histoire cela dit parce que j'ai déjà épuisé toutes mes chances dans ce business et je ne peux pas me permettre de me faire virer. Steven est ma dernière chance dans ce job. C'est le seul prêt à me payer.

— Je comprends bien pourquoi, rétorqua Pearl. Steven est un cœur tendre. Personne d'autre ne t'aurait supporté aussi longtemps. Tu files toujours en douce pour picoler.

— Je suis allé fumer, d'accord ? Encore une remarque, et je te vire. Je ne te tolère que pour rendre service à Steven.

Tante Pearl ricana.

— C'est plus comme si moi, je te faisais une faveur. Même en état d'ivresse je ferais mieux que toi quand tu es sobre. Je suis sûre que je m'en sortirais mille fois mieux que toi.

Sujet fort controversé puisqu'en réalité c'était Amber qui l'avait fait engager par Steven. Dans le cas improbable où le tournage reprendrait, j'étais sûre que Tante Pearl perdrait aussi son job, puisqu'Amber ne parlait plus à Steven. Bill leva les mains, comme pour repousser Pearl.

— N'y songe même pas, ou je m'assurerai que tu le regrettes.

— Des menaces ? siffla Tante Pearl en guise de défi, posant les mains sur les hanches.

— Tante Pearl, arrête.

— Un peu que c'est une menace ! fit Bill en secouant son poing en direction de Tante Pearl. File avant que je fasse feu sur toi avec l'un de ces flingues, justement !

D'un coup, un mur de feu de trois mètres de haut se dressa devant nous. Je me protégeai les yeux de la lumière aveuglante, la peau léchée par les flammes, reculant, avant de trébucher.

— Hein ?! balbutia Bill en s'écartant des flammes. C'est pire que prévu ! Tu vas tous nous tuer !

— Tu parlais de « feu ». Je ne fais que suivre les instructions, dit Tante Pearl en battant exagérément des paupières. Mieux vaudrait être plus clair !

Bill se lança sur Tante Pearl, le visage cramoisi de rage. Je la stoppai juste à temps.

— Ça suffit vous deux, aidez-moi à arrêter le feu ! rugis-je, le visage ruisselant de sueur, avant d'attraper l'étui en bois des armes et de l'écarter des flammes. Ce n'est pas le moment de jouer à tes petits jeux, Tante Pearl ! Ton stage « effets spéciaux et accessoires » est officiellement fini !

— Mais je suis super douée, dit-elle en grimaçant.

— Éteins-moi ça maintenant !

Je ne pouvais neutraliser le sort d'une autre sorcière. J'aurais pu user de l'un des miens, mais sur le moment mon cerveau n'en trouva aucun.

— Tu veux que j'utilise ma magie ? s'étonna-t-elle.

Avant que je ne puisse répondre, Tyler ramena un des grands extincteurs et le vida sur les flammes. On se mit tous à tousser à cause de la fumée du feu en train de s'éteindre.

— Merci, grogna Bill.

Tyler secoua la tête, désespéré, avant de retourner à son interrogatoire.

Tante Pearl ne faisait que nous mettre encore plus dans le pétrin. Je priais juste pour que Brayden n'ait pas vu les flammes depuis la mairie à l'autre bout de la rue. Steven Scarabelli regrettait sûrement déjà d'avoir mis le pied ici et il ne reviendrait jamais.

— Allez vas-y, amuse-moi, Bill. Peu importe que tu me vires, le nargua Tante Pearl. Je vais monter ma propre société d'effets spéciaux, et je vais m'assurer que tu ne retravailles plus jamais ici.

— Ça me va, ricana Bill. J'ai hâte de sortir de ce trou à rat. Mais avant, je vais m'assurer de traîner ton nom dans la boue pour que plus personne dans l'industrie du film ne veuille travailler avec toi, je te le garantis.

— Ferme bien ta porte ce soir, sourit-elle malicieusement. Oh, non, en fait, ne t'enquiquine pas à le faire. J'ai une clé de ta chambre. Enfin, ce n'est pas comme si j'avais besoin de clé pour ouvrir quoi que ce soit.

— Qu'est-ce que ça veut dire ? rugit Bill, s'empourprant. C'est toi qui as trafiqué mes accessoires, hein ? Je le savais !

— Tante Pearl, arrête ! protestai-je en l'arrachant, avant de chuchoter : est-ce que tu réalises que tu es en train de t'auto-incriminer ?!

Ôter à Tante Pearl son trousseau de clé de la maison ne suffirait pas à garantir la sécurité de Bill à l'auberge. Il fallait que j'arrive à la distraire pour qu'elle oublie sa guerre contre lui.

— J'ai besoin de ton aide.

Elle bouda.

— Les gens disent toujours qu'ils ont besoin de mon aide, mais au final c'est que pour des trucs ennuyeux. Amber m'a collé Bill exprès, pour que je ne l'embête pas.

— Et c'est exactement pour ça que j'ai besoin de toi. Il faudrait que tu parles à Tante Amber et que tu trouves quels sorts elle a utilisés pour le film, dis-je avant de lancer un coup d'œil à Tyler.

Parce que je doutais que ça lui plaise d'obtenir l'aide de ma famille, vu que mes tantes étaient un nid à soucis. Mais ce qu'il ignorait risquait de lui causer encore plus de problèmes avec le Maire Brayden Banks.

— À quoi bon ? Tu as déjà une preuve irréfutable, fit-elle en me montrant Bill. On sait que Bill est coupable comme tout. Il est trop incompétent pour couvrir ses arrières et s'en tirer sans pépin.

Bill, qui était hors de portée auditive, sembla quand même comprendre notre conversation, ou en tout cas son sujet. Car il adressa à Tante Pearl un doigt d'honneur.

— Il est vrai que Bill est un très mauvais menteur et qu'il n'est pas très doué dans son travail. Son témoignage est suspect, mais c'est plus une énigme qu'une preuve irréfutable. Laisse-moi l'enquête. J'ai besoin de ton expertise ailleurs. Pourquoi est-ce que Tante Amber a fait venir l'équipe de « *Le train sifflera à midi* » à Westwick Corners ?

— Tu veux que j'enquête sur ma propre sœur ? Je ne suis pas Big Brother, tu sais. Ou « Big Sister », fit-elle en imitant des parenthèses avec les doigts.

— Tu préfères que je demande à quelqu'un d'autre ?

Tante Pearl secoua la tête, comprenant lentement là où je voulais en venir.

— Je doute que ce soit de la sorcellerie qui ait éliminé Dirk. Mais même si Amber avait raté quelque chose, je sais que jamais elle n'aurait voulu tuer quelqu'un.

— J'ignore ce qui s'est passé ou qui est coupable, mais je sais que c'est à cause de la sorcellerie que l'équipe du film est ici. Il faut séparer le vrai du faux, sinon l'enquête risque de partir dans une mauvaise direction.

— Tu veux dire, le Shérif Gates, plutôt ! ricana Tante Pearl. Il ne verrait pas le tueur même s'il lui courait devant avec un énorme panneau « je suis le coupable ». Pourquoi devrais-je l'aider ?

— Fais-le pour moi, Tante Pearl, la suppliai-je en lui pressant le bras un peu plus fort que nécessaire. Et vite. Il n'y a pas de temps à perdre.

Je priais pour qu'il ne soit pas déjà trop tard.

CHAPITRE 11

Tyler et moi observâmes Tante Pearl disparaître en bas de la rue, à la recherche de Tante Amber. À peine partie, elle fit place à Brayden Banks fonçant vers nous, le visage empourpré de rage.

— Oh oh, fit Tyler en m'envoyant un regard de côté. On a des problèmes.

J'adressai un signe de tête poli à Brayden qu'il éluda précautionneusement. On avait eu beau casser plusieurs mois auparavant, nos rencontres dans cette petite ville étaient toujours empreintes de gêne. On n'arrêtait pas de se croiser, peu importe nos efforts. Le statut de subordonné de Brayden de mon petit ami n'aidait guère les choses non plus. Et si c'était complexe pour moi, ça l'était encore plus pour Tyler.

Brayden balaya le plateau du regard avant de regarder Tyler de haut en bas.

— Trouver le meurtrier de Dirk Diamond doit être notre priorité. Laissez tomber tout le reste pour vous concentrer là-dessus, et sur rien d'autre. Cela aurait déjà dû être résolu.

— Je suis sur l'affaire, répondit Tyler.

Brayden secoua lentement la tête, comme un père déçu par un fils irresponsable.

— Je ne vois pas grand-chose se tramer ici pourtant. Vous ignorez par où commencer, n'est-ce pas ?

— En fait, on a déjà plusieurs pistes, et…

— Des pistes ? l'interrompit Brayden, ironique. Vous devriez déjà avoir trouvé le tueur, oui.

L'unique motivation de Brayden Banks en tant que maire était de se glorifier lui-même et accessoirement Westwick Corners aussi. Dans cet ordre. Le meurtre d'une grande vedette d'Hollywood constituait une excellente opportunité, tant qu'on résolvait l'affaire. Parce qu'il n'y avait aucun doute qu'il s'en accorderait tout le crédit. Tyler lui tint tête.

— L'autopsie sera réalisée demain, et nous avons déjà établi une liste de suspects potentiels.

— Dois-je vraiment faire tout le travail à votre place, Shérif Gates ? C'est Scarabelli. Ça saute aux yeux, rétorqua Brayden dont le demi-sourire m'indiqua qu'en dépit des circonstances il se régalait de pouvoir ridiculiser Tyler en public.

Tyler ouvrit la bouche mais y réfléchit à deux fois.

— Est-ce que vous l'avez déjà interrogé au moins ? demanda Brayden en tapant impatiemment du pied, avec une fine couche de poussière sur ses chaussures de cuir italienne.

Tyler fit non de la tête et rétorqua à voix basse :

— Non, mais il est le prochain sur ma liste.

Je me sentis obligée de venir à la rescousse de Tyler.

— Il a déjà trouvé l'arme du crime potentielle. Les analystes doivent d'abord l'examiner avant qu'on puisse en tirer la moindre conclusion.

— Personne ne t'a sonnée, toi ! siffla Brayden en réponse.

Tyler pinça les lèvres extrêmement fort, pour ne pas céder à la colère.

— Pourquoi est-ce que vous n'avez pas interrogé Scarabelli en premier, incapable ? grimaça Brayden. On raconte que Diamond et lui avaient des problèmes contractuels. Résultat, Scarabelli l'a tué. Non seulement ça résout ses problèmes, mais il récolte aussi l'argent de l'assurance. Apparemment, vous n'étiez pas au courant.

— Que veux-tu dire ? Que Steven Scarabelli aurait mis la tête de Dirk à prix ? Je n'y crois pas, rétorquai-je.

Mais je me souvins en un éclair de ce qu'avait dit la Tante Pearl au sujet de Steven qui aurait poireauté à côté de la boîte d'accessoires. Cela aurait fait de lui un suspect potentiel… sauf que moi, je ne l'avais pas vu sur scène, et que j'étais resté tout le temps à ses côtés. Nos témoignages s'annulaient donc. Soit l'une de nous se trompait, ou alors elle mentait. Brayden fit non de la tête.

— Quelle naïveté ! Scarabelli savait que Dirk serait infernal à diriger, et qu'il risquait de se désengager au dernier moment. Il a donc contracté des assurances-vie sur chacune de ses vedettes. Et il a tué Dirk pour récupérer l'assurance. En plus de lui éviter d'avoir à subir les caprices d'une vedette plus longtemps, il n'a même plus besoin de finir le film. C'est son fonds de retraite.

Je me souvins de la mort soudaine de Rose Lamont. Peut-être que quelqu'un avait vraiment voulu éliminer le couple, mais Steven Scarabelli ne semblait pas être un suspect crédible. Une suite de superproduction remporterait sans aucun doute beaucoup plus qu'une assurance. Certes, Dirk était compliqué à gérer, mais il était encore plus difficile à Steven de s'en sortir sans lui. Sans ses stars, il ne pourrait pas faire cette suite, et il était évident aux yeux de tous que Steven adorait son travail. Jamais je ne l'aurais imaginé faire quoi que ce soit pour mettre fin à sa carrière. Tout le reste du monde semblait l'adorer.

À part Dirk.

Quelqu'un étouffa un cri à mes côtés, et je me retournai pour voir Tante Amber, bras à bas avec la Tante Pearl.

— Dites-moi que c'est faux… Dirk est vraiment mort ? balbutia-t-elle, les yeux rouges à force de pleurer, son mascara étalé sur toute sa joue. Que va-t-il arriver au film ?

— Le tournage est mis en pause pour le moment, indiqua Tyler. On a un tueur en liberté.

Tante Amber posa la main sur sa poitrine, choquée.

— Oh mon dieu, en tant que tête d'affiche, je suis sûrement la prochaine ! D'abord Rose, puis Dirk… ? J'ai besoin de protection policière. Ma vie est en danger !

Brayden leva les yeux au ciel.

— Vous êtes en sécurité, Amber, promit Tyler. Je vous le jure.

Brayden ricana mais ne répondit plus rien.

— Tu as été licenciée, l'aurais-tu oublié ? Donc tu ne fais plus partie du film, rétorquai-je avant de tourner sept fois ma langue dans ma bouche.

La mâchoire de Tante Amber se décrocha.

— Tu étais déjà au courant ? Avant moi ? Cen, tu es encore pire que Steven. Toi, ma propre chair, tu m'as trahie ! Dire que je croyais déjà que Steven était mon ami, mais qu'en plus il ne faisait que profiter que moi...

— Désolée Tante Amber. Je les ai juste entendus en parler avant que Steven ne te l'annonce officiellement, m'excusai-je.

Car après tout je venais de dévoiler son secret par inadvertance, mettant ainsi tout le reste du monde au courant. Je ne comprenais que trop bien sa colère, mais nous n'avions pas le temps de nous préoccuper de blesser ou non les sentiments des uns ou des autres avec un tueur en liberté.

Plus inquiétant, Brayden adressa à Amber un regard troublé et confus. Tyler se tourna vers lui.

— Comment avez-vous obtenu cette information sur Scarabelli ?

— Je suis ami avec le procureur de Los Angeles, répondit Brayden. Et ils enquêtaient sur Scarabelli depuis plusieurs mois. Il est couvert de dettes et il est proche de la banqueroute. Son futur reposait entièrement sur ce film.

Il n'y avait aucun doute sur le fait que bientôt, notre petite ville grouillerait de reporters de tabloïd hollywoodien prêts à accorder à Brayden tout le temps d'audience dont il avait tant envie. Et il leur délivrerait sûrement avec délectation tous les détails qu'il avait reçus grâce à ses liens avec le bureau du procureur de Los Angeles.

— Alors cela n'aurait aucun sens pour lui de tuer Dirk Diamond, rétorquai-je. Parce que ce film aurait rapporté plusieurs millions à Steven Scarabelli. Pourquoi se serait-il amusé à assassiner la tête d'affiche ?

Le tueur de Dirk faisait certes très certainement partie du film, mais mon instinct m'indiquait que ce n'était pas Steven Scarabelli. En plus d'être apprécié et respecté de tous, il adorait créer des films. J'imaginais mal Steven tuant la vedette qui lui rapportait des millions. Tante Amber eut un hoquet de surprise.

— Steven était peut-être désespéré, mais jamais il n'aurait tué qui que ce soit. Pas même pour l'argent. Je sais qu'il avait un budget serré, mais tuer Dirk n'aurait rien accompli du tout. Il se serait fait beaucoup plus en arrivant au box-office. Il avait juste des problèmes de rentrée d'argent temporaire.

— Pas étonnant que tu aies eu le rôle, alors ! se moqua Tante Pearl. Il n'a pas dû arriver à trouver qui que ce soit d'autre dans le budget et il fallait absolument mettre quelqu'un à cette place. Je savais bien qu'il y avait un truc.

— Douterais-tu de mes talents ? siffla Tante Amber en posant les mains sur ses hanches.

Je m'interposai entre mes deux tantes.

— Ce n'est pas le moment de se battre. Voyons plutôt ce qu'on peut faire pour aider à trouver le tueur.

Tante Pearl fronça les sourcils.

— D'abord Rose Lamont, puis Dirk Diamond. Pour moi, Brayden a sûrement raison. Steven Scarabelli s'est trouvé une nouvelle source de revenus. Mieux vaut surveiller tes arrières, Amber. Je suis sûre qu'il a mis une assurance-vie sur ta tête à toi aussi.

— Ridicule. Steven est un abruti, mais ce n'est pas un tueur, répliqua Tante Amber dont le visage fut toutefois traversé par une lueur de doute avant que cela ne soit remplacé par de la colère. Parce que s'il m'a viré, ça veut dire qu'il ne risque certainement pas de récupérer quoi que ce soit.

— Peut-être que le fait que tu fasses partie du film ou non n'a pas d'importance ? sourit Tante Pearl.

— Bien sûr que si ! craqua Tante Amber en essuyant des larmes de ses joues.

Je ne savais pas trop ce qui la bouleversait le plus : d'avoir été virée, ou d'entendre que Steven ait pu avoir de tels projets de meurtre ?

— Tante Pearl ! Ne lance pas des accusations à tort et à travers sur des choses comme ça, c'est dangereux ! la grondai-je en faisant un faux signe de couperet de la main.

Je n'avais pas envie de donner encore plus d'idées folles à Brayden.

— Scarabelli et Diamond se disputaient beaucoup ces derniers temps. On raconte que Diamond était sur le point de laisser tomber Scarabelli. Des détails techniques de contrat, un truc comme ça, dit Brayden. Et il était profondément endetté.

Cela s'alignait avec la dispute que j'avais entendue plus tôt, mis à part pour la partie contractuelle, puisque Dirk Diamond n'avait pas encore signé de contrat. Apparemment les sources de Brayden ignoraient ce petit détail.

— Je vérifierai, promit Tyler.

— Vous feriez mieux de faire encore plus, lui ordonna Brayden, parce que je veux que Scarabelli soit sous les barreaux d'ici ce soir. Sinon j'appelle la police d'État de Washington.

— Nous n'avons aucune raison officielle de l'arrêter ! protesta Tyler. Il faut que je fasse d'abord une enquête complète avant de tirer des conclusions.

Tante Pearl leva la main comme une écolière hyper zélée.

— Et les accessoi…

Je lui plaquai une main sur la bouche.

— Oubliez.

— On risque qu'il s'enfuie, Shérif Gates, gronda Brayden. Soit vous l'arrêtez ou je le ferai faire par votre remplaçant.

Tyler ouvrit la bouche pour répondre mais trouva mieux à faire, apparemment. Un long silence s'ensuivit avant sa réplique suivante.

— Parfait. J'aurais arrêté le tueur d'ici ce soir. Vous avez ma parole.

CHAPITRE 12

La prison du comté de Westwick Corners était située au rez-de-chaussée de la mairie et comprenait trois pièces, ou quatre si vous comptiez la cellule. Je m'assis seule dans l'un des deux bureaux adjoints à la salle d'interrogatoire. Mes yeux se concentrèrent sur le grand pan de verre sans tain qui séparait le bureau de la salle où Tyler interrogeait Steven Scarabelli. J'étais ici à la fois en tant que témoin et au cas où il aurait besoin de corroboration lors du procès. L'interrogatoire de Steven était enregistré, mais comme parfois l'équipement fonctionnait mal, trop âgé, je serais un plan de rescousse.

Officieusement j'aidais Tyler en prenant des notes et en observant le langage corporel de Steven. C'est vrai, je n'étais pas une enquêtrice de la police, mais en tant que reporter d'investigation, j'étais aussi efficace quand il s'agissait de repérer des anomalies et des tics que les gens avaient parfois sous l'effet de la pression. Mes intuitions révélaient souvent les secrets, ce que j'espérais être le cas aujourd'hui. Tyler devait résoudre rapidement le meurtre de Dirk s'il voulait échapper aux tentatives de Brayden visant à le virer. Il n'avait pas d'autres perspectives d'emploi en ville, et je n'avais absolument pas envie d'une relation à longue distance.

Tyler et Steven se faisaient face de part et d'autre de la table dans la salle suivante. L'angle de la caméra me fournissait une vue claire sur

Steven, qui était penché sur la table, les avant-bras dessus. Il semblait inquiet, prêt à coopérer et à répondre à toutes les questions. Tyler était de profil. Il s'appuya dans sa chaise et laissa Steven parler, dont la voix se brisa en même temps que sa frustration.

— Je vous jure que je ne me suis jamais approché des accessoires ni même de ce flingue. Votre témoin ment.

Le témoin, qui était Tante Pearl, avait bien évidemment disparu ou presque depuis l'arrestation de Steven Scarabelli. Il était un peu plus de seize heures, et le délai de Brayden touchait à sa fin, alors que nous n'approchions pas de la vérité.

— OK, très bien. Parlez-moi du contrat de Dirk. Pourquoi ne voulait-il pas signer ? demanda Tyler.

— Je n'en sais rien. Je lui ai donné tout ce qu'il voulait dès le départ, voire plus, dit Steven. À bien y réfléchir, c'était comme s'il savait depuis le début qu'il ne comptait pas signer peu importe les événements. Il jouait avec mes nerfs. Un peu comme s'il essayait de se venger.

— Pourquoi faire une chose pareille ?

— Sale caractère ? suggéra Steven avant de se remettre à son tour dans sa chaise, comme s'il fuyait les problèmes. Franchement, ça me gêne de devoir mal parler d'un mort, mais c'est la vérité. J'ignore pourquoi il était aussi pénible. J'ai fait entrer Dirk dans ce business, alors je ne sais pas pourquoi il aurait pu me vouloir du mal.

— Cela dit, ce n'est pas à vous qu'on voulait le plus de mal, mais à lui. Dirk est mort, dit Tyler avant de se pencher en avant. Peut-être que Dirk voulait mettre fin au contrat et que cela ne vous plaisait pas.

— Non… Je lui ai accordé énormément de concessions. Sur des choses sur lesquelles je n'en avais jamais fait, comme sur son pourcentage des recettes. Des choses que vraiment je ne pouvais me permettre de lui accorder. Et que pourtant j'ai fait, parce que je n'avais pas le choix. Je ne pouvais risquer de perdre ma plus grande vedette.

— Peut-être que, emporté par les événements vous avez perdu pied. Toutes ces demandes insensées…

La voix de Tyler se mit à traîner un peu, croisant le regard de Steven. Il leva les bras en signe de protestation.

— Nous avions nos différends, mais j'avais encore moins de raison de le tuer que tous les autres. De fait, je suis lié par contrat au reste de l'équipe et dois leur payer leur salaire complet sur un film que je ne peux plus faire. C'était pourtant ça l'accord que j'avais fait pour convaincre les gens de venir dans cette ville perdue. En gros, maintenant, je suis financièrement ruiné. Où suis-je supposé trouver une autre vedette avec le même attrait au box-office que Dirk ? Le gérer était certes source de frustration, mais jamais je n'ai voulu sa mort.

J'avais tiré deux conclusions sur Steven Scarabelli. Un, il était extrêmement bon quand il s'agissait d'aggraver son cas. Deux, il était innocent.

Je gribouillai une note pour qu'on aille plus tard vérifier les dires de Steven. La paie d'un tel casting et d'une telle équipe était indubitablement considérable. Si Steven disait la vérité, alors toute rentrée d'argent due à une possible assurance n'aurait dû qu'à peine suffire à couvrir ses dépenses. Les politiques des assurances sur les vedettes se faisaient sûrement juste par principe, plutôt que pour de sinistres calculs.

Mais d'un autre côté, Steven Scarabelli avait perdu ses deux vedettes principales à peine à quelques jours d'intervalle. Qui étaient aussi mari et femme. Et cela semblait fort louche. Certes, la mort de Rose Lamont avait été déclarée comme naturelle, mais enfin…

Je sursautai quand quelque chose entra à la volée dans le bureau extérieur. Mon cœur se figea. Il s'agissait sûrement de Brayden venu pour nous mettre encore plus de pression.

Sauf que non.

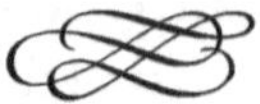

CHAPITRE 13

— Wouhou… Il y a quelqu'un ? demanda Tante Amber d'une voix artificiellement joyeuse depuis l'autre bureau.

Je jurai sous cape. C'était bien notre veine. Des interventions surnaturelles de la part d'une vedette amatrice bien gâtée elle aussi. La porte s'ouvrit.

— Cen ! J'ai toujours tellement de mal à croire à la mort de Dirk ! C'était un tel ami, dit-elle en me voyant, s'épongeant encore les yeux d'un mouchoir, même s'ils étaient secs.

Je bondis de mon siège et lui fis signe de se taire en retour, avant d'en faire un autre en direction de la salle d'interrogatoire où Tyler finissait d'interroger Steven Scarabelli.

— Chut ! Mais qu'est-ce que tu fabriques ici ?

— Je pourrais te demander la même chose, siffla Tante Amber en plissant le front en jetant un œil par la fenêtre. Ooh, celui-là ! Au moins, il est enfin sous les verrous pour le meurtre de Dirk. Je suis venue pour donner mon témoignage oculaire afin qu'on puisse le coffrer. J'ai tout vu.

— C'est impossible, dis-je. Tu étais encore avec Steven au moment des coups de feu. Je vous ai vus parler tous les deux, de mes propres yeux.

Elle ne répondit pas. Son regard était rivé sur les deux hommes de l'autre côté de la vitre. Et elle fit un signe de main à Tyler avant de secouer le poing en direction de Steven Scarabelli.

— Ils ne peuvent pas te voir, Tante Amber. C'est une vitre sans tain.

— Ah, dit-elle, ses épaules s'affaissant de déception avant qu'elle ne se décide à tendre la main vers la poignée de porte.

— Arrête ! Tu ne peux pas entrer là-dedans ! sifflai-je. Ils sont en plein interrogatoire !

Tante Amber baissa la main et elle vint s'asseoir en face de moi.

— Depuis quand es-tu devenue si autoritaire, toi ?

Je l'ignorai et me reconcentrai sur les hommes à côté.

— Pour la dernière fois, je n'ai pas tué Dirk, protestait encore Steven. Sa mort est pour moi la ruine financière assurée. J'avais réussi à faire signer tout le monde avant qu'il ne refuse au dernier moment. Malgré mon engagement à les payer, je n'ai pas de film pour la rentrée d'argent. Et je ne peux faire cette séquelle sans Dirk, alors avec sa mort, j'ai perdu tout moyen de retomber sur mes pattes.

Tante Amber bondit de son siège.

— Quel menteur ! Il récupère tout l'argent de l'assurance !

— Rassieds-toi, lui dis-je en joignant le geste à la parole. Tyler sait tout ça. Laisse-le gérer.

Tyler rapprocha un peu plus sa chaise de celle de Steven.

— Ainsi, son départ vous a mis face au mur. Vous saviez que Dirk ne pourrait pas finir le film peu importe ce qui se passerait, et du coup vous vous êtes vengés.

Tyler était incroyablement convaincant, même si je savais qu'il doutait de la culpabilité de Steven. J'espérais juste que la pression exercée par Brayden ne le forcerait pas à arracher un faux aveu à un homme innocent.

— C'est de la folie. Je n'étais absolument pas à proximité, protesta Steven en se frottant le front. J'étais trop occupé à obéir à son dernier ordre, soit, de virer Amber West.

— Non ! C'est un mensonge, hurla Tante Amber en bondissant de sa chaise. Dirk était mon ami ! C'est Steven qui m'a trahie !

— Chut ! Laisse-le parler, dis-je en levant encore un doigt sur les lèvres.

Tôt ou tard elle traverserait cette porte, je ne pouvais qu'essayer de la retenir le plus longtemps possible. Elle me jeta un regard noir et se mit à faire les cent pas tandis que la conversation continuait.

— Steven Scarabelli est un homme maléfique et détestable. Je devrais lui jeter une malédiction.

Je levai les yeux au ciel.

— Tu en fais trop, Tante Amber. Tu n'as pas intérêt à détourner l'enquête juste parce que tu as perdu ton emploi. Laisse l'enquête poursuivre, la grondai-je avant de retourner mon attention sur l'interrogatoire.

— Dirk voulait que vous viriez Amber ? demanda Tyler en écrivant sur son carnet. Pourquoi ?

— Dirk la trouvait vraiment casse-pieds. Il lui avait promis un petit rôle dans le film pour la faire taire, mais ensuite elle s'est mise à exiger d'avoir sa propre caravane, d'avoir un plus gros rôle, des trucs de ce genre. C'est elle la seule raison pour laquelle nous tournons à Westwick Corners. Elle m'a convaincu avec des promesses de logement gratuit sans rien avoir à payer à la ville.

Je foudroyai Tante Amber du regard.

— Tu sais très bien qu'on n'aurait jamais pu se permettre une chose pareille.

Les revenus venant de notre chambre d'hôte suffisaient à peine à couvrir nos factures. Alors nous ne pourrions absolument plus vivre si nous nous mettions à ne pas faire payer nos invités.

— Menteur, rugit Tante Amber en tendant à nouveau la main vers la poignée.

Je l'empoignai par les épaules et la détournai vers ma chaise. Alors, je m'appuyai ensuite contre la porte, décidant de monter la garde pour empêcher toute interruption. Il faudrait d'abord me passer sur le corps.

— Est-ce que c'est vraiment vrai pour cette histoire de logement gratuit ? On loge tous ces gens à l'Auberge pour rien ? Et on les nourrit pour rien aussi ? On ne peut vraiment pas se permettre une chose pareille !

La dernière facture des courses que Maman était allée faire à Costco s'élevait à plus de trois mille dollars. Steven n'était pas le seul à avoir des problèmes d'argent. Tante Amber haussa les épaules.

— Quelle différence ça fait ? Le film ne se fera pas, au final.

La colère se mit à brûler en moi. J'avais tant à dire, alors que ce n'était pas le moment. Je me reconcentrai sur les hommes en face de nous de l'autre côté de la vitre.

— Hmm, grimaça Tyler. Pourquoi Amber vous aurait-elle fait toutes ces promesses si elle faisait déjà partie du film ?

Steven s'empourpra.

— Vous ne vous imaginez quand même pas que le renvoi d'Amber lui aurait donné un motif de meurtre, si ? Parce qu'on est chacun témoin de l'alibi de l'autre. On était ensemble à ce moment-là.

Tante Amber se couvrit la bouche de la main.

— Il déforme tout !

Je fis non de la tête.

— Steven te défend. Pourquoi le critiques-tu autant ?

— Vous êtes donc restés ensemble tout le temps de la fusillade ? demanda Tyler en notant quelque chose sur son calepin.

— En grande partie, oui. Elle s'est enfuie juste avant le début de la scène. Je m'en souviens parce qu'au début j'ai craint qu'elle ne fonce sur le plateau et interrompe le tournage. Alors je me suis senti bien soulagé de la voir partir dans la direction opposée.

Tante Amber jura sous cape.

— Tu m'étonnes. Quel crétin !

Mon cœur manqua de s'arrêter. Peut-être que Steven Scarabelli s'était approché des accessoires après le départ de Tante Amber, sans que personne ne le remarque, trop concentré sur le film. J'avais moi-même été distraite par elle, que j'avais regardé s'enfuir. Il aurait pu s'avancer vers Tante Pearl et moi sans que je le remarque, après tout. Pour la première fois, j'eus des incertitudes. Peut-être pas vraiment à cause de ce dont je me rappelais, mais de ce dont j'aurais voulu me souvenir. Je me reconcentrai sur eux au moment où Tyler fronçait les sourcils.

— Il y a une chose que je ne comprends pas, Steven. Pourquoi Dirk déciderait-il du personnel du film et des caravanes de chacun ? N'est-ce pas à vous, producteur, de déterminer les avantages que reçoit chacun ? Dirk n'est qu'un acteur qui travaille pour vous, même si c'est une vedette. Pourquoi est-ce que ce serait à lui qu'Amber irait demander des faveurs ? s'étonna Tyler en se repoussant dans sa chaise. Ce n'est pas lui qui dirige, mais vous.

Steven soupira.

— Elle savait que je refuserais. Et de fait, j'avais déjà dit non à certaines des exigences les plus outrancières d'Amber. Alors elle est allée voir Dirk se plaindre de moi. Elle sait qu'il a... enfin, avait... beaucoup d'influence et qu'il stoppe régulièrement la production avant qu'on ait pourvu à ses caprices. Je pense qu'elle a dû aller le voir par dépit.

— Est-ce vrai ? murmurai-je.

Elle haussa les épaules, les yeux fixés sur le verre, le visage empourpré d'une rage à peine réprimée.

— Quand a-t-il demandé son renvoi exactement ? s'enquit Tyler.

Il est vrai que la forte personnalité de Tante Amber signifiait qu'elle était pénible parfois, mais je ne l'aurais jamais cru manipulatrice. Et cela me surprenait d'apprendre qu'elle allait se plaindre à Dirk après les refus de Steven. Je l'aurais toujours cru au-dessus de ce genre de chose. Peut-être que la promesse de célébrité lui était montée à la tête.

— Juste avant le début du tournage, dit Steven. Ses complaintes l'ont vraiment mis en rage. Dirk m'a dit que c'était soit elle, soit lui, et qu'il ne voulait même pas finir la scène tant qu'elle serait présente.

Je me souvins de la dispute en face de la caravane de Steven.

— Je croyais que Dirk s'était déjà désengagé du film, dit Tyler qui semblait lire dans mon esprit en se grattant le menton avant de gribouiller.

Steven soupira.

— Il s'est désengagé du prochain film, pas de celui-ci. Le bout de tournage qui devait se faire à Westwick Corners était juste pour finir quelques scènes en extérieur. Le film était presque terminé.

Je comprenais désormais pourquoi Tante Amber n'était pas sur scène. Son film à elle n'avait même pas encore commencé.

— Et donc Amber a été virée du film d'après, juste avant qu'on ne commence à travailler sur celui-ci ? s'étonna Tyler.

— Voilà. Et elle l'a très mal pris, fit Steven en secouant tristement la tête. Si seulement Dirk n'avait pas insisté autant, j'aurais pu gérer autrement, et facilité les choses pour elle. Elle n'avait que quelques scènes, un rôle mineur. Et maintenant elle me déteste, et ça me brise le cœur. Amber et moi sommes amis depuis très longtemps, et ça me rend malade qu'elle croit que c'est moi qui voulais qu'elle s'en aille.

Je me tournai vers elle.

— C'est vrai ?

Ses dires comme quoi elle deviendrait une vedette pour une superproduction provenaient apparemment d'une énorme exagération de la part de Steven. Et cette version me semblait bien plus sensée, vu que le rôle de tête d'affiche de Tante Amber m'avait paru louche dès le premier abord.

Elle se contenta de me faire la moue, croisant les bras. Mais une larme coulait le long de sa joue, tandis qu'elle se détournait.

Que Steven ait tué Dirk semblait toujours peu probable, sauf si on prenait le témoignage de Tante Pearl en compte. Mais était-elle capable de dire la vérité ? Il n'y avait aucune preuve qui corroborait ses dires. Enfin, pas encore. Steven secoua la tête.

— Et connaissant Dirk, les scènes d'Amber auraient de toute façon probablement fini coupées au montage. Pour moi, la virer était une mesure bien trop extrême.

— Quel homme diabolique ! gronda Tante Amber en agitant le poing en direction du verre. Il est en train d'inventer tout un mensonge bien élaboré pour masquer ses traces... Je ne le laisserai pas s'en tirer !

— Laisse donc le shérif faire son travail, Tante Amber ! protestai-je en attrapant l'épaule de ma tante, mais il était trop tard.

Elle avait déjà mis la main sur la poignée de porte et ouvrit à la volée avant de foncer à l'intérieur de la salle d'interrogatoire, où elle pointa un doigt sur Steven Scarabelli.

— C'est lui votre tueur. J'ai tout vu !

CHAPITRE 14

Cela prit presque une heure avant de calmer Tante Amber, mais elle finit par retrouver la raison. Son renvoi semblait sans conséquence maintenant, surtout avec le film en pause. Personne n'aurait jamais besoin de savoir, vu que ce film ne serait sûrement jamais fait. Son renvoi ne serait jamais connu du public et elle ne perdrait pas la face.

Vu que désormais elle comprenait la gravité de la situation, elle se défit de sa décision d'accuser Steven de meurtre. Mon témoignage oculaire d'elle quittant la scène avant le début du tournage corroborait les dires de Steven. Et tout cela signifiait qu'elle n'aurait jamais pu assister au meurtre de Dirk.

Alors pourquoi mentir ?

Que le dépit et peut-être une mémoire un peu fautive puissent se finir en accusation de meurtre était pour le moindre troublant. Il était même doublement perturbant d'entendre ces dires de la part de ma tante qui était pourtant généralement honnête et sans faute. Elle devait tellement être dans cette histoire de film qu'elle avait dû perdre la raison. Cela dit, nous n'étions pas près d'avancer dans notre enquête. Ces détournements ne faisaient que gâcher l'énergie et le temps de tout le monde. Il était presque sûr que Steven Scarabelli n'était pas le tueur de Dirk, et pendant ce temps-là, le meurtrier continuait de se promener en liberté, prêt à frapper de nouveau.

Le seul bien qui découla des heures suivantes fut que Maman décida de nous apporter le repas. Elle réussit même à convaincre Tante Amber de retourner à l'Auberge pour se détendre un peu, ce qui me fit sourire. Je savais qu'elle la mettrait très bientôt au travail, ce qui n'était pas nécessairement mauvais.

Je m'assis en face de Tyler dans son bureau. Nos assiettes à moitié finies de poulet grillé au barbecue de Maman refroidirent durant notre analyse des enregistrements caméra, image par image. Même sur ce grand écran cinquante pouces, il était difficile de déchiffrer toute l'action. Les tireurs multiples et la rue emplie de poussière embrouillaient tellement l'image qu'il était impossible de voir qui tirait et à quel moment. Et de toute façon, cinq des six revolvers étaient chargées à blanc, donc ça ne nous aidait pas vraiment. Le truc aurait été de réussir à déceler l'arme qui avait tiré la balle meurtrière. Mais comme Dirk était la vedette, la caméra se concentrait sur lui. Il était ainsi simple de voir qui avait été tué, mais il devenait bien plus complexe de déterminer qui était, le tireur hors caméra.

— Peut-être que l'une des caméras a filmé sous un angle différent ? suggérai-je, pleine d'espoir.

— Pas selon les cameramen, et on a analysé tous leurs enregistrements.

— Je n'aurais jamais cru que ça puisse être si difficile, observai-je. On ne filme pas beaucoup de crimes en direct. Et pourtant avec tous ces témoins et un enregistrement du meurtre, on n'arrive toujours pas à savoir ce qui s'est passé.

Tyler acquiesça.

— Tous les tirs à blanc ont été faits en même temps que le vrai, de sorte qu'il est impossible de deviner qui l'a tué. Tout ce qu'on peut faire serait d'écarter tout le monde des suspects sauf ceux qui étaient à gauche du tournage, selon l'angle de la caméra. Le problème, cependant, est de déterminer de qui il s'agissait. Sans enregistrement, on ne pourra que déduire par élimination.

Il figea alors l'écran sur une image particulière et montra Dirk du crayon.

— Tu vois l'expression qu'il a ? Il souffre. C'est le moment précis où il a reçu la balle fatidique.

Je grimaçai.

— C'est assez morbide de filmer la mort de quelqu'un ainsi...

J'avais espéré que les enregistrements permettraient d'identifier le tueur, mais les caméras se concentraient principalement sur Dirk, vu qu'il était la vedette. Et comme c'était une scène d'action, l'arrière-plan était hors de focus la plupart du temps, alors ça n'aidait pas non plus.

— Personne ne semble en position correcte cela dit, remarqua Tyler. Comme c'était une poursuite, s'il s'agissait d'une balle venant de l'un des acteurs, cela aurait dû le transpercer dans le dos. Mais il a reçu la balle en pleine poitrine.

— C'est vrai.

Les compagnons masculins de Dirk étaient directement derrière lui, tandis qu'Arianne les suivait à quelques mètres encore derrière eux. Et tous les spectateurs sur le plateau étaient eux aussi derrière Dirk.

— La vidéo innocente tous les acteurs présents dans cette scène, et pratiquement tous les membres de l'équipe à proximité.

Certes, la vidéo n'incriminait personne et fournissait un alibi pour les acteurs et une bonne partie du reste de l'équipe, mais ça n'innocentait pas pour autant Steven Scarabelli, et de fait, ça renforçait le dossier contre lui. Enfin, aux yeux de Brayden, en tout cas.

Et puis il y avait l'arme du meurtre. La façon dont elle s'était retrouvée en bas de la caisse d'accessoire restait un mystère pour moi. Mais les accusations de Tante Amber couplée au témoignage oculaire de Tante Pearl ayant vu Steven trafiquant la boîte ne laissaient à Tyler d'autre choix que d'arrêter Steven. Ce qui ravissait Brayden, mais pas moi.

Malgré les dires de Tante Pearl, nous n'avions aucune preuve décisive de la présence de Steven sur scène. Même s'il s'était en effet approché de la boîte comme le disait Tante Pearl, cela se serait produit après la poursuite où Dirk avait été tué. Avant cela, il parlait à Tante Amber du même côté que le reste des acteurs, ce qui lui aurait donné un angle de tir impossible. Tyler inclina la tête vers la cellule solitaire où Steven était enfermé.

— Tu es sûre de l'avoir vu avec Amber.

J'acquiesçai.

— Si c'est vrai, alors il est impossible qu'il ait tué Dirk, dit Tyler. On a un homme innocent sous les bars et mes mains sont liées. Si je ne trouve pas le vrai tueur, je ne peux pas libérer Steven. Sinon, je perdrai mon emploi, et Brayden appellera sûrement la Garde Nationale.

— Ce qu'on ne peut se permettre, dis-je en poignardant un bout de poulet froid de mon côté. Pendant combien de temps exactement est-ce que tu as le droit de le garder en détention ?

Je priai pour que cela nous suffise à retrouver le vrai tueur.

— Il faudra soit que je le relâche ou que je l'accuse dans les vingt-quatre prochaines heures. C'est déjà nul de l'avoir enfermé, mais de l'accuser ? Super, cette publicité mensongère le détruirait, et je m'y refuse.

— Dans tous les cas on perd, acquiesçai-je.

— Au mieux, on le traînera dans la boue dans les journaux. Au pire, il sera jugé coupable et passera le restant de ses jours en prison. Tandis que le vrai tueur, lui, reste libre. Tout ça à cause de ton ex qui fait du zèle.

Du zèle dans la jalousie, oui. J'étais convaincue que le comportement de Brayden n'était en partie qu'une revanche au fait que je sorte désormais avec Tyler. Chose sur laquelle j'étais impuissante, mais qui restait frustrante. Je levai les mains.

— Désolée. Je n'y peux rien.

— Non, c'est moi qui suis désolé, Cen. Je ne te blâme en rien. C'est juste que c'est dur d'enquêter avec un patron taré sur le dos. Une seule bavure et je perds mon job.

— Tu sais, tu pourrais toujours postuler à la Police de Shady Creek. On n'aurait qu'une heure d'écart.

Je ne voyais aucune échappatoire. Brayden en avait après Tyler peu importe les événements.

— Non, Cen, dit Tyler. Je ne laisserai pas Brayden m'intimider. Il se contenterait de me remplacer par un autre qui dirait oui à tout. C'est déjà assez dur de faire régner la justice dans une si petite ville comme ça.

— Bah, il ne restera pas maire pour toujours j'imagine…

Mais c'était l'impression que cela donnait pourtant, et la pression pratiquement constante que Brayden faisait peser sur tout le monde ainsi que sa manie de vouloir clore l'enquête à tout prix me déplaisait fortement. Je ne pouvais laisser une pression politique finir par emprisonner un homme innocent, même si pour cela il me fallait recourir à la magie.

Intervenir ainsi était mal, mais en tout cas, c'était un mal nécessaire. Tyler soupira.

— J'en ai l'impression pourtant…

— Je sais. Et je suis aussi certaine que Steven est innocent. Je l'ai aperçu se disputer avec Tante Amber de mes propres yeux. Je ne comprends pas pourquoi Tante Pearl dit avoir vu autre chose.

Les témoignages oculaires variaient beaucoup parce que la mémoire était souvent perméable. Mais sans preuve, le mien, celui qui pouvait innocenter, ne valait pratiquement rien. Il était annulé par celui de Tante Pearl.

— Moi aussi, je le sais, dit Tyler. Tuer sa propre vedette mettrait fin à sa carrière de producteur à lui aussi. Et de ce que je comprends, il est au bord de la banqueroute. Ce film le remettrait dans le pétrin. Mais si Steven n'a pas tué Dirk, alors qui est-ce ?

— Revérifions ta liste, dis-je en m'approchant du tableau blanc de Tyler où il avait fait une liste de tous les noms.

J'étudiai tout, tous ceux qui avaient déjà été interrogés, au moins à la hâte. Et posai des encoches à côté de chaque personne dont l'emplacement avait été indépendamment vérifié par les enregistrements vidéo, ou dans certains cas, par les opérateurs, par les angles des caméras ou les témoins.

Cela dit, il subsistait une douzaine d'individus qu'on ne pouvait éliminer. Il restait des membres de l'équipe en attente, et encore quelques locaux en train d'observer le tournage. Des gens qui auraient pu tuer s'ils avaient cru s'en tirer. Bill et Pearl entre autres. Chacun devait recevoir une confirmation d'alibi de la part des autres. Leurs crédibilités et leurs versions des événements devaient aussi être vérifiées.

— Je ne trouve rien, dis-je en me rasseyant, dépitée de notre manque de progression.

— Regardons tout ça encore une fois, dit Tyler en recommençant le film, avançant jusqu'au moment même de l'impact, avant de faire pause et de tapoter l'écran. Regarde le côté gauche du tournage. C'est de là que venait la balle.

Dirk posait la main sur sa poitrine une demi-seconde avant de tourner les yeux en furie de l'autre côté de la rue, comme s'il avait repéré le tueur. Une lueur de stupéfaction et de familiarité se peignait sur son visage au moment exact où il s'effondrait.

Dirk avait vu son tueur.

Je suivis le regard de Dirk mais il n'y avait personne. Juste des bâtiments vides, dont les fenêtres sombres contrastaient avec les extérieurs tout fraîchement repeints. Je m'approchai de l'écran et plissai les yeux, essayant de voir derrière ces fenêtres.

Mais elles ne révélèrent rien. Les secrets que ces sombres fenêtres recelaient y restaient, protégeant un tueur encore dans la nature.

CHAPITRE 15

Après m'être approchée à quelques centimètres de l'écran, je plissai attentivement les yeux, toujours à la recherche d'ombres à distinguer dans ces pixels.

Mais il n'y avait personne, définitivement personne. Le tueur de Dirk aurait aussi bien pu être invisible. Il ou elle était bien cachée, même sur un plateau où tournaient plein de caméras et de témoins potentiels.

Étrange pour un meurtre en plein jour.

Je me reculai d'un cran de l'écran tandis que Tyler faisait les cent pas dans le bureau assombri. Nous avions examiné toutes les caméras durant plusieurs heures mais ne nous rapprochions pas du tueur.

Même si la scène était très vivement éclairée ce qui empêchait quiconque de voir ceux qui pouvaient être à l'intérieur des bâtiments, le plus troublant restait encore la balistique. Selon la trajectoire, le tireur aurait dû se planquer derrière une fenêtre ou une porte ouverte, ce qui aurait au moins temporairement révélé son emplacement. Pourtant, aucun signe trahissant une quelconque porte ou devanture ouverte n'était visible. Il n'y avait aucune trace de vitre brisée non plus. À moins que le tireur ne soit invisible, je ne comprenais pas.

— Peut-être que le tueur a laissé un indice derrière lui. On devrait vérifier tous les bâtiments, suggérai-je.

— J'ai une idée, dit Tyler en levant un doigt, près de la porte, avant de se retourner et de se diriger vers la cellule de Steven. Je reviens d'ici une minute.

J'observai la porte se refermer derrière lui et m'emparai de la télécommande pour rembobiner encore une fois.

—Yoo-hoo!

Une voix perçante retentit, descendant du plafond. Je levai la tête, surprise de voir l'apparition fantomatique de Grand-Mère Vi flotter tout en haut des murs. Je bondis de ma chaise, paniquée.

— Qu'est-ce que tu fais ici ?!

Grand-Mère Vi ne quittait pratiquement jamais la maison, et je ne comprenais absolument pas ce qu'elle fabriquait là.

— Je crois que tu m'as oubliée, renifla-t-elle, au bord du sanglot.

Jamais je n'aurais cru que les fantômes puissent pleurer, et pourtant elle était si triste qu'elle me mit moi aussi au bord des larmes.

— Mais non, je te promets que non.

Même si je n'arrivais absolument pas à me souvenir de ce que j'étais supposée faire. La mort de Dirk avait un peu occulté tout le reste.

— Alors pourquoi est-ce que tu n'es pas rentrée à la maison ? On devait fabriquer des philtres d'amour, tu ne te souviens pas ?

Je me plaquai une main sur la bouche.

— Oh Grand-Mère, je suis vraiment désolée. Je crois que j'ai dû perdre la notion du temps. Je te jure que je me rattraperai.

Une pointe de culpabilité me traversa en réalisant combien elle avait dû s'inquiéter. Grand-Mère ne quittait jamais la maison car elle avait trop peur de s'égarer. Les fantômes ne pouvaient pas vraiment demander de l'aide aux passants s'ils perdaient leur chemin. Et pourtant elle avait quitté le sanctuaire qu'était sa maison et prit un très grand risque personnel par inquiétude pour moi.

Alors que je l'avais complètement oubliée.

— Demain ? proposai-je avec un sourire plein d'espoir tandis qu'elle descendait à ma hauteur.

— Tu ne passes plus du tout de temps à la maison, Cen. On dirait que tu n'as plus de temps à accorder du tout à ta grand-mère. Tout le monde m'oublie tout le temps, se lamenta-t-elle en secouant tristement la tête.

C'est moi qui aurais bien besoin d'un filtre d'affection. Plus personne ne s'intéresse à moi.

— Ce n'est pas vrai, Grand-Mère ! Je n'ai juste pas vu le temps passer, c'est tout, protestai-je, avant d'essayer de la prendre dans mes bras.

En oubliant qu'il s'agissait d'un fantôme. Résultat des courses : je m'écrasai sur la table.

— Aïe !

— Je l'ai vue venir celle-là.

— Je suis désolée, mais Tyler a vraiment besoin de moi pour une enquête !

Devais-je révéler tous les détails ? Rapidement, je changeai d'avis. La famille West intervenait déjà bien trop dans cette affaire, et les apparitions du fantôme de la Grand-Mère Vi ne feraient qu'empirer tout cela.

— Raison de plus, Cen. Tu laisses le travail prendre trop de place, et avant que tu ne t'en rendes compte, vous serez devenus des étrangers tous les deux.

— Ce n'est que temporaire. J'avais vraiment prévu de venir te prévenir, mais j'ai été retardée.

J'avais honte de mentir, mais encore plus de la blesser davantage en admettant mon oubli. En vérité, je ne pouvais vraiment pas laisser Tyler tout seul dans un tel moment alors que son travail et notre futur étaient en danger.

— Tyler et toi, vous êtes ennuyeux. On dirait un vieux couple. Tu as besoin de cette potion, Cen. Philtre d'Amour numéro quatorze, je crois. Hmm… Ou peut-être treize. Tu ne t'en rends pas compte, mais tu es dans une très mauvaise passe.

— Euh… Si tu le dis, Grand-Mère. Je te jure de rentrer dans quelques heures, et ensuite, promis, on fera nos filtres.

Elle était aussi l'une des raisons pour lesquelles mon couple était si ennuyeux. Tyler ne pouvait ni voir ni entendre Grand-Mère, mais le fait qu'elle soit ma colocataire signifiait que je culpabilisais à mort dès qu'il dormait chez moi. Et bien qu'elle respectait notre intimité, le fait de la savoir ici me mettait mal à l'aise. Et même si Tyler était au courant pour mes talents surnaturels, il ignorait que ma grand-mère fantomatique flottait toujours en arrière-plan. De même, je ne pouvais de toute façon pas lui expliquer parce que ça défaiait toute logique, même envers les gens qui croyaient aux sorcières. Elle secoua la tête.

— Si tu veux garder cet homme, il faudrait un peu épicer les choses. Non mais regardez-vous tous les deux, à passer en boucle le même film encore et encore dans une salle de conférences. Ce n'est pas comme ça qu'on faisait sa cour, de mon temps. Où est passée l'idée de romance ?

— Ce n'est pas un rendez-vous, Grand-Mère. On travaille.

Même si en vrai, l'une des raisons pour laquelle je m'attardais ainsi avec Tyler était que c'était l'unique moment que je pouvais passer seule avec lui. Les choses devenaient encore plus chargées que d'habitude avec Tante Amber qui logeait en ville. Entre ces deux-là, ma cabane dans les arbres semblait elle aussi s'être transformée en hôtel.

— Il y a eu un meurtre, alors…

— Oh, je sais, Cen. J'ai tout vu.

— Tu y étais ? Mais tu ne sors jamais ! protestai-je, m'en décrochant la mâchoire.

— Mais bien sûr que cette fois je suis venue ! Jamais je n'aurais voulu rater les débuts de la carrière de star de l'une de mes filles !

Son teint s'assombrit à la façon d'une de ces bagues d'humeur des années 70.

— J'étais tellement impatiente de voir sa scène ! Malheureusement, ce type s'est fait tirer dessus, et j'imagine que du coup l'étoile d'Amber sur le Walk of Fame devra attendre encore un peu.

— Tante Amber a été virée, Grand-Mère. Elle ne sera pas du tout dans le film. Tu ne l'as pas entendue parler à Steven Scarabelli ?

— Non.

Je regardai la scène en attendant qu'elle apparaisse. Mais elle ne vint jamais.

Cela me donna une idée.

— Dis-moi, est-ce que tu volais au-dessus de tout le monde comme ça au moment du meurtre ?

— Oui, pourquoi ?

— Parce qu'il y avait quelqu'un qui n'était pas supposé y être.

— C'est justement la question que je me suis posée parce que je n'arrivais pas à deviner qui c'était, dit-elle en flottant près de l'écran de projection.

— Qui ?

J'eus à peine le temps de formuler la question qu'un lourd fracas retentit dans tout le bâtiment, le bruit de métal en frappant un autre, comme le son d'une porte de cellule percutant d'autres barreaux de fer.

— Dépêche-toi, avant que Tyler revienne !

— Cen, écoute attentivement. J'ai vu quelque chose, de mon point de vue unique. Tu veux savoir qui a appuyé sur la gâchette ?

— Qui ?

Je me contorsionnai le cou pour la suivre du regard tandis qu'elle montait vers le plafond, et qu'elle levait les bras pour un effet plus dramatique encore.

— Il ne faisait pas partie des acteurs. C'était…

Tyler entra en fracas dans la pièce, suivi de Steven Scarabelli. Le shérif regarda tout autour de nous avec un air cependant singulièrement troublé.

— Il y a quelqu'un d'autre ici ?

— Non, dis-je en secouant la tête. Je me parlais toute seule.

Tyler grimaça puis se tourna vers Steven, et lui fit signe de s'asseoir à la chaise où je me tenais quelques instants auparavant.

— Peu importe. Pour le moment, je vais laisser Steven partir. Il m'a donné sa parole qu'il ne quittera plus sa chambre à l'Auberge, ou en tout cas pas avant demain.

— Mouais.

Grand-Mère chuchota quelque chose que je ne pus lire sur ses lèvres.

— Hein ?

Je fis de mon mieux pour essayer de l'entendre.

— Cen ? demanda Tyler en grimaçant derechef. Qu'est-ce que tu fais à observer le plafond comme ça ?

— Quoi ? demandai-je en remettant ma tête d'aplomb. Ah, euh, j'ai mal au cou. Alors je m'étirais.

Tyler sortit une pile de papiers de son bureau et les posa en face de Steven, puis les tapota.

— Je vous autorise à partir, sous votre parole de ne pas quitter la ville. Signez en bas.

Steven obéit, et gribouilla une signature illisible tout en bas de la page. Tyler déverrouilla le tiroir de son bureau et sortit un sac plastique transparent avec un porte-monnaie, des clés, et le reste des effets personnels de Steven, qu'il lui tendit.

— Il y a un chauffeur qui vous attend dehors, prêt à vous emmener à l'Auberge. Vous irez directement dans votre chambre. Que vous ne devrez pas quitter, sauf pour aller prendre vos repas dans la salle à manger de l'Auberge. Peu importe les circonstances, vous ne devrez pas quitter la propriété ni la ville. Compris.

Steven acquiesça.

— Compris.

— Bien. Parce que sinon, je serais forcé de vous arrêter pour meurtre. Vous n'aurez pas de caution non plus.

— Je resterai dans ma chambre, confirma Steven. J'ai beaucoup d'appels à passer de toute façon, ça m'occupera.

— Je vous suggère d'en profiter pour appeler un avocat, et vite, proposa Tyler. Ça n'est pas encore fini.

J'attendis dans la même pièce tandis que Tyler escortait Steven vers l'extérieur et son chauffeur.

— Est-ce qu'on peut s'en aller maintenant, Cen ? Je n'ai pas toute la journée, râla Grand-Mère qui faisait des allées et retours devant la porte ouverte, clairement impatiente de sortir.

— Bientôt Grand-Mère, je te le promets, dis-je juste avant que la porte du bureau ne s'ouvre.

Tyler ne m'entendit pas cette fois, rentrant dans le bureau où il s'assit, épuisé.

— Et si Brayden découvre que tu as libéré Steven ? Cela le mettra vraiment en rage…

Le plan de Tyler me semblait être un sacré pari, et je ne voulais pas qu'il perde son emploi pour avoir libéré Steven.

— Je verrais en fonction, dit Tyler. Tant que Scarabelli coopère, Brayden n'y verra que du feu. Je sais que c'est peu orthodoxe tout ça, mais ce n'est pas notre tueur. Sa chambre à l'Auberge est beaucoup plus agréable qu'une cellule, en plus de ça, je suis sûr qu'on peut convaincre ta mère et Pearl de le surveiller.

— Bonne idée, convins-je, même si j'en doutais un peu.

Certes, Tante Pearl adorerait pouvoir servir à quelque chose, mais le souci c'était qu'elle s'impliquait toujours trop. D'un autre côté, si ça l'occupait, elle ne causerait pas d'autres problèmes. Peut-être que je pouvais aussi convaincre Grand-Mère Vi de surveiller Tante Pearl ? Tyler acquiesça.

— Et ça me libère aussi d'un poids, comme Scarabelli mangera à l'Auberge, je n'aurais pas à m'occuper de ça et j'aurais plus de temps pour enquêter. Et c'est mieux pour Steven. Les rumeurs commencent à circuler comme quoi il serait suspect. Ne pas le voir, c'est l'oublier.

— Oh, et en plus j'aurais un criminel à surveiller ! se réjouit Grand-Mère en se frottant les mains de ravissement.

— Ce n'est pas un criminel ! sifflai-je en direction du plafond. On n'a encore rien prouvé !

— Est-ce qu'il sera menotté ? Et moi, est-ce que j'aurais un flingue ? demanda Grand-Mère à deux centimètres de mon visage.

— Pas de menottes, fis-je en secouant la tête. Et encore moins de pistolets.

Les fantômes ne pouvaient porter d'arme, et encore moins appuyer sur une gâchette. Ce n'est pas elle qui m'inquiétait. Un pistolet pourrait tomber entre de mauvaises mains, et c'était de toute façon précisément pourquoi on en était là.

— Mais pourquoi est-ce que tu continues à parler toute seule, Cen ? demanda Tyler en fronçant les sourcils. Tu te comportes bien étrangement ces derniers temps. On dirait que tu perds la tête.

— Non, rien. Je suis fatiguée. Et penser à haute voix m'aide à me concentrer.

Après cette excuse bidon, je foudroyai Grand-Mère Vi du regard, en priant pour qu'elle comprenne l'invitation à rentrer chez nous, mais elle ne bougea pas. Et je ne comptais pas présenter à Tyler mon fantôme de grand-mère de sitôt, visible ou non. Ce dont elle profitait un max.

— Focus pocus ! rit-elle avant de m'envoyer un clin d'œil. Rien qu'une potion ne saurait guérir.

Si seulement c'était si facile.

CHAPITRE 16

Je laissai Tyler au bureau du shérif et me dirigeai vers l'Auberge de Westwick Corners pour vérifier si Maman avait besoin d'aide. En chemin, j'entendis des rires et des voix en provenance du Witching Post, le bar et grill que ma famille exploitait sur place. Comme c'était à moins de trente mètres de l'Auberge, je fis un détour de dernière minute pour vérifier ce qui se passait. Cela ne m'aurait pas surprise de voir certains membres de l'équipe et des acteurs noyer leur chagrin dans l'alcool, et le Witching Post était à peu près le seul endroit en ville où on pouvait le faire.

Mes soupçons furent confirmés quand j'ouvris la lourde porte de bois et entrai. Le Witching Post grouillait de monde, plein d'acteurs et de membres du personnel. Ceux qui logeaient à Shady Creek avaient de toute évidence choisi de rester en ville pour se détendre un peu. En plus d'avoir des sentiments sûrement conflictuels au sujet de Dirk Diamond, il semblait que tout le monde attendait de voir les nouveaux progrès de l'enquête.

Et vu l'état d'ébriété générale, l'atmosphère ressemblait plus à un vendredi soir de jour de paie qu'à un jour de deuil. On avait l'impression d'être dans la scène de la bibliothèque dans une imitation d'Agatha Christie, au détail près que tout le monde était saoul et que leurs hypothèses à base d'alcools et autres spéculations allaient bon train. Tout le monde y allait de son grain de sel sur le meurtrier potentiel. Certains racontaient que Dirk avait des liens dans la pègre, alors que d'autres suggéraient que c'était une histoire de triangle amoureux.

Il y en avait même qui croyaient que cette mort n'était qu'une comédie particulièrement bien faite et s'attendaient à le voir débarquer dans le Witching Post à tout moment, aussi enragé que jamais.

Pourtant, il y avait bien une chose de clair. Personne dans ce bar ne croyait que Steven Scarabelli avait tué Dirk. Il y avait même eu une maigre tentative de récolte de fonds pour employer un avocat à Steven, même si vu que tous étaient au chômage désormais, ça avait fait un flop. C'était bien la preuve que tout le monde appréciait Steven.

Je remarquai Tante Amber dans une cabine et me glissai sur la banquette en face d'elle.

— Tu te sens mieux ?

— J'ai tout mis en œuvre pour aider Steven, et regarde où ça m'a menée, murmura-t-elle avant d'attraper ce qui restait de cacahuètes dans le bol au milieu de la table et de les avaler d'une traite. Ma carrière est finie.

Cela m'inquiétait de la voir s'emparer d'une autre plâtrée de cacahuètes à la table d'à côté. Parce que non seulement Tante Amber mangeait quand elle était bouleversée, mais là elle semblait avoir perdu tout contrôle et tout ignorer autour d'elle, y compris la nature des cacahuètes qu'elle s'enfilait dans l'abandon le plus total. Des papules gigantesques se formaient sur ses bras et son cou, comme si elle avait des envies suicidaires.

— Arrête de manger ça. Tu sais très bien que tu es allergique.

— Je ne peux plus vivre ainsi, Cen, pleura-t-elle. Et mon étoile sur le Walk of Fame ? Je ne l'aurais jamais !

Au moins la cabine nous apportait-elle une certaine intimité, mais même dans la faible lumière du bar, son visage avait très visiblement enflé.

— Allons, calme-toi, et respire profondément. Où est ton EpiPen ?

— Oh, tant pis.

Elle baissa la nuque et se frotta la tête entre les mains, récitant un sort à voix basse, si doucement que je fus incapable de déchiffrer l'incantation. Et en quelques secondes, ses enflures furent réduites de moitié. Un soupir de soulagement m'échappa en constatant qu'elle ne venait pas d'en profiter pour maudire Steven ou je ne sais qui d'autre. Je m'emparai donc du bol de cacahuète et le remis dans l'autre cabine, avant de reprendre mon siège.

— Dis-moi la vérité. T'es-tu servie de magie pour obtenir ta place dans ce film ?

Il y avait des règles très strictes concernant l'usage de la magie pour le gain personnel, et Tante Amber les connaissait toutes par cœur. Elle était normalement à cheval sur les lois et était bien la dernière personne que je m'attendais à voir les violer. Mais dans cette journée, rien n'avait été normal.

Elle m'ignora, le regard perdu dans le vague. Je lui pris la main et la pressai.

— Tante Amber ?

— Voilà, je me sens mieux maintenant.

Elle leva les yeux vers moi. Sa peau était redevenue nette et pâle, sans aucune trace des papules de tout à l'heure.

— Tout ça me stresse. C'est de ma faute. Je n'aurais jamais dû aider Steven.

— Comment ça, tu l'as aidé ? Je croyais que c'était l'inverse.

Je voyais mal comment Tante Amber avait pu décrocher un rôle dans une superproduction sans aucune expérience à son actif.

— Bien sûr que je l'ai aidé, Cen. Je lui ai trouvé Dirk Diamond.

Je levai les yeux au ciel.

— Comment peux-tu dire une chose pareille ? Steven avait déjà Dirk Diamond. « *Le train sifflera à midi* » est la suite de « *Le train sifflera à minuit* », dans lequel Dirk jouait déjà. Et c'était un gros titre du hit-parade. Évidemment qu'il était supposé jouer dans la suite.

— Que tu crois, mais Dirk n'avait pas encore signé ! Pour une bonne raison. Il croyait que Steven essayait de l'arnaquer.

— Qu'est-ce que tu en sais ? demandai-je avant de baisser le ton d'un coup, en apercevant Steven Scarabelli entrer dans le bar.

Un juron m'échappa sous cape, paniquée à l'idée de le voir hors de sa chambre. Je priais pour que Brayden ne décide pas de venir au bar. Et je me tournai ensuite vers Tante Amber.

— Dirk semblait plutôt manquer de reconnaissance envers vous dans la caravane de Steven. Alors que sans Steven, jamais il ne serait devenu une vedette.

C'était bizarre de parler de Dirk au passé, mais je ne pouvais m'ôter du cœur l'image de son cadavre, gravée dans ma mémoire.

Tout d'un coup, un éclair de lumière attira mon attention. Et je me tournai pour voir des flammes rugir derrière le bar.

Bar où Tante Pearl nous faisait des coucous. Soit elle essayait de faire la barmaid, et très mal, soit l'incendiaire, et elle s'y prenait très bien. Je bondis de la cabine et jurai en me cognant le genou contre la table, avant de courir vers le bar, glissant au passage sur le sol mouillé, regagnant l'équilibre de justesse.

— Tante Pearl, trouve de l'eau ! Éteins ces flammes !

Elle prit une bouteille sur le bar et l'agita. Toujours en pleine course, je réalisai horrifiée que ce n'était pas de l'eau mais de la vodka.

— Non !

Je fis un plongeon pour lui reprendre la bouteille avant que tout n'explose, mais je percutais un mur invisible avec une telle force que ça devait être surnaturel. Cela me fit tomber au sol et rebondir en arrière d'un bond franchement bizarre avant d'atterrir en position d'assise.

Et je me retournai, m'attendant à un volcan. Sauf qu'au lieu de cela, les flammes étaient désormais contenues au sein de deux tout petits verres à shot comme si de rien n'était. Tout le monde dans le bar me dévisagea fixement effaré pendant une demi-seconde, avant que quelqu'un n'applaudisse. Tante Pearl sourit.

— Allez, Cen. Reprends-toi.

Je la foudroyai du regard en me remettant sur pied.

— Attirer l'attention de tout le monde ne te décrochera pas de rôle dans un film, Tante Pearl. Arrête tes simagrées.

— Oh, comme si tu t'y connaissais. Relax, Cendrine. On dirait que tu n'as jamais vu de Sambucas flambé.

Elle souleva les deux cocktails de ses mains gantées de maniques avant de les poser en face de Steven Scarabelli et Arianne Duval.

Cela me mettait encore un peu mal à l'aise de voir Steven se promener dans le bar. Même s'il avait rompu sa promesse de rester dans sa chambre, au moins il était toujours sur la propriété. Il n'y avait nulle part où aller à cette heure de toute façon, et on avait peu de chances de voir débarquer Brayden.

Steven et Arianne semblaient tous deux stressés, et je les comprenais de vouloir de l'alcool après tout ce qui s'était passé aujourd'hui. Surtout ce pauvre Steven, qui était sûrement secoué de son séjour en prison. Même si les gens ne pleuraient pas vraiment Dirk, des Sambucas flambés étaient peut-être un peu trop d'humeur à la fête à mon goût. Je me demandai de qui venait l'idée. Arianne se ratatina derrière son shooter et agita la main en éventail au-dessus.

— Dites, euh, je pourrais avoir le mien un peu moins... chaud ? demanda-t-elle en m'adressant un signe de tête poli.

Tante Pearl leva les yeux au ciel avant de se pencher pour éteindre les flammes du verre d'Arianne, manquant presque de se roussir les sourcils à elle aussi. Arianne frémit et repoussa son verre d'un long doigt manucuré. Heureusement, Steven changea de sujet.

— Est-ce que vous avez revu Bill ? me demanda-t-il.

— Non, répondis-je, même si la question me semblait étrange, surtout en m'étant adressée. Êtes-vous allé voir dans sa chambre ?

Il acquiesça.

— J'y suis allé il y a quelques minutes, mais ce salaud m'évite. Il me doit de l'argent et je ne peux attendre plus longtemps. Je suis à cran pour la paie de tout le monde.

— Combien vous doit-il exactement ?

Cette histoire d'argent m'intéressait parce que les finances semblaient toujours éveiller le pire chez les gens. Bill n'avait pas mentionné de problème avec Steven, alors peut-être avait-il honte d'avoir des dettes ? Mais de savoir que Steven était aussi là pour récupérer la dette que Bill lui devait était bon à savoir. Cela donnait au moins à Steven une raison valide de traîner autour des accessoires comme on le disait. Mais si tel était le cas, pourquoi n'en avait-il pas parlé ? À moins que Bill ne prétende ainsi que Steven se soit approché des accessoires pour dévier la culpabilité.

Sentant une main sur mon bras, je me retournai pour apercevoir Tante Amber à mes côtés. Mais ayant Steven de l'autre, j'eus un peu peur de voir les choses partir en vrille.

— On devrait aller aider Maman tu sais.

— D'accord, répondit Amber avant de se tourner vers Steven. Tu t'imagines peut-être que tu seras innocenté, Steven, mais crois-moi que non. Si la police ne t'arrête pas, moi, je le ferai.

— Tante Amber ! protestai-je en lui prenant le bras et en la déviant du bar vers la porte. Comment oses-tu dire une telle chose à l'homme qui t'a décroché ton premier gros contrat ?

— C'est mon talent qui m'a fait décrocher ce gros contrat, Cen. Et en retour, j'ai aidé Dirk. En plus d'être mon protégé, c'était un ami très cher. Qui n'a jamais dû oublier comment je l'ai aidé à rencontrer Steven et obtenir *son* premier gros contrat. Ce qui s'avère être une erreur fatale… Tout est de ma faute ! termina-t-elle en fondant en larmes, tandis que je la raccompagnai jusqu'à la porte. Peut-être que je devrais mettre fin à tout ça. Sans mon compagnon, je n'ai plus de raison de vivre.

J'ouvris la porte et tirai à moitié Tante Amber qui se reposait lourdement sur mon bras. J'avais du mal à savoir si elle était sérieuse ou juste en train d'essayer d'attirer l'attention, mais je soupçonnais la deuxième option d'être la bonne. Elle voulait sûrement entendre Steven regretter ouvertement la perte de ses sublimes talents d'actrices.

En sortant à l'air libre, elle recouvra soudain toute sa force. Après s'être défaite de mon bras, elle se dirigea vers l'Auberge à bon rythme. Nous avions à peine parcouru quelques mètres qu'on tomba sur Tyler qui arrivait du parking.

— Vous ! rugit-elle en lui fonçant dessus et en lui tapant sur la poitrine. Vous venez de libérer un meurtrier ! D'accord, vous lui avez rendu sa liberté, mais je vous jure qu'il ne risque pas d'en profiter !

CHAPITRE 17

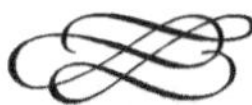

Je venais d'entrer dans le salon quand quelque chose fondit du ciel vers moi et manqua de me faire basculer.

Cela me fit hurler.

Et je me jetai au sol comme un sifflement d'air arrivait sur ma nuque. Je me figeai, m'attendant à moitié à recevoir un coup de griffe sur la tête ou dans le dos. Même si l'Auberge était pleine de courants d'air, il n'y avait aucune chauve-souris, oiseau, ou autre créature volante dans la maison. Non, ça ne pouvait être qu'une seule personne, et c'est ce qui me faisait plus peur que tout. Je me figeai près de la rampe d'escalier, me préparant d'avance à la suite.

— Cendrine West – arrête de te tapir par terre comme une idiote !

Grand-Mère flottait en face de moi, m'empêchant d'avancer. Enfin, seulement en théorie, puisque techniquement je pouvais la traverser.

— Qu'est-ce que tu fais ici ? Je croyais que tu étais rentrée, chuchotai-je.

Grand-Mère avait promis de retourner dans notre cabine, mais j'imagine que tous ces invités à l'Auberge la bouleversaient. Cela ne la ravissait jamais de voir des gens loger dans notre maison ancestrale, et je m'inquiétais qu'elle puisse faire quelque chose de précipité. Sa simple présence suffisait à compliquer les choses.

Je sentis une multitude d'yeux sur moi. Malgré cette heure tardive, les quelques dizaines de sièges de la salle à manger étaient occupées par des dîneurs en retard, et tous leurs yeux s'étaient posés sur moi. Grand-Mère était invisible au reste du monde, évidemment, et du coup on aurait juste dit une lunatique enragée.

Encore.

— Allons ailleurs, suggérai-je. Pourquoi pas à la cabane ?

L'apparition de Grand-Mère Vi s'assombrit.

— C'est chez moi, l'aurais-tu oublié ? J'ai plus le droit d'être ici que tous ces fuyards. Tout est de la faute de Tante Amber. Rien de tout cela ne serait arrivé si elle n'avait pas fait faire ce film ici. Elle me gonfle un peu.

Je me tournai pour chercher Tante Amber, mais elle ne m'avait pas suivie ici comme je l'avais cru. Je pivotai sur mes talons et repartis dans le hall.

— Je vais la chercher.

Grand-Mère Vi continua à me suivre en flottant, en marmonnant sous cape quelque chose que j'eus du mal à distinguer. Sa voix augmenta en volume comme on arrivait au couloir.

— Tu es supposée aider ce pauvre Tyler. Il a vraiment les mains pleines avec tout ça. Et il a l'air triste.

Tyler semblait effectivement triste. Il était assis à une table à côté de la porte, et on le dépassa en chemin. Le délai de Brayden courrait à sa fin, et on n'était pas près d'attraper le tueur.

Grand-Mère Vi était la plus grande fan de Tyler, mais son attirance sur mon petit ami m'agaçait un peu parfois. Et ça virait au harcèlement. Il ignorait son existence, mais elle savait tout de lui. C'était un secret de famille perturbant qui, s'il était révélé, me donnerait l'air bizarre à moi aussi.

— Je l'aide, Grand-Mère, et je n'ai pas envie de me disputer avec toi. Concentrons-nous sur comment trouver le tueur de Dirk. Tu dis que tu as tout vu. Je veux savoir ce que tu as vu de ton poste d'observation aérien au-dessus du plateau. Raconte-moi tout.

Elle me dépassa en flottant et se retourna, pour être à hauteur d'yeux.

— Il y avait d'autres personnes sur le tournage, qui n'étaient pas supposées y être. Personne ne les a vus à part moi.

— Qui ? demandai-je, oubliant momentanément que je cherchais Tante Amber.

Elle secoua la tête.

— Un homme et une femme. J'ignore qui ils étaient, par contre. Ils se cachaient dans un bâtiment vide de l'autre côté de la rue.

Évidemment. En tant que fantôme, Grand-Mère Vi ne faisait pas que traverser les murs, elle voyait au travers aussi. Pourquoi n'y avais-je pas pensé avant ?

— Quel bâtiment ? Est-ce que tu saurais identif…

Je m'arrêtai au milieu de ma phrase en voyant la porte d'entrée de l'Auberge s'ouvrir en craquant, et Brayden Banks entrer dans la salle à manger quelques secondes plus tard. Il fit un geste de la tête glacial en ma direction.

— Cen.

À nous voir, personne n'aurait pu croire qu'un jour on s'était follement aimés au point de se fiancer. Pour lui, j'étais maintenant l'ennemi.

En plissant les lèvres très fort, il rendait sa colère — au sujet de quoi ? – visible aux yeux du monde. Je me demandai un instant si je ne devrais pas le devancer pour aller prévenir Tyler de sa présence, mais il était trop tard. Il allait déjà vers la salle à manger.

Alors je me mis en route derrière lui et fis signe à Grand-Mère de me suivre.

Brayden entra à grands pas dans la salle à manger et fonça en ligne droite vers Tyler, que Steven Scarabelli venait de rejoindre à sa petite table. Steven avait dû quitter le Witching Post juste après Tante Amber et moi. Tyler était penché, discutant avec Steven à voix basse.

Brayden s'arrêta à quelques centimètres de Tyler et baissa des yeux froids vers lui.

— Shérif Gates… C'est comme ça que vous combattez le crime ? En vous asseyant pour boire un café avec des accusés de meurtre ?

Tyler se leva.

— Ce n'est pas ça. Je suis en train de récolter des témoign…

— Mais bien sûr, rétorqua Brayden de cette voix monocorde qu'il utilisait quand il essayait de contrôler sa colère. Détendez-vous, restez à boire votre café ici, c'est bien. Comme ça, la Police d'État saura parfaitement où vous trouver quand ils vous absoudront de vos devoirs et prendront le dossier.

— Vous ne pouvez pas m'enlever ce dossier. Pas quand je suis à deux doigts d'arrêter un coupable potentiel.

— Vous verrez bien, siffla Brayden. Vous étiez supposé mettre Scarabelli derrière les barreaux. Qu'est-ce qu'il fiche ici ?

— Je ne pouvais pas l'incriminer. Il y a des preuves contradictoires indiquant que nous avons arrêté la mauvaise personne, dit Tyler en tapotant l'écran de son ordinateur. Il a promis de ne pas quitter l'Auberge.

Brayden jeta les bras en l'air, furieux, le visage empourpré de colère.

— Comment avez-vous osé le laisser sortir ? On ne peut se permettre de laisser un meurtrier se promener en liberté ! Qu'en pensera le public ?

C'était toujours une question d'apparence, avec Brayden.

— Euh, je n'irai nulle part, Mr le Maire, objecta Steven. Je reste ici.

Brayden fit un geste dédaigneux de la main.

— Ne vous mêlez pas de ça.

Steven haussa les épaules.

— Je serais à l'étage dans ma chambre si vous me cherchez, Shérif, dit-il avant de se tourner et de partir.

Tyler appuya sur quelques touches de son clavier, puis fit pivoter son ordinateur pour que Brayden puisse voir l'écran.

— Je n'avais pas le choix, il fallait bien que je le relâche. Regardez ce que j'ai découvert.

C'était un enregistrement des caméras de surveillance extérieures adjointes à la banque. Le film était en noir et blanc, un grain dessus, mais Steven Scarabelli était clairement visible.

— Il était ici à l'instant où les coups de feu ont été échangés. On entend les coups. Et on voit aussi qu'il n'a rien dans les mains. Il est tourné vers la position opposée de celle dont venaient les balles.

— Je m'en fiche, gronda Brayden dont le visage s'empourprait de plus en plus.

Je l'interrompis.

— Tu t'en fiches qu'un homme innocent soit accusé de meurtre ? Je croyais mieux te connaître, Brayden.

Brayden secoua la tête.

— Tu ne me connais pas du tout, Cen. Tu ne m'as jamais connu.

Grand-Mère siffla sous cape et joua d'un faux violon.

— Quel mélodrame !

Je la foudroyai du regard avant de me tourner vers Brayden. Il n'y avait pas que les balles qui volaient, à Westwick Corners.

— Concentrons-nous sur la recherche du tueur, qui est toujours en liberté, dis-je. Car jusqu'à ce qu'on le découvre, on est susceptibles de se retrouver avec un deuxième meurtre sur les bras.

— Reste en dehors de ça, Cen. C'est une enquête de police et ça ne te regarde pas, vociféra Brayden qui bondit brusquement en arrière en se tenant la tête.

Un coup d'œil m'informa que le plafond au-dessus de lui s'était craquelé, et avait laissé tomber des morceaux de plâtre en contrebas. Une fiche couche blanche recouvrait désormais sa tête et les épaulettes de son costume bleu nuit. Au-dessus de lui on voyait directement un trou béant dans le plafond. Qui s'était ouvert sans raison apparente et n'avait frappé que Brayden, et pas le reste du monde.

Grand-Mère Vi flottait juste derrière Brayden, en riant.

J'étais à la fois furieuse et enchantée de ses actes, et tout ce que je pus faire fut de réprimer un petit sourire.

— Cet endroit est un dépotoir ! gronda Brayden en se frottant la tête entre les mains, s'enlevant la poussière qui était rentrée dans ses yeux.

Peut-être que la douche de plâtre ou la menace du tueur en liberté l'avaient calmé, parce que cette situation qui s'envenimait sembla lui rappeler des choses.

— Je vous donne vingt-quatre heures de plus, Shérif Gates. Mais après, j'appellerai la Police d'État.

— Vous n'en aurez pas besoin. On aura attrapé le tueur d'ici là, grimaça Tyler.

Je priais pour qu'il ait raison. Il fallait arrêter ce carnage avant que le tueur ne le fasse pour nous.

CHAPITRE 18

Après être allés voir Maman dans la cuisine, Tyler et moi retournâmes dans le salon. Tante Amber était réapparue. Elle était assise à une table juste en face de la porte de la cuisine, et tapait impatiemment du pied par terre. Elle semblait toute rouge et en ébullition, ce qui était sûrement dû à la présence du Maire Brayden Banks chez elle, qui s'éternisait.

Brayden, qui venait d'enlever la poussière du plâtre de ses vêtements, était en train de liquider une double portion de tarte à la cerise façon Maman. Il semblait plutôt paisible, en tout cas, jusqu'à ce qu'il nous remarque fonçant vers sa table. Tante Amber se leva de son siège et se mit en route derrière nous.

Peu importe la teneur de la conversation qui s'était faite entre Brayden et Tyler, mais elle me donnait l'impression qu'être là pour Tyler en tant que témoin visuel serait fort appréciable. On attendit tous les trois que Brayden lève les yeux vers nous, mais il se contenta de baisser le nez vers sa tarte à moitié dégustée, complètement ailleurs.

— C'est moi, déclara soudain tout haut Tante Amber, suffisamment fort pour être entendue de toute la salle à manger. C'est moi qui ai tué Dirk Diamond.

Brayden s'en décrocha la mâchoire, la fourchette encore levée.

— Que dites-vous ? Que vous avez aidé Scarabelli ?

Tante Amber était en train de se mettre dans un océan d'embrouilles bien trop complexes, même pour une sorcière.

— Impossible, dis-je en foudroyant ma tante du regard pour l'implorer de se taire. Je t'ai vue t'en aller avant le début des coups de feu.

— Peut-être que je n'ai pas tiré le coup de feu fatidique, mais j'ai quand même aidé, dit Tante Amber en souriant comme si elle venait d'avouer le plus petit péché mignon du monde, et pas une complicité d'assassinat.

Brayden en fit tomber sa fourchette.

— Comment, exactement ? Est-ce vous qui avez trouvé le pistolet de Scarabelli ?

Tante Amber se contenta de sourire.

— Vous avez embauché un assassin ? bafouilla Brayden, dont le visage se chiffonnait de perplexité.

Je me penchai près de ma tante pour lui chuchoter à l'oreille :

— Mais pourquoi est-ce que tu fais ça ? Tu ne fais que compliquer les choses. Tu vas détourner toute l'enquête vers une mauvaise piste !

— Détends-toi, répondit-elle à voix basse. Cela fait partie d'un plan de maître que j'ai concocté moi-même.

— Oublie ton plan, sifflai-je en lui agrippant le bras pour la tirer au loin sur plusieurs mètres.

J'en avais assez des mélodrames de Tante Amber. Cette ville… Et Dirk, bien évidemment… se seraient bien mieux portés si cette histoire de film n'avait jamais existé.

— C'est sérieux, repris-je une fois à l'abri. Une fois qu'ils t'auront arrêtée, tu ne pourras plus jamais rentrer à Londres.

— Ah bon ? Je n'y avais pas réfléchi, fit-elle comme si de rien n'était en se recoiffant, adressant un sourire à un couple assis à la table voisine.

Comme je m'y attendais, Tante Amber se démenait pour attirer l'attention sur elle sans songer un seul instant aux conséquences. Brayden pointa Tyler du doigt.

— Vous l'avez entendue, Shérif Gates. Pourquoi ne l'arrêtez-vous pas ?

Tyler ouvrit la bouche pour répondre, mais y réfléchit à deux fois. Il sortit une paire de menottes de la poche de sa veste, et menotta Tante Amber. Je protestai :

— Tante Amber ! Dis-leur que tu plaisantais, bon sang !

Sa tactique de diversion… enfin, si c'en était bien une… risquait surtout de ralentir encore une fois l'enquête de Tyler.

Elle m'ignora en tendant les poignets.

— Je suis la complice de Steven. On a tous les deux tué Dirk.

— Mettez-la sous les verrous, Gates, ordonna Brayden en pointant le doigt vers Tante Amber. Ne laissez pas celle-ci s'échapper non plus.

Ma mâchoire se décrocha, choquée, face à l'hostilité de Brayden. Même si nous ne nous aimions plus, lui et moi, il avait toujours bien aimé Tante Amber du temps de nos fiançailles. Et voilà que maintenant il ne voyait aucun problème à l'envoyer aux piloris tout en s'empiffrant des tartes de Maman ?

— Attendez ! Je mentais. Je n'ai rien fait, mais il n'empêche que je suis en danger de mort.

Quel mélodrame ! Tante Amber étouffa un faux sanglot en examinant la salle à manger. L'audience était captivée, pour sûr. Tous ceux qui y étaient présents avaient arrêté de manger ou de parler, du reste, peu importe leur précédente activité, pour la considérer. Une vedette.

— J'ai besoin d'une détention protectrice. Shérif Gates, ma vie est entre vos mains.

Pendant quelques minutes de plus, Tante Amber resta ainsi une star.

Si seulement elle avait su combien le prix de ce moment de gloire serait élevé.

CHAPITRE 19

On parvint enfin à arracher Tante Amber aux feux de la scène pour l'attirer dans la cuisine où elle ne pourrait plus causer d'ennuis. Mais les dégâts étaient déjà faits.

Grand-Mère Vi, chargée de surveiller la salle à manger, venait tout juste d'entrer en courant pour nous informer que Brayden venait de téléphoner à la Police d'État de Washington. Il avait bien l'intention de leur faire reprendre l'enquête sans que Tyler le lui ait demandé. Tante Amber se débattit avec les menottes.

— Elles me font mal, Tyler. Pourquoi suis-je obligée de les porter ?

Il soupira.

— Vous avez demandé à les avoir, au cas où vous l'auriez oublié. Vous ne m'avez pas laissé le choix.

— Tyler va se faire renvoyer à cause de toi, ajoutai-je. Tu ne te sens pas au moins un tout petit peu coupable ?

— Pourquoi culpabiliserai-je ? fit-elle en boudant. Je ne faisais qu'essayer d'aider. Tu sais, pour faire comme si Tyler progressait dans son enquête. Pourquoi est-ce que tout le monde est si à cran d'un coup ?

Je secouai la tête, effarée.

— On ne peut revenir sur un aveu de meurtre, Tante Amber. Personne n'oubliera le spectacle que tu viens de nous faire à tous.

Elle s'illumina d'un seul coup.

— C'est vrai ? Est-ce que je jouais si bien la comédie que ça ? J'ai réussi à te convaincre ?

Tyler secoua la tête.

— Ce n'est pas le moment de jouer la comédie, Amber. Je vais vous enlever les menottes, mais vous devez me promettre que cette fois, vous vous tairez. Montez dans votre chambre, ne parlez plus à personne, et ne partez sous aucun prétexte.

— Mais, et si…

— Sous aucun prétexte, déclara Tyler avant, quelques secondes plus tard, de m'attirer contre lui et de chuchoter à mon oreille : Je ne peux pas physiquement gérer ta famille de cinglées et résoudre un meurtre en même temps. Est-ce que tu pourrais t'assurer qu'elles restent toutes incognito, au moins jusqu'au départ de Brayden ?

— Je vais les occuper, dis-je avant de me tourner vers ma tante. Allez, Tante Amber, montons.

Je n'avais aucune idée de l'endroit où pouvait bien être Tante Pearl. Son absence de l'Auberge m'inquiétait pas mal, parce que cela signifiait très certainement qu'elle causait des dégâts ailleurs. Mais j'avais déjà beaucoup de choses à gérer, et je la chassai de mon esprit pour le moment.

Après avoir raccompagné Tante Amber dans sa chambre et l'avoir installée avec des magazines people, je descendis les escaliers à nouveau pour aider Maman à nettoyer la cuisine. La journée avait été épuisante. Le matin viendrait bien assez tôt, et empêcher mes tantes de se mettre en travers de notre route signifiait également que je devrais m'occuper des tâches ménagères de Tante Pearl en plus d'aider Maman avec tout le reste. Il nous fallait un plan pour garder tout le monde à l'œil tout en gérant les invités.

Le timing s'avéra bon. Maman avait déjà un travail pour moi : faire le service de chambre de Steven Scarabelli. Entre sa période de détention et ses boissons au Witching Post, il avait raté le dîner.

Je m'emparai du plat fumant de rôti de bœuf, légumes et sauce, puis sortis de la cuisine. J'étais soulagée qu'il ait enfin décidé de se rendre dans sa chambre pour la nuit. Peut-être certes que l'équipe du film n'en avait pas après lui, mais les fans les plus cinglés de Dirk Diamond chercheraient sans aucun doute à se venger. C'était probablement une bénédiction, même si ce n'était pas évident au premier abord, qu'il soit coincé dans notre petite ville.

De fait, depuis le court moment où nous étions retournés à l'Auberge, une demi-douzaine de fans extrémistes avaient pointé le bout de leur nez. Je ne les avais pas vus de mes propres yeux, mais selon un membre de l'équipe du film arrivé récemment, les fans de Dirk campaient au bord de notre propriété en bas de la colline. Encore plus d'entre eux s'étaient réunis autour d'un autel temporaire fait de chandelles et de fleurs sur le plateau de tournage de la rue principale.

Même si les fans ne pouvaient savoir ce qui se passait dans l'Auberge, tant qu'ils continuaient de camper près de notre porte d'entrée, ils voyaient avec certitude toutes les allées et venues qui s'y faisaient. Tyler avait fermé le portail en guise de précaution un peu plus tôt, de sorte que tous les invités devaient nous appeler pour pouvoir entrer. Cela nous fournissait un semblant de calme, au moins en surface.

Les nouvelles d'Hollywood allaient vite… Très vite. Aucune annonce officielle n'avait encore été faite concernant Dirk. Westwick Corners était isolée, coincée dans le nord-est de l'État de Washington, à plusieurs heures de route de Seattle. Et pourtant les gens étaient déjà au courant de la tragédie qui s'était déroulée là.

Je m'attendais à ce que la ville grouille d'admirateurs de Dirk et de journalistes hollywoodiens d'ici demain matin. Cela m'inspira une idée. Pour une fois, notre emplacement hors de tout me donnait un avantage, dont je comptais me servir pour obtenir une interview exclusive, si j'arrivais à l'arranger.

J'apportai le plateau-dîner de Steven Scarabelli en haut de l'escalier vers sa chambre au deuxième étage, pleinement consciente que pour le moment, en tout cas, j'étais la seule reporter à avoir accès à lui. Et je comptais totalement m'en servir.

Mon estomac gronda en sentant l'arôme qui se dégageait du sandwich au rôti de bœuf et de la sauce froide que je portais. L'assiette était lourde, chargée d'une double portion de bœuf, de pudding du Yorkshire, de carottes, de deux cuillères de patates écrasées, et d'une saucière. J'en eus l'eau à la bouche en réalisant que je n'avais rien mangé depuis ce matin.

Je manquai de me cogner dans la Tante Amber quand elle descendit les escaliers, valise en main.

— Mais, Tante Amber, où vas-tu ? Tu sais bien que tu ne peux pas partir.

— Je ne peux pas non plus rester, Cen. Pas au même endroit qu'un tueur de sang-froid. Et si j'étais sa prochaine cible ?

— Il ne s'en prendra pas à toi, dis-je en transférant le plateau sur mon autre main, me rattrapant au garde-fou.

— Tu n'en sais rien. D'abord Rose, Dirk, puis moi enfin. J'en ai assez de cet homme.

Elle reposa sa valise sur la moquette du palier de l'escalier. Comme d'habitude, Tante Amber rapportait tout à elle.

— Mais c'est Dirk qui voulait te renvoyer. J'y étais. Je l'ai entendu de mes propres yeux.

— J'aimerais bien que tu arrêtes de raconter des sornettes pareilles, râla Tante Amber en ravalant sa respiration. Tu te trompes.

— Oh que non ! Tu te souviens quand tu m'as présenté Dirk ? Tu allais vers le plateau de tournage ensuite, mais moi non. J'ai vu Steven et Dirk se disputer devant l'ancien bâtiment de la banque. Ce n'était pas du script qu'ils parlaient. Mais de toi.

Tante Amber posa les mains sur les hanches, indignée.

— Bien évidemment. Dirk me défendait. C'était un collègue très loyal.

Je fis lentement non de la tête.

— J'ai bien peur que cela n'ait jamais été le cas. Dirk a donné à Steven un ultimatum. Soit il te virait, soit Dirk partait du tournage sur-le-champ. Steven a eu beau protester, au final, il a été forcé de céder aux exigences de Dirk. Ne pouvant tourner sans lui, comme il avait signé tous les contrats, il était bien obligé de le faire pour pouvoir payer l'équipe du film. Dirk l'aurait forcé à la banqueroute sinon. L'équipe et le casting auraient perdu leur job. Quel choix restait-il à Steven ?

— Tu as tort, balbutia Amber, les yeux pleins de larmes. Ou peut-être est-ce que tu es du côté de Steven ? Il a retourné tout le monde contre moi.

— Est-ce que tu crois vraiment que je te mentirais, Tante Amber ?

— Je... Je ne sais pas ? renifla-t-elle. Tous ceux à qui je faisais confiance m'ont tourné le dos. J'en ai assez de cet endroit. Je rentre à Londres.

Elle reprit sa valise et descendit les escaliers. Je soupirai, frustrée.

Tante Amber voyait toujours toute cette tragédie uniquement de son point de vue, et pas de celui de Steven.

— Tu ne peux pas partir. Tu l'as promis à Tyler, tu te souviens ? Il te faut sa permission pour quitter la ville.

Tante Amber était déjà en bas des escaliers. Elle releva les yeux vers moi et me foudroya du regard.

— Je n'ai besoin de la permission de personne. Je fais ce que je veux, quand je veux.

Un soupir m'échappa. Je ne voulais pas que Brayden ait une autre excuse pour virer Tyler.

— S'il te plaît, ne t'en va pas, Tante Amber. Reste, pour le bien de Tyler. Pour le mien.

— Je n'y crois p…

Pour la première fois, une trace d'incertitude s'inscrivit dans sa voix. Ses yeux allaient entre la porte et moi en un va-et-vient toujours plus puissant.

— Tu veux une preuve ? Je peux peut-être t'arranger ça.

Ma magie suffirait à peine à me ramener au moment de la dispute entre Steven et Dirk, et ne me permettrait pas de ramener Tante Amber.

— On pourrait faire un sort de rembobinage pour que je te montre.

— On ? fit-elle en faisant des guillemets de ses doigts. Il faut que tu apprennes à maîtriser ta magie par toi-même, Cen. On ne sera pas toujours là pour t'aider.

— Ce n'est pas ce que je sou…

— Il faut juste que tu t'appliques.

— D'accord, très bien.

Je fis de mon mieux pour garder un ton de voix neutre, en essayant de ne pas trahir ma peine. Il fallait que je montre à Tante Amber la vérité, mais je ne savais ni comment, ni par quel moyen..

— Je vais trouver, tu verras.

Tante Amber leva les yeux au ciel.

— Je ne vois pas comment un sort de rembobinage nous aidera en quoi que ce soit. Je n'étais pas du tout là quand tu as entendu Dirk et Steven soi-disant parler de moi. Comment pourrais-je revenir à un endroit où je n'aie jamais été ?

Un éclair d'inspiration me frappa.

— Attends… J'ai une idée. Dirk et Steven étaient devant la vieille banque. Peut-être que l'une des caméras supposées filmer le braquage était en train de tourner et a enregistré leur conversation.

Un espoir un peu fou, mais pourquoi pas. Qui piqua l'intérêt de Tante Amber.

— S'il y a une pellicule, je veux la voir.

— Tu n'as qu'à venir avec moi pendant que j'apporte ce dîner. Puis on ira chercher les caméras.

Tyler ne me le permettrait pas, donc il faudrait que je fasse ça dans son dos. J'en avais honte, mais à moins, et jusqu'à ce que Tante Amber ne se décide à oublier ses accusations contre Steven, cette enquête irait vraiment dans le mauvais sens.

Ou pire. Un homme innocent finirait par être jugé pour meurtre.

— Tu sais que Steven n'aurait pas pu tuer Dirk. Il n'était pas du tout à sa portée.

Je me rappelai les observations que j'avais faites sur les déplacements de Steven, en me retenant précautionneusement de mentionner quoi que ce soit au sujet de l'enquête pour meurtre elle-même.

— Et donc ? Peut-être que Steven s'est servi d'effets spéciaux pour déguiser la trajectoire de la balle. J'ignore comment, mais je suis sûre qu'il trempe là-dedans. Peut-être qu'il a embauché un assassin pour faire son sale travail.

Elle me poussa pour continuer son chemin sur les escaliers, aplatissant du coude la belle montagne de purée. Je baissai les yeux, consternée, vers la purée étalée partout.

— Regarde ce que tu as fait…

— Es-tu sérieuse, Cen ? Tu t'inquiètes de trous dans ta purée alors qu'on est coincées avec un tueur ?

Je secouai la tête.

— Je ne peux pas monter ce plateau dans cet état-là. On dirait que quelqu'un a mis un doigt dedans.

Steven s'imaginerait que c'était mon œuvre, et cela réduirait sérieusement mes chances d'obtenir une interview exclusive.

— Répare, s'il te plaît.

Tante Amber leva les yeux au plafond.

— Tu devrais être capable de faire ça toute seule, Cen. C'est le B-A-BA de la magie, bon dieu. Ta génération tient tout pour acquis, décidément. Il faut vraiment que tu te rattrapes sur ton art avant qu'il ne soit trop tard.

Je commençai à protester, mais il ne servirait à rien d'argumenter. En lieu et place, je décidai de flatter l'ego de Tante Amber.

— S'il te plaît ? Tu as beaucoup plus le sens artistique que moi.

Cela fonctionna. Elle fit un geste de la main et voilà, les patates redevinrent une belle montagne de jolis sommets en spirales.

— Il y a autre chose… On ne pourra pas trouver le tueur de Dirk sans ton aide. Tu sais que ce n'est pas Steven. Quelqu'un ici doit savoir quelque chose, et de toutes les célébrités du monde…

J'avais prononcé ce dernier mot à dessein, et marquai une pause pour qu'il s'enregistre bien en elle.

— Tu es la seule à être extérieure à Hollywood. Tu as la position parfaite pour aider.

— C'est vrai ? demanda Tante Amber, à la fois suspicieuse et pleine de doutes.

J'acquiesçai.

— Ton aide serait d'une utilité capitale dans la résolution de ce crime, à cause de ta grande familiarité avec Dirk.

Et avec Steven, aurais-je voulu ajouter, mais je n'osai mentionner ce nom. Aucune envie de raviver la colère qu'elle avait ressentie après s'être fait virer.

— J'étais aussi proche de Dirk que de Rose. Ils m'admiraient tous les deux, dit-elle, avant de poser la main sur sa bouche comme sa voix se brisait. Et aujourd'hui, ils sont tous deux morts…

Je baissai les yeux vers le bœuf rôti, qui ne fumait plus. Je doutais sincèrement que Tante Amber ait été l'élément déclencheur de la carrière de Dirk, mais rien de tout cela n'avait plus vraiment d'importance. Il y avait une chose que j'avais besoin de savoir, cependant.

— Est-ce que Rose est vraiment morte d'un anévrisme ?

— Je… Je ne sais plus. Leur mort à tous les deux semble bien trop coïncider, murmura-t-elle, écrasant une larme sur sa joue. Elle était l'image même de la santé.

— Désolée d'en parler à un moment pareil, mais je trouvais cela louche moi aussi.

Je me fis une note mentale afin de vérifier tout cela plus tard.

— Plus que louche. Cela clôt l'affaire contre Steven. Il les a tués tous les deux, dit Tante Amber. Ils lui faisaient tous les deux confiance et maintenant ils sont tous les deux morts.

— Je ne pense pas que ce soit lui, Tante Amber. Il est financièrement ruiné. C'est lui qui souffre le plus de leurs morts, plus que quiconque. Ce doit être quelqu'un d'autre.

Je jetai un œil dans le couloir, craignant que quelqu'un ne nous espionne. Maintenant que Tante Amber s'était calmée, elle me faisait réellement part d'informations cruciales. Je voulais qu'elle continue à parler.

— On devrait vraiment s'entretenir en privé. Viens à l'étage avec moi. Il faut juste que je livre ce plateau et puis on pourra discuter.

— D'accord, dit-elle avant de remonter les escaliers devant moi, s'arrêtant au premier étage pour laisser sa valise contre la rambarde. Où ?

— Au deuxième étage, dis-je en négligeant à dessein de lui signaler à qui était destiné ce plateau.

Parce que si elle avait su que c'était pour Steven… Elle était déjà de meilleure humeur, mais malheureusement, cela signifiait que son deuil avait été remplacé par une nouvelle diatribe contre Steven.

— Steven s'est vraiment emporté contre Dirk pour rien.

— Non, je comprends pourquoi. Il avait investi tout son argent dans la production quand Dirk l'a, grosso modo, quitté.

Je ralentis cependant le pas en arrivant près de la porte de Steven, ne voulant pas qu'il nous entende.

— Il y a autre chose, dit Tante Amber. Steven était aussi furieux contre Bill. Tu devrais le lui demander.

Difficile de lire l'expression de Tante Amber dans ce couloir à peine éclairé.

— J'irais peut-être.

Puis je toquai doucement à la porte de Steven, me préparant à ce qui allait suivre. Je priais pour que Tante Amber se montre au moins polie envers Steven, mais peut-être valait-il mieux qu'ils crèvent enfin l'abcès entre eux et fassent ensuite la paix.

Mais je n'avais pas besoin de m'inquiéter de leur dispute. Parce qu'un plus gros problème nous attendait, un auquel je ne me serais jamais attendue.

CHAPITRE 20

La porte de Steven s'ouvrit sous la pression de mon simple coup, ce qui me déséquilibra. Le plateau-repas se mit à balancer de façon précaire, mais je ne sais comment, j'arrivais à me rééquilibrer et à le redresser.

—Hello?

La porte s'était entrouverte de plusieurs centimètres et tout était désagréablement calme. Cela me faisait bizarre d'entrer comme ça, surtout en sachant que Steven était dedans.

Pas de réponse.

— Tu es sûre que c'est la bonne chambre, Cen? demanda Tante Amber.

Je ne répondis pas, préférant tendre le coup pour observer à l'intérieur par la porte à moitié ouverte. Les lumières étaient éteintes, les rideaux tirés, et la pièce assombrie, seulement éclairée par une petite bande qui brillait, en provenance de la porte à moitié fermée de la salle de bains. La lumière illuminait quelque chose sur le sol quelques dizaines de centimètres plus loin. On aurait dit une pile de vêtements ou de draps. Je poussai doucement la porte mais elle refusa de bouger. Ce qu'il y avait sur le sol m'empêchait d'ouvrir.

Quand mes yeux s'acclimatèrent doucement aux ténèbres, je repérai une paire de pieds. Ils étaient liés à cet amas de je ne sais quoi par terre.

— Oh non ! hurlai-je avec un recul d'horreur.

— Quoi ? Qu'est-ce qui se passe ? s'exclama Tante Amber en me poussant vers l'avant, essayant de mieux voir.

J'entrai, appuyai sur l'interrupteur, et fis un pas en arrière, horrifiée. Le sol était couvert de sang.

Le sang du corps sans vie de Steven Scarabelli.

Tante Amber me poussa à nouveau, et cette fois la porte passa à côté des pieds du cadavre, ainsi décalés, et put s'ouvrir tout grand. Le plateau-repas me tomba des mains par terre dans un gros fracas. Des patates et du bœuf rôti se renversèrent partout avant que le plateau lui-même ne retombe face vers le bas sur les jambes de Steven.

Je me reculai, et ne parvins qu'à me cogner contre Tante Amber dont le visage était à quelques centimètres du mien. On hurla toutes les deux.

— Oh non ! Pas Steven ! criai-je en me plaquant la main sur la bouche.

— Cen… Mais bon sang, bafouilla Tante Amber qui trébucha en arrière.

— Ne regarde pas !

Mes yeux remontèrent à partir des pieds qui dépassaient, vers le torse du cadavre. Le visage de Steven Scarabelli était figé en un rictus d'horreur, un couteau planté dans sa poitrine. Ma mâchoire se décrocha mais aucun mot n'en sortit, et je contemplai, impuissante, le nouveau cadavre.

— Ne regarde pas quoi ? demanda Tante Amber en se frayant un chemin devant moi, avant de s'arrêter net. Oh mon dieu ! À l'aide !

J'analysai rapidement la pièce du regard. À part le cadavre de Steven, rien d'autre ne semblait sortir de l'ordinaire. Mis à part le repas renversé partout qui, je m'en rendis compte, venait de contaminer la scène du crime.

— Tante Amber, attends ! fis-je en désignant les monceaux de purées qui recouvraient désormais les jambes de Steven. Je crois que je viens de compromettre les analyses scientifiques. C'est épouvantable !

Elle écarquilla les yeux en enregistrant toute la scène.

— C'est le désordre, c'est vrai. Je peux peut-être faire un sort de renversement.

Je fis non de la tête.

— On ne peut rien faire… C'est une scène de crime.

J'eus honte qu'elle puisse considérer une idée pareille.

— Ah oui… C'est vrai.

Une nouvelle larme se mit à courir le long de la joue de Tante Amber tandis qu'elle s'accroupissait aux côtés de Steven.

— On n'a jamais eu la chance de se réconcilier… Qui aurait pu faire une chose pareille ?

Je la relevai et l'éloignai du cadavre.

— Il vaut mieux qu'on sorte avant d'empirer les choses, dis-je avant de prendre mon téléphone et de composer le numéro de Tyler.

D'un coup, une voix masculine résonna :

— Eh, Steven, j'ai trouvé la bout… Oh putain ! s'exclama Bill qui apparut à l'entrebâillement de la porte, une expression choquée sur le visage. Mais qu'est-ce qui s'est passé ?

Tante Amber sanglotait.

— Steven est mort ! Cen lui apportait un plateau-repas, et puis…

Ses mots se transformèrent en un gémissement incohérent tandis que je l'emmenai en dehors de la chambre vers le couloir avec Bill. Tyler accourut vers nous, apparaissant de l'autre côté du couloir, et pointa le doigt vers Bill.

— Est-ce que vous étiez avec lui ?

Bill fit non de la tête.

— Je venais juste à sa suite pour boire un coup. J'y étais il y a quelques minutes, mais je suis parti dans ma chambre pour nous chercher un truc à boire, dit-il avant de nous montrer une bouteille d'un whisky qui avait l'air bien cher. Je l'ai juste laissé il y a quelques minutes.

Cela ne faisait qu'une demi-heure depuis que Steven était retourné à sa chambre.

— Quelque chose manque ou au contraire est dans cette pièce alors qu'il ne devrait pas ? lui demanda Tyler en grimaçant, analysant l'endroit à la recherche d'une preuve confirmant que quoi que ce soit sortait de l'ordinaire.

Ni le lit, le bureau, ni la salle de bains ne semblaient avoir été touchés. La seule trace témoignant d'une quelconque occupation consistait en une valise ouverte à côté du bureau.

— Je ne crois pas, dit Bill. Quand je suis arrivé au début, il disait qu'il revenait tout juste d'une promenade dans le jardin. Il est venu faire un détour ici après le bar. Selon lui il réfléchissait au film, à remplacer Dirk.

Il y avait une liasse de papiers sur le bureau. En m'approchant, je réalisai qu'il s'agissait d'un script de film. Les pages dactylographiées étaient couvertes d'encre rouge. Des notes emplies de rage et des points d'exclamation se répandaient partout. Je me penchai pour l'étudier plus attentivement et vis que plusieurs commentaires étaient signés par un D en majuscule, que je supposai être celui de Dirk.

— C'est une copie annotée de « *Le train sifflera à midi* », observai-je à voix haute, même si personne ne faisait attention à moi.

Tyler et Bill étaient affairés près de la salle de bains, tandis que Tante Amber vacillait à côté de la porte.

— Je vous jure qu'il n'y avait personne quand je suis parti. Et je ne suis parti qu'une minute. Ma chambre est celle juste à côté, alors je ne vois pas comment j'aurais pu ne rien entendre, fit Bill en secouant la tête. Cette ville est sacrément dangereuse. Qu'est-ce qui se passe, putain ?

Je sentis les effluves d'alcool de l'haleine de Bill, alors que j'étais à plus d'un mètre. Soit il mentait, soit l'alcool perturbait son estimation du temps. Quelqu'un était bel et bien venu dans cette pièce.

— La fenêtre est ouverte, observai-je.

Et en effet, les rideaux fermés voletaient doucement sous une brise de soirée.

— Peut-être que le tueur s'est enfui par la sortie de secours.

Tyler s'approcha et tira les rideaux. Il se pencha ensuite par la fenêtre pour avoir une meilleure vue du terrain en dessous. Je le suivis et jetai un œil à mon tour par la fenêtre. L'échelle de la sortie de secours s'arrêtait au premier étage. D'ici, il n'y avait qu'une chute de deux ou trois mètres à faire pour arriver au sol. Cela semblait être une issue plausible. Il était cependant impossible de voir de notre position au second étage les traces ou les autres preuves que le tueur aurait pu laisser par terre. À moins que le suspect ne se soit échappé par le couloir, ce qui sous-entendait que le tueur était toujours dans l'Auberge. Je frémis involontairement.

Je chuchotai à voix basse, pour que ni Bill ni Tante Amber ne puissent m'entendre :

— Bon, au moins maintenant je doute que Brayden t'en veuille toujours autant...

Il soupira.

— Et bien, c'est difficile de mettre un cadavre sous les verrous, non ?

J'espère juste que je ne suis pas le seul à rayer Steven de la liste des suspects.

Tante Amber se tourna vers Bill.

— Steven se comportait de façon vraiment étrange ces derniers temps, comme quand il t'a crié dessus pour le pistolet manquant…

— Oublie ça, fit Bill avec un signe de main dédaigneux.

Il semblait surtout pressé de partir.

— Attendez… Qu'est-ce que c'est que cette histoire avec le pistolet manquant ? demanda Tyler en se détournant de la fenêtre pour affronter Bill du regard.

— J'ai tout raconté à Steven sur le pistolet qui manquait, dès que je m'en suis aperçu, nous apprit Bill. Il m'a dit de ne pas m'inquiéter pour ça. Qu'il avait d'autres sources d'inquiétude plus grosses.

— Pourquoi est-ce que vous ne nous en avez pas parlé plus tôt ? grimaça Tyler. C'est un détail plus qu'important.

— Oui, mais c'est mon patron… Enfin, il l'était…

Malgré sa protestation, les yeux de Bill étaient noyés de larmes.

— Je le couvrais. J'avais peur qu'il n'ait des problèmes à cause de cette histoire de pistolet. Vous savez… On aurait pu l'accuser d'avoir tué Dirk. Même si ce n'est plus pertinent maintenant, parce que Steven ne pourra plus jamais faire de mal à Dirk. Ou à qui que ce soit.

— J'en serai le juge, répondit Tyler.

— Mais en fait si, c'est très important cette histoire de pistolet utilisé pour un meurtre, s'ébahit d'un coup Tante Amber en se plaquant la main contre la bouche, avant de se tourner vers moi. Depuis quand Westwick Corners est-elle devenue si dangereuse ? Je ne reconnais même plus cette ville !

— Vous auriez dû me le dire, Bill, grimaça Tyler. Que nous cachez-vous d'autre ?

— Rien, je vous le jure. Écoutez, tout ce que je sais, c'est que je lui ai parlé du pistolet mais qu'il m'a dit qu'il avait d'autres plus grosses sources d'inquiétudes. De quoi il s'agissait, ça, je n'en sais rien, fit Bill en levant les mains en l'air, les paumes découvertes, en signe de reddition. Je ne voulais pas qu'un pistolet tombe dans les mauvaises mains, mais quand je lui ai suggéré de tout rapporter à la police, Steven m'a dit de ne pas m'inquiéter. J'ai bien essayé de le raisonner, mais c'est lui le boss.

La seule personne dont j'étais sûre de l'innocence était Steven, et maintenant il avait un couteau planté en pleine poitrine. L'homme que tout le monde aimait avait apparemment au moins un ennemi.

Peut-être Tante Amber n'exagérait-elle pas sur ses problèmes de sécurité, après tout. Tant qu'on ignorait les motifs du meurtrier, toutes les autres personnes impliquées dans le film étaient aussi en danger.

Je frémis et jetai un œil à Tante Amber qui sanglotait dans ses manches.

Qui serait le prochain ?

CHAPITRE 21

Tyler téléphona aux médecins légistes et à l'unité criminelle de Shady Creek pour rappeler tout le monde à l'Auberge. Tante Amber et moi montâmes la garde devant la suite de Steven tandis que Tyler contenait la scène du crime. Les patrouilles de Shady Creek arrivèrent en un temps record, et en l'espace d'une heure Tyler avait déjà confié la scène de crime à la police technique et scientifique. Ensuite, on descendit de l'étage.

Tyler nous avait tous fait jurer le secret, y compris Bill. Il ne désirait pas qu'un seul détail puisse être divulgué au monde avant que le corps de Steven n'ait été enlevé et la scène examinée. Ce que je comprenais. Le monde entier, en apprenant la nouvelle, paniquerait et accourrait aussitôt. Tyler étant essentiellement la seule force policière de la ville, cela rendrait les choses difficiles à gérer. Deux meurtres sur les bras envenimaient clairement la situation.

Mon moral plongea dans mes chaussettes en arrivant à la salle à manger. Brayden était toujours à sa table, et ne manqua pas de remarquer Tante Amber en liberté quand celle-ci traversa en courant la pièce pour foncer dans la cuisine. Elle venait grosso modo de ruiner toutes ses chances de détention à domicile, de sorte que Tyler n'aurait d'autre choix que de l'emmener au commissariat.

Mais d'abord, il aurait quelques explications à fournir avant que Brayden ne remarque à nouveau la présence de la Police médico-légale de Shady Creek dans le parking. Mais il semblait qu'il soit déjà au courant, et qu'il ait même été briefé par le médecin légiste en chemin. Les choses ne s'annonçaient pas bien pour Tyler, pas du tout, et je m'attendais à voir la Police d'État débarquer à n'importe quel moment.

Brayden pointa du doigt la porte de la cuisine derrière laquelle se cachait la Tante Amber.

— Sortez-la-moi d'ici.

Je me demandai si Brayden croyait Tante Amber aussi coupable du meurtre de Steven. Aussi absurde que cela soit. Mais au vu de la confession que Tante Amber avait faite plutôt sur sa prétendue complicité avec Steven pour le meurtre de Dirk, peut-être Brayden la prenait-il pour un double assassin.

Tyler inclina la tête en direction de la cuisine.

— Je l'embarque, mais il faudrait que je vous dise quelque chose d'abord.

— Plus tard.

Brayden semblait épouvantablement calme, tout bien considéré.

Un peu trop, effectivement. Maintenant, j'étais sûre que la Police d'État arrivait. Il ne me restait plus rien à faire, aucune objection, sans risquer de causer encore plus de problèmes à Tyler. Alors j'allais chercher Tante Amber dans la cuisine et je retrouvai Tyler dehors. Je vins m'asseoir avec Tante Amber sur la banquette arrière et Tyler se mit en route, nous faisant descendre la colline en passant devant la porte d'entrée où des dizaines de fans de Dirk s'étaient réunis.

Elle baissa sa vitre et sortit la tête en criant :

— Aidez-moi ! C'est un complot !

J'élançai le bras vers elle, et fus coupée en plein élan par ma ceinture de sécurité.

— Arrête, Tante Amber ! On dirait une gamine gâtée !

Tyler croisa mon regard dans le rétroviseur, sans rien dire.

— On dirait, en effet. Je joue la comédie, rétorqua-t-elle en boudant. Parce que c'est ma seule chance de devenir une vedette.

— Eh bien, arrête. C'est absolument inapproprié dans un tel moment. Tu es pire que Tante Pearl.

J'avais les nerfs à vif et je ne savais pas combien d'âneries en plus je pourrais endurer. J'avais particulièrement de la peine pour Maman, qui devait s'occuper de tout toute seule à l'Auberge tandis que ses sœurs créaient le chaos. Tante Pearl était sûrement en train de brûler le bar en ce moment même.

On roula jusqu'à l'Hôtel de Ville en silence. Et à notre arrivée, on trouva le chemin obstrué par des camions appartenant au tournage.

Tyler jura sous cape et entra dans une plage de parking à une rue de là. J'aidai Tante Amber à descendre du siège arrière et jetai ma veste sur ses menottes pour les cacher, mais elle s'en débarrassa d'un trait et agita ses mains menottées en l'air.

— Je suis innocente ! chouina Tante Amber en chancelant pendant qu'on traversait la Rue Principale en direction de l'Hôtel de Ville. Quelle justice est-ce là ?

Heureusement, la rue Principale était aussi déserte que d'habitude. Tous les gens du film devaient être soit à l'Auberge, soit ailleurs.

Cela ne m'empêchait pas d'être profondément agacée par les mélodrames de Tante Amber. On descendit tous trois la rue dans l'épuisement et l'abattement le plus total, Tyler et moi encerclant Tante Amber, en direction du bureau de Tyler.

Mais en nous approchant, nous fûmes aveuglés par un flash. Au début, il me sembla que la demi-douzaine d'hommes et de femmes qu'on voyait au loin faisaient partie de l'équipe du film, mais ils ne me semblaient pas familiers. En nous rapprochant, je me rappelai que quelques fans de Dirk s'étaient réunis en ville. Sauf que là il ne s'agissait pas que de ses fans.

Il y avait aussi une poignée de reporter. Les gros titres avaient dû paraître, ou en tout cas ceux qui concernaient Dirk. Je me demandais combien de temps ça prendrait avant qu'ils ne découvrent pour Steven.

Plusieurs camions nous approchèrent et d'un coup il y eut tant de voitures et de camionnettes louées autour de nous qu'elles créèrent leur propre heure de pointe. Vu le niveau infernal de l'activité ambiante, je craignis que la nouvelle de la mort de Steven n'ait vraiment fuité. Ce qui signifiait que soit Bill soit Tante Amber avait fait le coup, car personne d'autre n'était vraiment au courant pour le moment.

— C'est toi qui...

Tante Amber me fit signe de me taire d'un geste de la main.

— Je suis en train d'exercer mes droits de citoyenne du cinquième amendement, alors je te défends de me poser la moindre question.

— Mais c'est important, Tante Amber. Pourquoi es-tu aussi pénible ?

Elle m'ignora. J'ignorais pourquoi, mais la presse envahissait maintenant la Rue Principale. Cela me choqua même de voir un van de la CNN garé en face.

On n'attirait pas encore trop l'attention jusqu'à ce que Tante Amber remarque les caméras. Elle freina net, et manqua de m'emporter avec elle.

— Eh, cette femme fait partie de la CNN. On est sur la télé nationale ! lança-t-elle avant d'envoyer un faux sourire aux caméras.

Je tirai sur son bras.

— Entrons. Ce n'est ni le film ni toi qui les intéresses. Ils sont là à cause du meurtre de Dirk.

Ils ne pouvaient pas savoir pour Steven, pas encore. Mais Tante Amber se tourna vers les caméras et cria :

— Aidez-moi !

Je grinçai des dents et renforçai ma prise sur son bras, en m'attendant à moitié à la voir partir en courant.

— Entrons, j'ai dit.

Mais maintenant, une dizaine de reporters nous entouraient en tendant du mieux qu'ils pouvaient les micros et les enregistreurs vers nous.

— Est-ce que c'est vous qui l'avez tué ?

— Grands dieux, non ! s'exclama Tante Amber en arrachant son bras du mien. Je n'ai pas tué Steven Scarabelli pour venger Dirk, ça, non.

— Quoi ? Attendez ! hurla une blonde dans la trentaine habillée comme pour présenter le journal en se penchant vers nous et en collant son enregistreur devant le visage de Tante Amber.

— Steven Scarabelli aussi est mort ?!

Tante Amber se tourna vers moi comme en transe.

— Je ne peux pas donner d'interview ?

— Certainement pas ! rugit Tyler en pinçant très fort les lèvres. La seule interview que vous donnerez sera votre interrogatoire. Une enquête pour meurtre c'est du sérieux. Personne ne s'adresse aux médias sauf moi. Compris ?

— Compris, fit Tante Amber qui semblait découragée. Vous faites vraiment la paire tous les deux. Toujours à tout gâcher en étant à cheval sur les règles tout le temps, des collets montés. Pas étonnant que tu aies besoin d'une potion d'amour.

Tyler m'adressa un regard empreint de confusion.

— Grand-Mère t'a dit? Mais pourquoi est-ce que... ah, oublie, commençai-je à protester avant de m'arrêter net.

Le regard du monde était braqué sur nous, et peu importe ce qu'on dirait ou ferait, ce serait destiné à faire la une. Apparemment, Tyler et moi faisions constamment la une des actualités aussi, au moins dans ma famille.

Cela me parut durer une éternité, mais enfin on arriva à la mairie où l'on put entrer. Tyler verrouilla la porte derrière nous.

— Je me demande si je vais faire la une du journal! s'exclama Tante Amber rayonnante, rouge d'excitation.

L'attention des médias la mettait aux anges, même si cela renforçait les spéculations sur sa culpabilité.

— Arrête, Tante Amber, sifflai-je. C'est Dirk Diamond et Steven Scarabelli qui font la une, pas toi. Personne ne sait qui tu es. Et tout le monde s'en fiche.

Elle bouda en sortant la lèvre inférieure.

— J'ignore d'où tu as hérité ta méchanceté, Cendrine West. Mais certainement pas de moi.

— Tu fais dérailler l'enquête, Tante Amber. Ce n'est pas le moment de jouer la comédie ou de se prendre pour une actrice. S'ils comptaient vraiment pour toi, pourquoi ne ferais-tu pas quelque chose de constructif, comme, coopérer?

— Bon, ça va, râla-t-elle. Ce n'est pas Bill la dernière personne à avoir vu Steven en vie. Mais moi.

CHAPITRE 22

Cela prit une bonne heure pour que Tante Amber termine de nous raconter ses derniers moments avec Steven Scarabelli. Elle disait être la dernière personne à avoir vu Steven en vie. Cela contredisait les dires de Bill qui clamait avoir quitté Steven seulement quelques minutes avant de sortir. Il n'y avait qu'une vérité, de sorte que l'un des deux devait mentir.

Même si en fait, les deux ayant été pincés à de multiples reprises en train de mentir, aucun d'entre eux ne pouvait être considéré comme un témoin crédible. Ce qui m'inquiétait. La dissimulation d'informations de Tante Amber l'incriminait. Après avoir quitté le Witching Post, elle était allée aux cuisines pour aider Maman à nettoyer, puis était partie marcher dans le jardin. Elle racontait être tombée sur Steven sur les pelouses qui entouraient l'Auberge. Selon Tante Amber, ils avaient atteint une sorte de trêve concernant son renvoi.

— Puis je suis retournée dans le salon. Tu m'as vue toi-même là-bas.

Son sourire était absolument déplacé. Je me souvins de l'avoir vue assise juste devant la cuisine, rouge comme un marathonien qui viendrait de franchir la ligne d'arrivée.

Je savais qu'elle mentait. Elle avait fait bien plus que de flâner dans le jardin. En plus de cela, je doutais qu'il y ait quoi que ce soit à négocier.

L'avenir du film était parti en fumée avec la mort de Dirk. Pas de Dirk, pas de film.

Tyler leva les yeux de son carnet.

— Et donc… Après cette promenade, Steven est remonté dans sa chambre et vous êtes allées dans la salle à manger.

— Euh… Oui, c'est ça…

Comme elle détournait les yeux, son visage s'empourpra.

— Je suis entrée par la porte de la cuisine.

— Des témoins ?

Si elle était passée dans la cuisine, Maman l'aurait vue. Elle mentait et je le savais.

Tante Amber ne répondit pas. Tyler grimaça.

— Je pense que vous étiez dans la chambre de Steven, que vous l'admettiez ou non. Mentir ne fera que vous apporter encore plus de problèmes. Et cela vous fera peut-être atterrir en prison.

Elle haussa les épaules, et envoya un coup d'œil aux alentours.

— Je suis en prison.

— Vous voyez ce que je veux dire, Amber. Cette fois, pour de bon, soupira Tyler en se passant une main dans les cheveux. Franchement, ce serait plus facile pour moi de vous laisser à la Police d'État. Cela m'enlèverait Brayden des pattes en même temps.

— Non !

Je priais pour qu'il bluffe, mais enfin, je ne pouvais vraiment pas le blâmer s'il en avait assez de ses âneries.

Tante Amber se mit à marmonner sous cape. En me penchant pour déchiffrer ses mots, je me sentis soudain comme droguée.

— Un deux trois, fais que ce ne soit…

Je relevai la tête d'un coup.

— Tante Amber, arrête ! Tu ne dois pas te servir de sorcellerie pour masquer un crime ! Tu devrais le savoir, surtout toi !

La Tante Amber que je connaissais était un membre éminent et respecté de la WICCA, pas une tricheuse. La Tante Amber que je connaissais suivait les règles. Elle ne gênait pas les enquêtes. Son comportement me choquait, j'avais l'impression que ma tante était devenue une véritable étrangère à mes yeux.

— Je voulais juste ramener les choses comme avant que je ne me mette à tout déranger, dit-elle en essuyant une larme. Je suis trop profondément plongée dans tout cela.

Je m'en décrochai la mâchoire.

— Tu veux dire que tu as falsifié des preuves ? Tu me choques beaucoup !

La surprise de Tante Amber en découvrant le cadavre avait été si sincère qu'elle devait être bien meilleure comédienne que ce que je croyais.

— Pourquoi ? Je sais que je n'ai pas tué Steven, alors je ne voulais pas que Tyler perde du temps à enquêter sur moi.

— Vous étiez allée dans la chambre de Steven après sa mort ? Pourquoi ? demanda Tyler en se penchant vers nous dans sa chaise.

— On ne s'est pas vraiment réconciliés dans le jardin, parce que je croyais toujours qu'il mentait. Mais plus tard, j'ai compris que c'était vrai : Dirk avait réellement demandé à Steven de me renvoyer. Je suis juste montée pour m'excuser. Mais c'était trop tard, dit-elle en sanglotant entre ses mains. Mais je vous jure que je ne l'ai pas tué !

— Tu étais déjà allée dans sa chambre avant qu'on monte avec son dîner ? demandai-je en me rappelant de l'avoir vue hystérique, et donc d'avoir vraiment fait preuve de grands talents d'actrice. Mais pourquoi n'as-tu rien dit ?

— Je ne sais pas. J'avais trop peur, j'imagine. Entre ça et les transformations faites sur le film, je pense que j'ai dû m'imaginer que…

J'en bondis de mon siège.

— Des transformations sur le film ? De quoi est-ce que tu parles ?

— Et bien, Pearl et moi avions pensé que ce serait prévenant de notre part de prendre de l'avant et de finir le film. Tu sais, vu que Dirk était mort… Enfin bon, Pearl a ajouté quelques effets spéciaux et on a un peu édité le film. Coupé les mauvaises scènes et tout. Tout ce qui nous restait à faire était d'ajouter mes vieilles scènes dedans.

— Quelles mauvaises scènes ? Attends !

De ce que j'en savais, Tante Pearl n'avait aucune expérience dans la réalisation de film !

— Et bien tu sais, comme quand un acteur rate ses répliques et tout. Je pensais que si on nettoyait un peu ça aiderait tout le monde. Pearl et moi avons juste fait un peu de postproduction à l'aide de sorcellerie pour que tout le monde soit un peu plus libéré.

— Et pour que le film soit fini plus vite, dis-je.

— Voilà. On avait presque fini quand Tyler a repris la pellicule, murmura-t-elle en secouant la tête. Beaucoup, beaucoup de coupures. C'était vraiment le désordre avant qu'on arrange tout.

— Tu veux dire que la pellicule que nous examinions depuis tout ce temps n'était pas la version originale ? Est-ce que tu en as gardé une copie ?

Elle haussa les épaules.

— La dernière fois que je l'aie vue, Pearl l'avait. Ce qu'elle en a fait, je ne sais pas.

Il fallait absolument que je récupère la vraie version du film avant qu'elle ne soit perdue à jamais.

S'il n'était pas déjà trop tard.

CHAPITRE 23

*J*e cherchai Tante Pearl partout, sans le moindre succès. Elle n'était ni en ville, ni à l'Auberge, ni même dans son École.

Je parcourus alors à la hâte les terrains qui menaient au Witching Post, tandis que Tyler poursuivait son enquête auprès de Bill dans la salle à manger. En arrivant près du bar, je fus accueillie par des voix de fêtards complètement saouls, et à en juger par le niveau sonore ambiant, il était encore plus bondé. Quelques personnes du coin devaient être venues ici se joindre à l'équipe du tournage.

J'ouvris la porte rapidement et analysai le bar du regard, notant les gens présents lors du tournage et ceux qui n'y étaient pas. Quelque chose me troubla instantanément. Tout le monde était saoul, ce qui était évident au vu des crocs-en-jambe, des bredouillements et des verres renversés partout. Leur capacité à fournir un alibi convenable à Bill était questionnable.

Et demain, il serait trop tard, de sorte que je ne pouvais pas vraiment attendre qu'ils aient dessaoulé, mais avais-je vraiment le choix ?

Je repérai alors Kim Antonelli, l'ancien agent de Dirk, au bar. Assise tranquillement, elle tétait un verre bien trop rempli de vin.

Tante Pearl s'occupait du bar, ce qui me rassura. Au moins, elle avait quelque chose à faire, même si franchement elle était trop généreuse sur ses verres. En me repérant, elle m'adressa un sourire. Son humeur si inhabituellement charmante me surprit, mais enfin au moins elle ne s'était pas transformée en Carolyn Conroe comme elle en avait l'habitude au bar. On avait déjà assez de problèmes.

Pendant que je m'approchai, Rick Mazure, le scénariste, se glissa vers Kim qu'il enserra de son bras avec une gentille petite tape dans le dos. Il en profita également pour s'asseoir sur le tabouret à côté d'elle.

— J'imagine que vous êtes à court d'emploi, n'est-ce pas ? demanda-t-il en bredouillant beaucoup.

Il avait de toute évidence beaucoup picolé ces dernières heures. Quant à moi, je rejoignis Tante Pearl derrière le bar.

— Tante Amber m'a raconté vos aventures dans la postproduction cinématographique… Mais j'ai besoin de l'original. Où est-il ?

— Je ne vois pas de quoi tu parles, dit-elle en effaçant immédiatement son sourire pour se concentrer sur le nettoyage d'une tache inexistante sur le bar.

— Tante Amber est en prison, et elle est accusée de meurtre. Seul l'original peut la sauver. Est-ce que tu l'as, oui ou non ?

Bon, j'exagérai un peu pour le moment, mais ce mensonge risquait de devenir réalité dans les prochaines heures.

— À combien est-ce que tu évalues cette pellicule ? demanda-t-elle en plissant les yeux, étudiant ma réaction.

— Ce n'est pas le moment de marchander, Tante Pearl. Est-ce que tu l'as, oui ou non ?

— Non, reprit-elle en continuant de frotter. Et même si je l'avais, je n'ai aucune envie de me mettre en danger.

— Pourquoi, tu as vraiment envie de voir Tante Amber aller au tribunal pour meurtre ? Tyler ne pourra plus rien faire une fois que la Police d'État sera arrivée. Et ils seront là d'ici quelques minutes.

Même Tante Pearl avait un cœur. Malgré sa rivalité continue avec Tante Amber, jamais elle ne permettrait que sa sœur soit accusée à tort.

Ses yeux remontèrent vers les miens à la mention de la Police d'État. Sa main plongea dans sa poche, dont elle sortit une clé USB, qu'elle me posa dans la paume de la main.

— Tu m'en dois une.

— Bien sûr, dis-je. Hé, pourquoi est-ce que tu n'en profiterais pas pour faire une pause ? Je prends le relais.

À ma grande surprise, elle acquiesça. Une Tante Pearl occupée valait toujours mieux qu'une Tante Pearl désœuvrée, mais je préférais l'éloigner de l'équipe au cas où il lui vienne encore plus de mauvaises idées. Afin de l'empêcher de causer encore plus de problèmes à Tyler et aux enquêteurs.

Je glissai la clé USB dans ma poche, en songeant qu'il valait peut-être mieux rattraper Tyler et courir au commissariat. Mais j'avais entendu quelques petites bribes intéressantes de la conversation entre Rick et Kim, et il fallait que j'en apprenne plus.

C'était l'autre raison pour laquelle je voulais prendre le relais de Tante Pearl… Parce que ça me donnait une excuse pour m'attarder ici. Pas question de rater une occasion de les espionner. En tant qu'agent de Dirk, Kim avait peut-être des informations exclusives sur ceux qui voudraient le tuer. Tyler avait déjà enregistré sa déclaration, mais peut-être que le vin et l'atmosphère du bar réussiraient à lui desserrer les lèvres.

Sauf que c'était son compagnon qui parlait principalement.

— … Je vais devenir riche, Kim. T'es avec moi ou pas ?

Je m'occupai de réarranger les bouteilles derrière le bar. J'avais beau leur tourner le dos, mes oreilles étaient fort attentives.

Kim ne répondit pas. Je mourrais d'envie de me retourner pour observer sa réaction, mais je n'osai pas, de peur d'attirer l'attention sur moi. J'avais idée que soit Kim désapprouvait la suggestion de Rick, soit qu'elle ne savait absolument pas de quoi il parlait. Elle avala une gorgée de son vin et soupira.

Rick nous demanda un autre verre et j'obéis, lui offrant un nouveau whisky et un autre verre de vin à Kim. Je gagnai le plus de temps possible face à eux en nettoyant la tache imaginaire de Tante Pearl sur le bar.

Rick vida son verre d'un coup et l'écrasa sur le comptoir.

— Dirk va me manquer, mais pas son tempérament. Il nous traitait tous comme de la bouse. Surtout toi, Kimmie.

Il agrémenta ce surnom d'une main sur celle de Kim. Qui l'extirpa lentement pour la mettre à l'abri sur son genou.

— C'est vrai que Dirk n'était pas l'homme le plus gentil du monde, mais il me manque quand même. Je ne sais pas quoi faire sans lui. Il était mon seul client, alors maintenant je suis au chômage.

— Tu peux toujours venir travailler avec moi, chuchota Rick en rapprochant encore une fois sa main de celle de Kim. Je vais ouvrir ma propre boîte.

Kim fit non de la tête.

— Je suis agent, Rick. Je n'écris pas de scénarios, je représente des acteurs. Je regrette juste de ne pas avoir gardé plus de clients, mais Dirk était trop exigeant pour ça, il insistait pour que je ne travaille que pour lui. Ça payait bien, mais regarde où ça m'a mené. Et pouf, me voilà sans emploi !

Elle claqua des doigts.

— Ça n'a pas d'importance, Kim. Je peux te rendre riche. Tu n'as qu'à dire un mot et je te mets dans la confidence.

— Dans la confidence ?

Il tapota la poche de sa veste.

— J'ai le prochain gagnant des Oscars déjà écrits. J'ai juste besoin que tu me trouves des acteurs pour donner vie à ce projet.

CHAPITRE 24

Tyler et moi avions consacré ces dernières heures à passer en revue de nombreuses fois le film sur la clé USB de Tante Pearl. Tante Amber nous avait donné une fausse image de son contenu. Le film qu'elle m'avait donné n'était pas réellement une version pure, non éditée, du film, mais plutôt une « director's cut » avec des bonus.

Et ces bonus n'étaient absolument pas comme ceux qu'on trouve habituellement dans les films. Au lieu d'avoir des bêtisiers rigolos, des scènes cachées et des fins alternatives, on avait récolté une version totalement différente.

— Non mais, qu'est-ce que vous aviez en tête, Tante Amber ?

Mes deux tantes avaient complètement craqué. Elles avaient rajouté des explosions et des effets pyrotechniques toutes les cinq minutes en plus d'un nouveau rôle, celui de Tante Amber. Maintenant, au lieu de Dirk, c'était elle la vedette.

— Je ne t'entends pas. N'oubliez pas que vous m'avez mise en prison ! gronda-t-elle, faisant retentir sa voix contre les murs.

— Je n'y crois pas…

Tyler sortit les clés de sa poche et se dirigea dans la salle à côté, pour en revenir moins d'une minute plus tard avec Tante Amber.

Techniquement, elle était supposée rester dans la cellule, mais au vu des changements drastiques faits au film, sa présence dans la salle d'interrogatoire était nécessaire afin de nous expliquer en détail et scène par scène ce qui se passait. Parce que de toute façon, on ne peut pas vraiment emprisonner une sorcière et s'attendre à ce que tout se passe bien quand même.

— Dites-moi que vous avez fait une copie de l'ancienne version avant de faire tous ces changements, marmonna Tyler qui était rouge de colère et très clairement frustré de ne pouvoir contrôler la version d'origine.

Tante Amber fit lentement non de la tête.

— Pearl a dit de ne pas se tracasser à le faire parce qu'on n'avait pas le temps. On essayait juste de sauver le film après la mort de Dirk.

— Mais pourquoi ? demandai-je en la dévisageant d'un regard inexpressif, sans comprendre.

— On voulait finir le film rapidement pour que tout le monde puisse être payé, dit-elle. On pensait qu'il ne manquait que quelques scènes donc on a improvisé. Le scénario est un peu différent, mais selon moi, au final, il est même mieux que l'original.

— Oh. Mon. Dieu.

Je m'affalais dans ma chaise pour fixer mon regard au plafond. J'étais furieuse contre mes tantes, mais aussi un peu touchée. Elles essayaient d'aider. Non non, une seconde. C'est à elles qu'elles essayaient de rendre service.

— Tu n'es pas d'accord ? demanda-t-elle en nous souriant doucement. Il est prêt à sortir maintenant, pour qu'on puisse ramasser un peu d'argent au box-office.

— Vous avez fait ça sans demander l'autorisation de qui que ce soit ?

Je doutais du pur altruisme de mes tantes. Elles cherchaient toutes deux la reconnaissance et voyaient le remake de ce film comme un moyen parfait de se faire de la publicité.

— Je ne parlais plus à Steven, au cas où tu l'aurais oublié. Et de toute façon, comme il est mort maintenant, je doute qu'il puisse diriger quoi que ce soit. Personne ne semblait prendre la moindre initiative, donc on a pris sur nous de le sauver nous-même. Et on l'a fait. Comment, ça n'a pas vraiment d'importance.

— Bien sûr que si, dis-je. La version originale aurait pu nous aider à identifier le tueur de Dirk.

Je n'ajoutai pas non plus « et de Steven », parce que j'étais sûre qu'ils étaient liés tous les deux. La tendance d'Amber à vouloir tout commander la desservait parfois vraiment.

— Maintenant que vous avez tous trafiqué, ce sera beaucoup plus dur de nous en servir comme preuve.

— Je voulais juste aider, protesta Tante Amber, sur le visage de laquelle s'inscrivit l'incertitude. On a juste rajouté nos talents spéciaux... Mes talents de comédienne et les effets spéciaux de Pearl. On ne voulait pas être gênées par Bill ou un autre, donc on n'a rien dit à personne. C'était supposé être une surprise.

— C'est effectivement une sacrée surprise, pas de doute...

Les scènes en plus auraient pu être comiques si la situation n'avait pas été aussi grave. Tante Amber faisait plusieurs grandes entrées fracassantes dont d'énormes scènes de larmes complètement hors de propos pour un film d'action. En bonus, une demi-douzaine de feux et d'explosions surnaturelles s'étaient répandus au fil des enregistrements qu'on avait regardés jusqu'ici... et on en était qu'à la moitié du film.

Tyler mit le film sur pause et figea l'écran sur la scène de la fusillade.

— Là. Regardez à gauche. Il y a un bout de main qui apparaît, et qui n'appartient à aucun acteur.

Je plissai les yeux pour examiner l'écran. Il avait raison, mais l'image était tellement floue qu'on aurait eu du mal à dire si cette main appartenait à un homme ou à une femme.

— Il n'y a pas de pistolet, mais la personne à qui appartient cette main est pile-poil dans l'angle que la balistique incrimine. Si seulement on pouvait en voir plus...

Je me tournai vers Tante Amber, grimaçant.

— Tu es sûre de ne plus avoir de version d'origine intacte ?

Elle secoua lentement la tête.

— Désolée. Je crois qu'on s'est un peu laissées emporter. Mais je pourrais quand même m'en servir pour des auditions, non ?

— J'en doute. Je crois que le film, même à moitié fini, appartient quand même à la famille de Steven. Contrairement à tes photos.

Et cela me donna une idée. Le photographe de Tante Amber s'était placé face au plateau, juste en face de l'endroit d'où venait cette main mystère.

— Eh, dis donc… Est-ce que tu les as justement, ces photos que tu as fait prendre aujourd'hui ?

Elle fit non de la tête.

— Je ne les recevrais pas avant quelques jours, selon le photographe.

— On en a besoin tout de suite, Tante Amber. Pourrais-tu l'appeler pour lui dire de nous les envoyer ?

— Il est aux abonnés absents. Je l'ai cherché partout, j'ai même essayé comme tu dis de l'appeler, mais il ne répond pas, dit-elle. C'est comme s'il avait disparu de la surface de la Terre.

Je me tournai vers Tyler.

— Il faut qu'on retrouve tout de suite la piste du photographe de Tante Amber. Le tireur devait être derrière Tante Amber au moment où elle prenait ses photos. Peut-être qu'il sera là en arrière-plan.

Tyler acquiesça.

— Avec toutes ces caméras partout, c'est difficile d'imaginer qu'on n'ait toujours aucun film du meurtre de Dirk. Mais en plus, depuis l'assassinat de Steven, les choses deviennent vraiment hors de contrôle.

C'était vrai. Je m'attendais presque à voir Brayden entrer à n'importe quel moment pour virer Tyler. Je me tournai vers Tante Amber.

— Bon, en tout cas je vais aller te chercher un avocat. Parce qu'il t'en faudra un bon pour te tirer d'une accusation de double assassinat.

— Hein ? Quoi ? Non, non non. Tu veux mon photographe, n'est-ce pas ? demanda-t-elle. Je pourrais le retrouver en un rien de temps s'il le faut vraiment.

Surprise, je vins vers elle.

— Mais tu viens de dire que tu ne savais pas où il était…

— Je viens aussi de me souvenir de tout soudainement. Et je suis prête à tout pour… Pour aider l'enquête, bien sûr.

Elle sortit une carte de visite de sa poche et la tendit à Tyler en le foudroyant du regard.

— Bon, je vais essayer de l'appeler, dit Tyler en prenant la carte, avant de pointer le doigt sur Tante Amber. Ne la laisse partir nulle part, Cen. Je reviens dans une minute.

On l'observa partir, puis fermer la porte derrière lui.

— Il ne peut me retenir en détention contre ma volonté, si ? protesta

Tante Amber. Je coopère, Cen ! Peut-être que tu devrais vraiment appeler cet avocat après tout.

— Est-ce que tu es derrière les barreaux pour le moment ? Non. Et puis, tout est de ta faute. Tu n'aurais jamais dû faire d'aveu en face de Brayden. Tu sais très bien qu'il veut un verdict rapide pour dissiper en vitesse toute cette affaire.

— Mais j'essayais juste de faire de l'humour… Regarde où j'en suis maintenant ! protesta-t-elle en battant des cils, essuyant une fausse larme de sa joue. Ce n'était qu'un faux aveu, qu'on m'a arraché sous la contrainte.

— Tu ne peux pas raconter des trucs pareils à tort et à travers, Tante Amber. Ça donne le mauvais rôle à Tyler. Il risque sûrement de perdre son emploi, et avec tes histoires, tu n'aides pas les choses. La seule façon de tout régler serait de résoudre ces meurtres. Où est ce photographe ?

Tante Amber ne me répondit pas et se détourna de moi. Je me rapprochai, en essayant de voir ce qu'elle fabriquait. Toujours à me tourner le dos, elle se mit à agiter les épaules en faisant un léger moulinet des bras, parlant à voix basse, d'un ton mesuré.

Trouve le créateur de mes portraits,
Ramène-le ici, lui et ses clichés,
Je t'en prie dépêche-toi sans tarder,
Qu'il soit prêt à parler à l'instantané,
Du présent, du futur ou du passé.

Je reconnus immédiatement le sort du Boomerang, même si je ne l'avais jamais tenté moi-même. C'était un sort de niveau intermédiaire qui allait bien au-delà de mes capacités. Il occasionnait aussi de très sévères conséquences s'il était mal exécuté. Les sorts intermédiaires fonctionnaient sur les gens et les objets à la fois, de sorte que les erreurs pouvaient très vite s'aggraver. Ce sortilège était à la fois complexe et puissant, puisqu'il changeait potentiellement à la fois le présent et le futur.

Je ne savais guère pourquoi Tante Amber voulait invoquer le photographe en plus des clichés, mais peut-être que c'était inévitable si on ne connaissait pas l'emplacement exact d'un objet. Peut-être que si j'avais fait attention durant mes cours, je le saurais déjà.

On attendit.

Et attendit.

Sans que rien ne se passe.

— Ça fait tellement longtemps que j'ai perdu l'habitude, gémit Tante Amber en sanglotant dans ses mains. J'ai passé tellement de temps à suivre des cours de théâtre aux dépens de ma magie… Comment ai-je pu la délaisser pour une carrière au cinéma étouffée dans l'œuf ? Oh, Cen, qu'ai-je fait ?

Je passai mon bras autour de ses épaules.

— Allons, ça va, Tante Amber. Peut-être que tu passes juste une mauvaise journée ?

Cela m'inquiétait cependant énormément. Tante Amber n'avait jamais de problèmes avec ses sortilèges.

Ses épaules s'agitèrent de soubresauts sous des sanglots incontrôlables.

— Je suis trop bouleversée. Rien ne marche.

— Laisse-moi essayer.

J'aurais pourtant pensé que toute erreur pouvait être réglée par Tante Amber. Je répétais le sort, toutefois sans trop m'y attendre.

En quelques secondes une brume jaillit du sol pour nous entourer toutes les deux dans un nuage gris-vert. Un peu plus tard elle se dissipa, et je croisai le regard d'un grand homme mince aux yeux verts avec une calvitie en préparation au milieu de ses cheveux blonds. C'était le photographe de Tante Amber qui avait pris les clichés un peu plus tôt.

Mon cœur se coinça dans ma gorge. Pourquoi mon sort avait-il fonctionné et pas celui de Tante Amber ? Si j'ignorais ce que j'avais réussi à faire correctement, comment pourrais-je le défaire pour le renvoyer chez lui plus tard ? Et si je n'arrivais plus à ramener les choses à la normale ?

— Mais qu'est-ce qui s'est passé, Bon Dieu ? balbutia le photographe en regardant tout autour de lui. Comment est-ce que je suis arrivé ici ?

— Calmez-vous, dit Tante Amber. Nous devons juste vous poser encore quelques questions. Et récupérer vos photos.

— M… mais elles sont toujours dans ma caméra… Je n'en ai encore rien fait pour le moment ! protesta-t-il avant de la foudroyer du regard. Vous avez glissé de la drogue dans mon café, hein ?

Tante Amber fit non de la tête.

— Non, mais ne vous inquiétez pas. Tout va bien. Je vous expliquerai plus tard. Mais pour le moment on a besoin de ces clichés.

Il baissa les yeux et fut surpris de voir la lanière qui lui entourait le cou l'y orner, agrémenté de son appareil photo.

— Attendez une seconde… J'avais laissé ma caméra sur mon bureau. Comment est-ce qu'elle est arrivée là ? On me kidnappe ? Qu'est-ce que vous voulez ?

— Les photos, andouille. Contentez-vous de nous donner la carte mémoire et personne n'aura de problèmes, fit Tante Amber en lui tendant la main, tapant impatiemment du pied.

Le photographe tripota un instant sa caméra et en extirpa enfin la carte mémoire, qu'il lui tendit.

— Je ne comprends toujours pas ce qui se passe.

— Chut ! fit-elle en pressant un doigt sur ses lèvres. Accordez-moi une minute, d'accord ?

— Tante Amber ! Tu ne peux pas…

La porte s'ouvrit alors à la volée et Tyler entra comme un ouragan, rouge de rage.

— Mais d'où sort-il ? Comment osez-vous utiliser de la mag…

Il s'interrompit. Tyler savait que nous étions des sorcières, mais il ne se rendait pas compte combien notre aide pourrait lui être utile.

Ou plutôt, à quel point il en avait besoin.

CHAPITRE 25

yler se frotta les mains sur le front.

— Ça devient de pire en pire. On ne peut pas régler les choses par la sorcellerie ! Ça ne fait qu'obscurcir la vérité. Je n'ai plus idée de ce qui est réel ou de ce qui ne l'est pas, maintenant !

Je lui tapotai la main.

— Je te promets de tout faire pour garder la situation sous contrôle.

Même si je craignais qu'elle ne m'ait déjà échappé. Je n'avais aucun moyen de contrôler qui que ce soit dans ma famille, surtout quand il y avait une histoire de sorcellerie dans tout ça, mais Tyler n'avait pas besoin de le savoir.

— Je crois que ce sont les photos que vous cherchiez, dit Tante Amber en tendant la carte mémoire à Tyler.

— Mieux vaut les vérifier d'abord avant de le laisser partir.

Le photographe étudia rapidement l'uniforme de Tyler du regard.

— Vous êtes un vrai flic ? Où suis-je ?

— Évidemment que c'est un vrai policier ! siffla Tante Amber. Vous êtes à Westwick Corners, andouille. Vous m'avez prise en photo, l'auriez vous oublié ?

— Mais je me souviens d'être parti cet après-midi, protesta-t-il en grimaçant. Ça ne fait pas partie du film, si ?

161

Personne ne répondit.

— Mais purée qu'est-ce qui m'arrive ? gémit-il, parcouru de sueurs froides. Ai-je besoin d'un avocat ?

— Non. Vous êtes libre de partir à tout moment, fit Tyler en lui faisant signe de partir de la main.

Le photographe voulut alors se mettre en mouvement, mais il apparut que ses pieds étaient comme coincés dans le sol. Il se pencha pour enlever ses chaussures mais il lui était toujours impossible de bouger.

— Quelque chose cloche… Pourquoi est-ce que je ne peux plus bouger ?

— Faites ce qu'il dit, Amber. Renvoyez-le, lui ordonna Tyler en la foudroyant du regard.

— Mais si toutes les photos n'y sont pas ? Il faudra le rappeler alors…

— Fais ce que dit Tyler, Tante Amber, commençai-je avant de me rappeler que c'était moi qui avais lancé le sort, et que Tante Amber ne pourrait probablement pas le renvoyer même si elle le voulait. Oups. Je crois que c'est à moi de le faire.

Ce que je tentai de faire, encore et encore, sans que rien ne se produise.

Tante Amber essaya à moitié elle aussi.

Rien.

— Quand est-ce que je pourrai partir ?

L'impatience du photographe s'était désormais totalement métamorphosée en peur. Il frottait son alliance frénétiquement, de la sueur coulant à grosses gouttes sur son front. On aurait dit qu'il était à deux doigts de faire une crise cardiaque. Il fallait qu'on le fasse sortir d'ici, et vite.

— Détendez-vous, lui répondit Tante Amber, faisant un geste de la main en murmurant quelque chose sous cape.

Les pieds du photographe furent enfin libérés de leur entrave. Il perdit l'équilibre et s'étala par terre. Puis il jeta vite un regard nerveux autour de lui avant de se précipiter pour se remettre sur pieds.

— On vous ramène chez vous en un clin d'œil, voulut le rassurer Tante Amber avant de se tourner vers Tyler pour recevoir son approbation. Je peux le ramener à Shady Creek moi-même, au besoin.

— Je suis d'accord, on est obligés de la laisser partir, dis-je. On n'a pas d'autre moyen de le ramener chez lui sans devoir inclure quelqu'un d'autre dans l'histoire.

Parce que si quelqu'un d'autre le voyait, cela pourrait potentiellement également altérer son présent et son destin.

Tenter un nouveau sort pour régler notre problème allait certainement au-delà de mes capacités, et pour le moment, celles de Tante Amber aussi. Heureusement que le photographe ne venait que de Shady Creek et pas de plus loin.

— D'accord, très bien. Faites vite et ne vous faites voir de personne.

Tyler venait déjà d'extraire quelques photos de la carte mémoire à l'aide de son ordinateur. Il était en train de tout analyser lui-même, les yeux plissés sur l'écran. Comme les photos se concentraient sur Tante Amber, l'accent était sur son visage et pas sur l'arrière-plan, mais le tournage derrière elle restait clairement visite.

Nos efforts pour obtenir les photos avaient payé. Je tapotai l'écran du doigt.

— Regarde cette photo de l'autre côté de la rue. Il y a quelqu'un. Est-ce que tu peux élargir ?

Tyler et moi, on regarda Tante Amber et son photographe partir avant de connecter le gros écran du commissariat pour projeter l'image sur l'écran mural.

L'image avait beaucoup de grain, mais il y avait bel et bien quelqu'un en train d'observer le plateau depuis une fenêtre de l'autre côté de la rue. Cette personne avait un angle de tir parfait sur Dirk Diamond. De cette distance, il était impossible de dire s'il s'agissait d'un homme ou d'une femme.

Ce qui était certain en revanche était que cet inconnu mystérieux ne faisait pas partie du script. Le magasin vacant était fermé depuis plus d'un an, et ses fenêtres avaient été condamnées par du polystyrène bien avant le début du tournage. On n'avait enlevé les blocus que pour le film. Personne n'aurait dû être dans ce bâtiment, qui ne faisait pas partie du script, et aurait dû être inoccupé et fermé.

Cela prit un certain temps pour déchiffrer ce qui se passait réellement à chaque cliché, mais petit à petit on remit en place le puzzle des activités qui se tramaient en arrière-plan sur le tournage à partir des photos de Tante Amber. Tyler cliqua sur chaque image dans l'ordre jusqu'à arriver au moment qui précédait tout juste la mort de Dirk.

Mais alors, il n'y avait plus personne qui se promenait dans le bâtiment. Cet individu mystère s'était volatilisé.

Je commençai à douter qu'on trouve quoi que ce soit. Il n'y avait ni vitre brisée, ni de porte ou de fenêtre ouverte. Peut-être que cette silhouette n'était qu'une apparition ou un jeu de notre imagination ?

Mais c'est alors que je le vis. Je bondis de l'ordinateur pour aller taper le grand écran de la main.

— C'est un homme, et il est monté sur le toit !

Cela expliquait pourquoi on ne le voyait pas dans le film, puisque les toits étaient hors champ. Tyler bondit de son siège.

— Tu connais le proverbe comme quoi une image vaut mieux qu'un long discours ? Celle-là doit valoir un milliard de dollars, à mon avis !

Il n'y avait qu'un problème. L'homme n'avait aucun pistolet en main. Il apparut trop clairement qu'on ne devait pas avoir toutes les photos. Je priais sans y croire que le photographe ait une seconde carte mémoire.

Il fallait qu'on déchiffre ce mystère avant que le sort de Tyler ne soit scellé.

CHAPITRE 26

Il s'était écoulé bien plus de trois heures depuis leur départ, et Tante Amber n'était toujours pas de retour. On était minuit passé. Et cela m'inquiétait, vu que Tante Amber conduisait comme un pilote de Formule 1 et que Shady Creek n'était qu'à une heure de route d'ici. Même si elle avait été contrainte par la force des choses de ramener physiquement le photographe chez lui, il lui aurait été aisé d'user de sorcellerie pour le voyage retour.

Pourtant elle n'était toujours pas rentrée.

— Peut-être qu'elle pourrait en profiter pour récupérer la deuxième carte mémoire du photographe sans qu'on soit obligés de le ramener? suggérai-je, presque sûre de ne pas réussir le même sort une seconde fois. Je vais essayer de l'appeler.

Sauf que bien évidemment, son téléphone était directement sur répondeur. J'essayai de la contraindre par ma volonté à m'appeler, mais mes dons de télépathie étaient franchement très mauvais. Je me sentais franchement abattu, et j'envisageais même d'appeler Maman ou Tante Pearl pour qu'elles viennent nous aider. Tyler donna un petit coup sur sa montre.

— Ça va être bientôt le matin. Je ne pense pas que Brayden soit prêt à attendre plus longtemps, surtout avec tous ces gens dehors. Je regrette juste de ne pas avoir plus de réponses, grommela-t-il en faisant les cent pas.

Je retins ma respiration.

— Je vais réessayer ce sort une dernière fois. Peut-être que je n'ai pas tout demandé à la magie la première fois et que ça n'a pas suffi ?

— On peut toujours essayer, me répondit-il. Ah, mais qu'est-ce que je raconte ? Je déprime tellement que je suis d'accord avec toi...

— OK, bon alors, je vais essayer.

Et ça me donnait encore plus envie de m'appliquer. Après avoir pris une profonde respiration, je répétai le sort du Boomerang. Il est vrai que, comme mes talents magiques étaient franchement imprévisibles, je ne m'attendais pas à ce que cela fonctionne deux fois. Mais au point où nous en étions, si rien ne se produisait rapidement, nous avions tout à perdre.

Cette fois, je me représentai mentalement une pile de photos et de cartes mémoires en répétant le sortilège. S'il y avait bien une fois dans ma vie où les circonstances justifiaient l'usage de magie imprudent à bras de corps, c'était bien celui-ci. Je ne voyais pas comment cela pourrait empirer les choses. Et puis, ce n'était pas exactement un mensonge, puisque ces photographies améliorées finiraient par être imprimées, je ne faisais qu'accélérer le processus.

Quelque chose apparut derrière moi en un petit crépitement qui me fit sursauter. Un peu comme un croisement entre du pop-corn et le crépitement d'un feu, sauf que cela s'accrut encore et encore, plus vite, plus fort, avant d'exploser en un vacarme crescendo.

Un nuage de fumée gris-vert nous enveloppa, et Tyler me devint à peine visible par-delà la table.

— Waouh, commenta-t-il en toussant, tandis que la fumée terminait de s'évaporer. Voilà qui était spectaculaire.

— Et efficace, aussi, renchéris-je.

Je baissai les yeux vers ma main, qui contenait désormais une autre carte mémoire et une douzaine de photos. J'ignorais si c'était de la chance ou de la malchance, mais cette fois aucun photographe en panique ni de Tante Amber ne les accompagnait.

La photo du dessus de la pile montrait Amber assise avec le tournage en arrière-plan, comme celles que nous avions vues sur la dernière carte mémoire. La photo suivante semblait avoir été prise quelques secondes après la première. Elles semblaient toutes avoir pris les unes après les autres. Leur chronologie se liait en parallèle avec celles que nous avions examinées plus tôt, même si celles-ci semblaient avoir été rejetées à cause de leur mauvaise exposition, composition, ou autre. Peut-être était-ce pour cela qu'elles avaient été mises à part ? Enfin, toutes ces photos avaient quelque chose qui clochait.

Sauf une seule, sur laquelle tout était parfait, pour nous en tout cas, car une silhouette présente sur le toit y était clairement visible.

C'était un homme, dont le visage était obscurci par une capuche, une écharpe sur son visage et sa bouche. Malgré tous nos agrandissements, nous ne pûmes distinguer son identité.

Mais alors, Tyler se pencha sur la table, plissant les yeux sur la photo.

— Je voudrais bien le reconnaître, mais je n'y arrive pas…

Derrière lui, quelque chose me sauta enfin aux yeux.

— Regarde sa main. J'ai déjà vu cette bague.

Une bague frappée d'une chevalière noire. D'ici, je n'aurais pu déchiffrer l'inscription, mais elle m'était très familière. Je n'arrivais juste pas à remettre l'endroit où je l'avais vue.

Si seulement j'arrivais à me souvenir…

Tyler acquiesça.

— C'est vraiment dommage qu'on n'arrive pas à détailler plus, parce que cette personne n'a absolument aucune raison d'être là. Tous les acteurs sont bien sur scène.

Je plissai les yeux sur le coin de la photographie, mais cela restait toujours un mystère.

— On trouvera son porteur, s'il ne s'est pas débarrassé de la chevalière, commenta-t-il. Tu pourrais commencer par vérifier toutes les personnes qui séjournent à l'hôtel, par exemple.

C'est ça qui est génial dans une petite ville comme Westwick Corners. Il n'y a que très peu d'endroits où dîner ou boire. Tôt ou tard, tout le monde finit dans la salle à manger de l'Auberge ou au bar du Witching Post's bar.

Je jetai un œil à ma montre. Il était trois heures du matin, mais vu les événements d'aujourd'hui, peut-être que quelques fêtards traînaient encore hors du lit.

— J'y vais tout de suite.

— Une dernière chose, dit Tyler en m'envoyant un dossier sur la table. J'ai d'autres mauvaises nouvelles. Steven Scarabelli avait bien placé un contrat d'assurance d'un million sur la tête de Dirk Diamond, comme Bill l'avait dit. Il en avait aussi une sur la femme de Dirk, Rose Lamont.

— Cela n'a rien d'étrange, non ? Après tout, Rose et Dirk étaient ses deux plus grandes vedettes. S'il devait leur arriver quelque chose, une assurance permet d'éviter la débâcle financière. Beaucoup de business font ça. Comme ça, peu importe ce qui se passe, Steven aurait quand même de quoi payer l'équipe.

— Ce qui ne risque pas de se produire, dit Tyler. L'argent ira d'abord aux fonds de Steven. Et j'ai peur que les acteurs ne soient obligés d'attaquer en justice sa propriété pour recevoir leur paie. Il y a quelque chose qu'il faut que tu prennes en compte, Cen.

— Quoi donc ?

Jamais je n'aurais imaginé que Tyler puisse me cacher des informations.

— Cela nous fait trois morts, si tu comptes l'anévrisme de Rose Lamont.

J'eus un cri de surprise.

— Tu crois que la mort de Rose pourrait être liée à autre chose ?

— Je l'ignore, Cen. Mais le timing est intéressant. Deux époux qui décèdent en une semaine, sans enfants. Surtout Rose, en particulier... Elle n'avait que trente ans. Statistiquement, c'est très improbable.

— C'est vrai, observai-je. Rose et Dirk étaient des superstars. Je me demande qui hérite de leur fortune.

— Je me suis posé la question, remarqua Tyler en tapotant le dossier de papier kraft. J'ai vérifié, et tu ne devineras jamais.

— Qui ?

— Amber West. Apparemment, elle était vraiment une bonne amie de Dirk.

J'avais l'impression d'être sur le point de m'évanouir.

— Comment est-ce possible ? Dirk et sa femme lui lèguent leur fortune, et pourtant il veut la faire virer du film ?

Tyler haussa les épaules.

— Peut-être qu'elle était une bonne amie, mais une très mauvaise actrice ?

— Elle n'a jamais mentionné d'héritage pourtant…

Peut-être n'avait-elle pas exagéré sur leur amitié. Mais jusqu'à ce film, pas une fois elle n'avait mentionné le nom de Dirk Diamond, et pourtant ils étaient si proches qu'il l'avait nommée comme sa bénéficiaire d'assurance-vie. C'était comme si elle menait une autre vie secrète dont personne de notre famille n'avait connaissance.

— Peut-être qu'elle ne savait pas ?

— Ou cela pourrait expliquer pourquoi elle met si longtemps à revenir. Peut-être qu'elle a décidé de ne pas le faire du tout, grommela Tyler en se levant pour recommencer à faire les cent pas. Elle sait qu'elle va devoir répondre à beaucoup de questions.

— Non, c'est impossible. Comment oses-tu dire ça ? grimaçai-je. Jamais elle n'abandonnerait sa famille. En plus, il faudrait bien qu'elle vienne pour récupérer l'argent, non ?

— Certes, mais elle pourrait aussi le récupérer en passant par un avocat, indiqua Tyler. Je ne l'accuse pas. Je ne fais qu'établir l'évidence. Si c'est vrai, tout le monde verrait ce qu'elle a tiré de la mort de Dirk. Qu'était exactement leur relation ? Depuis combien de temps connaissait-elle Dirk ?

Je levai les mains en signe de défaite.

— Aucune idée. J'ai seulement découvert aujourd'hui qu'elle les connaissait. Jamais elle n'en a parlé auparavant, alors qu'apparemment ils sont amis depuis toujours. J'ai toujours su qu'elle aimait être au centre de l'attention, mais j'ignorais qu'elle avait fait de la comédie. Ou qu'elle était responsable de la « chance » de Dirk, fis-je en mimant également les parenthèses.

Je ne connaissais pas vraiment ma tante, apparemment.

— Amber n'a peut-être pas tant de chance, reprit Tyler. Parce que pour récupérer la prime, encore faut-il rester en vie.

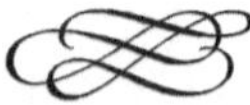

CHAPITRE 27

Je quittai enfin Tyler, le laissant dans la salle d'interrogatoire après m'être encore un peu attardée dans l'attente du retour de Tante Amber. Mais au fur et à mesure des heures qui passaient, sans un retour de sa part, mon inquiétude croissait en flèche. Si elle était vraiment l'héritière de la fortune des Diamond, elle devait maintenant avoir presque littéralement une prime sur sa tête.

Je sortis dans le lobby empli de ténèbres de la mairie et me cognai immédiatement contre une force invisible. Une poitrine masculine, pour être plus précise. Mon pouls s'accéléra en sentant des bras m'agripper les biceps.

— Lâchez-moi ! hurlai-je en essayant de me retourner, sans succès. Impossible de me libérer !

— Eh, du calme ! Pourquoi est-ce que vous criez comme ça ? J'essaie juste de vous empêcher de tomber ! protesta une voix tandis que son propriétaire desserrait un peu son emprise avant de reculer.

Son haleine empestait l'alcool. Je reconnus alors la voix, et le bredouillement alcoolisé, de Rick Mazure.

— Comment avez-vous fait pour entrer ? m'ébahis-je.

Tante Amber aurait-elle laissé la porte ouverte dans son départ précipité ?

— J'ai convaincu le garde de me laisser entrer. Il faut que je parle en urgence au Shérif Gates. Est-ce qu'il est là ? Il faut que je lui dise un truc.

Je poussai un soupir en me sentant idiote.

— Une autre idée vous est venue depuis votre entrevue de tout à l'heure ? Quelque chose de nouveau ?

— Pas vraiment, dit Rick en baissant les yeux vers ses chaussures, mal à l'aise. Je suis un peu le cul entre deux chaises dans toute cette histoire. J'aime bien Steven Scarabelli, mais…

La porte s'ouvrit, laissant Tyler apparaître dans l'entrebâillement.

— Qu'avez-vous dit sur Scarabelli ?

Rick grimaça.

— C'est confidentiel. On ne ferait pas mieux d'entrer dans votre bureau ?

— J'allais partir en fait, dit Tyler en verrouillant derrière lui. Mais vous pouvez m'accompagner.

— M… mais je ne crois pas que…

Rick m'envoya un regard maladroit, en bredouillant.

— Vous pouvez parfaitement me dire ce que vous avez en tête en face de Cendrine. Elle m'aide avec l'enquête.

Rick m'étudia du regard, alarmé.

— C'est normal ? Je veux dire, ce n'est pas comme si vous étiez enquêtrice ou quoi…

— J'ai besoin de tout le monde dans cette affaire, dit Tyler. Je l'ai nommée adjointe.

C'était absolument faux, mais je savais que Tyler me voulait comme témoin des propos de Rick. En plus de ça, si Tyler attendait jusqu'au matin, Rick pourrait changer d'avis. Ce dernier analysa le lobby du regard pour s'assurer qu'il n'y avait personne d'autre.

— Bon, ce n'est un secret pour personne que Dirk cassait sérieusement les pieds à Scarabelli. Ses exigences constantes rendaient tout le monde marteau. Scarabelli s'est montré très patient, mais j'imagine qu'il a fini par atteindre le point de non-retour mentalement parlant.

— Vous a-t-il fait des aveux ?

Un nœud écœurant se formait dans mon estomac. De nouvelles preuves qui pointaient vers Steven Scarabelli. Désormais Brayden savait que Tyler l'avait laissé partir. Son corps à l'Auberge en était une preuve vivante. Relâcher un tueur c'était comme creuser sa propre tombe, pour Tyler. Même avec la mort de Steven, Brayden serait quand même fichu d'accuser Tyler d'incompétence, ou pire. Je frémis.

— Non, ce n'est pas ça, il n'est pas venu me voir pour me faire des confidences, enfin, pas littéralement, grimaça Dirk en se mordant la lèvre. Mais hier, il a bien dit qu'il en avait assez, et qu'il s'assurerait que, de son vivant, Dirk ne referait plus jamais de film.

— On peut interpréter ça de bien des façons et pas uniquement comme une menace de mort, remarqua Tyler. Peut-être que Steven ne voulait plus travailler avec lui. Apparemment, personne à Hollywood n'en avait envie non plus.

Rick éclata de rire.

— Les gens sont prêts à tout pour assez d'argent. Et même Dirk Diamond ne semble plus si mauvais quand il y a des millions à se faire à la clé.

— Êtes-vous en train de dire que Steven Scarabelli a tué Dirk Diamond ?

Steven ne me semblait pas avoir l'étoffe d'un tueur. La majorité du personnel avait déjà témoigné sur la gentillesse, l'honnêteté, et l'entrain que Steven mettait à aider autrui. Il avait même aidé Dirk, bien qu'il ait abusé de sa bonté. Rick haussa les épaules.

— Eh, on ne peut pas vraiment lui en vouloir. Dirk l'avait cherché.

Tyler grimaça.

— Avez-vous de quoi prouver vos dires ?

— J'ai entendu Steven et Amber se disputer. Amber disait qu'elle hériterait de la fortune de Dirk et qu'elle refusait de partager avec Steven. Cela m'a pas mal choqué de découvrir qu'elle était inscrite dans le testament de Dirk. Mais après y avoir réfléchi, je me suis rendu compte que c'était assez important pour être mentionné, remarqua Rick. Désolé de ne rien avoir dit plus tôt.

Je me souvins en un éclair de leur dispute de tout à l'heure. Les dires de Rick concordaient avec ceux de Tyler. Cette conversation au sujet du renvoi de Tante Pearl n'était-elle pas plus importante que ça ?

— Qu'avez-vous entendu, exactement ? demanda Tyler en gribouillant quelques notes sur son carnet.

Rick jeta un regard furtif aux alentours du lobby vide.

— On ne pourrait pas…

Tyler fit non de la tête.

— Le plus vite sera le mieux.

Rick soupira.

— Bon, OK, alors vous voyez, le problème c'est que Steven était complètement acculé et en proie au désespoir. Il était dans le pétrin, avec tous ces investisseurs qui avaient misé sur le film. Quand Dirk a menacé de partir et que Steven s'est retrouvé avec l'équipe à payer, il a compris qu'il était fichu. Les investisseurs risquant de se retrouver à perte ne seraient pas ravis, Steven a dû trouver de l'argent, et vite.

Je me souvins soudain de la chevalière, et baissai les yeux vers les mains de Rick. Aucune bague nulle part.

— J'ai hésité à trop m'avancer, parce que Steven est mon ami, dit Rick. Mais après, Steven m'a avoué qu'il comptait tuer Dirk. Au début, je ne l'ai pas pris au sérieux, mais après, il s'est mis à me poser toutes sortes de questions sur les armes du script et tout. Ce qui m'a semblé étrange bien sûr, mais ce n'est que maintenant que j'ai fait le lien.

— Pensez-vous que Steven aurait pu trafiquer un pistolet et le charger ? demanda Tyler en plissant les yeux.

— À la lumière des récents événements, on dirait, ouais. Je sais que Steven était désespéré, mais je pensais que ce n'était qu'une grande bouche. Qu'il allait juste décider d'arrêter de faire des films avec Dirk, je ne sais quoi. Jusqu'à ce que… enfin, je n'aurais jamais cru qu'il tuerait vraiment. J'imagine que Dirk l'a vraiment poussé à bout.

Je réalisai d'un coup que Steven ne pouvait plus vraiment confirmer ou nier les dires de Rick, vu qu'il était mort. Mais tout semblait se regrouper.

Sauf la figure mystérieuse sur le toit, décidément plus petite et plus mince que Steven Scarabelli.

— C'est une sacrée hypothèse que vous soulevez là, dit Tyler. Mais on examinera cette piste.

— Ce n'est pas une hypothèse, Shérif Gates, dit Rick en envoyant un coup de pied dans un éclat de marbre. Steven a porté sa menace à exécution, c'est tout.

— Pourquoi n'avoir rien dit plus tôt ? demanda Tyler.

— Je ne sais pas… Peut-être que quelque part je pensais que Dirk le méritait. Enfin, je veux dire, ce n'était vraiment pas un mec sympa, et s'il y en a un qui l'avait bien cherché, c'était lui. Il a mené la vie très dure à Steven et il l'a mis dans le pétrin. Mais personne ne mérite de mourir.

— Non, personne, répondis-je doucement. Peu importe leur façon de traiter les autres.

Personne ne mérite non plus de devenir un bouc émissaire, surtout quand ils ne pouvaient plus se défendre depuis l'au-delà.

La vie est parfois injuste. Apparemment, la mort aussi.

CHAPITRE 28

Les rues qui étaient tout à l'heure grouillantes en face de l'Hôtel de Ville étaient désormais sombres et désertes, ce qui faisait un sacré contraste. Tyler était retourné à son bureau pour valider les informations de Rick, et je marchai seule pour rentrer, le claquement de mes talons résonnant sur le trottoir vide, en songeant aux dernières informations. J'avais oublié de lui demander s'il y avait quelqu'un d'autre que lui d'assez proche pour avoir correctement entendu cette dispute entre Steven et Amber.

Retourner à ma voiture, même si elle n'était garée qu'à deux rues d'ici, me sembla durer une éternité. Je m'étais garée dans la rue adjacente juste pour que Brayden ne se rende pas trop facilement compte que j'étais au commissariat avec Tyler. Certes, je ne m'attendais pas à ce qu'il retourne au bureau à cette heure si tardive, mais je ne pouvais en être sûre. Et je n'avais aucune envie de le contrarier encore plus. Cela ne ferait qu'empirer la situation de Tyler.

En apercevant ma bonne vieille Honda rouillée m'attendant sous l'unique lampadaire en marche de la rue, j'accélérai le pas.

J'y laissai alors tomber mon sac côté passager, m'installant au siège conducteur, et démarrai le moteur. Je sortis du parking en appuyant sur le champignon, sachant pertinemment que je ne risquais pas d'être arrêtée pour excès de vitesse. En fonçant dans la ville, je fus soulagée de constater que les fans de Dirk avaient abandonné leur poste pour la nuit. Je tournai dans l'allée privée de la demeure, et remontai le chemin vers le Witching Post. La musique et les voix qu'on y entendait m'indiquaient qu'on faisait toujours maison pleine.

D'abord, je remarquai Arianne. Elle était assise au bar avec Rick Mazure, qui m'avait précédée d'à peine quelques minutes. Mais, alors que j'accélérai vers eux, tout d'un coup, je m'arrêtai. Mon instinct me souffla de reculer.

Je leur fis un signe de tête, et me glissai sur un siège vide à quelques mètres de Rick, adressant un sourire à Tante Pearl qui s'occupait du bar. Elle me fit un signe de tête, puis me tourna le dos. Une micro seconde plus tard, elle fit rouler vers moi un dessous de verre suivi d'un verre de vin rouge. Son attitude calme était assez curieuse venant de sa part, surtout quand elle se retira de l'autre côté du bar pour servir des bières à un groupe de locaux.

Même au-delà de la puissante musique country, je sus que Rick Mazure était déjà saoul comme un coin. Certes, il avait eu l'air de dessaouler un peu à la mairie, mais en à peine quinze minutes, il avait l'air d'être revenu à son état de tout à l'heure. Peut-être était-ce compréhensible, vu que d'un coup il avait perdu son emploi. Ou peut-être que Tante Pearl était de nouveau en train de faire des crasses ? Je tendis l'oreille pour écouter leur conversation.

— Bon, qu'est-ce que je disais ? demanda Rick, qui ne cessait de bredouiller, avant de basculer son verre et de vider tout son whisky.

— Tu disais que tu allais faire de moi une star, ironisa Arianne Duval en jouant avec sa petite paille en plastique.

Un peu sarcastique, oui, comme si elle ne croyait pas aux monts et merveilles qu'il lui faisait miroiter.

— Une star ? Tu vas devenir une constellation, ouais ! lança-t-il en posant sa main sur celle d'Arianne. J'ai une super idée de série, mais pour le moment c'est un secret.

Était-ce le même script que Rick avait expliqué à Dirk un peu plus tôt ? Arianne Duval leva la main, faisant mine de vouloir remuer son verre.

— Quelle est l'idée ?

J'étudiai ses mains. Il y avait des bagues sur les deux, toutefois, elles étaient bien plus délicates que celle de la photo. Et d'or, pas d'argent. Rick se pencha vers moi.

— Une fille dans la dèche, découverte dans une pharmacie. Tu es parfaite pour le rôle.

— Laisse-moi deviner. Dans un cadre façon Hollywood and Vine ? demanda-t-elle, sans attendre de réponse. Tu blagues, hein ? Ça a été déjà fait mille fois.

— Tout existe déjà, Arianne. Il ne s'agit que d'une formule, dont je sais quoi faire. C'est pour ça que Dirk a eu tant de succès. C'est ma plume qui l'a fait briller. Je te rendrai célèbre.

— Je le suis déjà. Il va falloir mieux que ça.

— Rejoins-moi, et je te garantis qu'un jour tu poseras le pied dans le ciment, et que les fans se bousculeront sur tes empreintes sur le Walk of Fame.

Arianne leva les yeux.

— Je crois que tu t'accordes un peu trop de mérite.

— Écoute, je sais comment écrire les superproductions. Et de fait, celle-là, elle est déjà écrite, dit Rick en tapant négligemment sur son verre pour qu'on le resserve. Et puis, ce n'est pas comme si tu avais autre chose de prévu. Tu en es, ou non ?

Arianne resta longtemps silencieuse, sirotant son verre.

— Peut-être.

— Je n'attendrais pas trop longtemps si j'étais toi. Kim est en train de me trouver d'autres talents à cet instant même, dit-il.

— OK, très bien. Je jetterai un œil au script, dit Arianne en basculant son verre de vin. Qu'est-ce que j'ai à perdre ?

— T'en es, donc ! dit Rick en lui tendant la main. Allez, concluons le marché.

Arianne lui serra la main, Rick sortit une pile de papiers de sa veste et la posa devant elle.

— Ce script n'existe que pour toi. Promets-moi de ne pas en glisser un seul mot, à personne.

Arianne acquiesça.

— Bien, dit-il. Je t'aurai fait un contrat dès demain. Avec mes scripts, c'est comme faire tourner la presse à billet. Ils s'en mordront tous les doigts de ne pas m'avoir pris plus au sérieux.

J'avais le sentiment que c'était déjà le cas pour certains.

CHAPITRE 29

Tante Pearl attira mon attention d'un geste de la main, me faisant signe de venir m'asseoir de l'autre côté du bar. Ce que je fis, me levant de mon siège pour me diriger vers elle avec mon verre de vin. Je vins ensuite m'asseoir sur un tabouret à côté de Kim Antonelli, qui me foudroya du regard. Je baissai alors les yeux vers ses mains, dont l'une chargée d'un verre qu'elle berçait amoureusement.

Pas de bague.

Au bout d'un instant, Kim écrasa son verre de margarita sur le bar, en renversant un liquide vert de partout.

— Ce n'est pas juste. Dirk Diamond était mon seul client, et il m'a complètement monopolisée, me forçant à abandonner mon porte-feuille d'acteur habituel. Maintenant qu'il est mort, je me retrouve à zéro revenu. Chômage, mes amis !

Ses râles semblaient plus destinés à faire de l'esbroufe qu'autre chose. Il y avait bien des mots et des actes, mais ça manquait d'émotion.

— Peut-être auriez-vous dû vous diversifier, suggéra Tante Pearl en posant un dessous de verre sur le bar en face de moi, avant qu'un verre d'eau bien glacée ne s'y ajoute. N'avoir qu'un seul client ne peut que mener au désastre.

— Peut-être que vous devriez vous occuper de vos oignons, siffla d'un coup Kim.

Par contre, sa colère envers Tante Pearl semblait sincère. J'adressai une grimace gênée à Pearl avant de me tourner vers Kim.

— Qui a tué Dirk, à votre avis ?

Kim leva les mains au ciel.

— Qu'est-ce que j'en sais ? Tout le monde, et je dis bien tout le monde, le détestait. Même sa femme, Rose. Elle voulait divorcer, mais il a promis qu'elle le regretterait de son vivant. Sauf qu'elle est morte, parce qu'il l'a tué.

J'étouffai un cri de surprise.

— Vous croyez que Dirk a tué Rose ?

— Non, je le sais, siffla Kim. Il ne voulait pas perdre d'argent dans un divorce. Il me l'a dit tel quel. Il disait que la seule façon de mettre fin à ce mariage, ce serait par la mort.

Je fis un geste à Tante Pearl lui signifiant de remplir le verre de Kim. Il ne fallait pas qu'elle s'arrête de parler.

— Enfin, il a eu ce qu'il voulait, je pense. Pendant quelque temps, tout du moins.

Je me souvins des commentaires de Tyler m'indiquant cette histoire d'héritage avec Amber.

— Dirk avait-il un testament ?

Kim acquiesça, mais ne précisa pas sa pensée.

J'engloutis une bonne gorgée de mon eau, dont le froid liquide apaisa ma gorge déshydratée.

— Qui hérite ?

Kim vérifia nos alentours, puis me glissa tout bas :

— Moi.

Je m'étouffai en pleine gorgée, et en crachai partout sur le bar, rajoutant de l'eau à la petite mare verte en face de nous. Les dires de Kim contredisaient ceux de Tyler.

— Vous héritez de tout ?!

Kim grimaça.

— En tout cas, c'est ce que son avocat m'a dit quand je lui ai téléphoné après sa mort. Apparemment, les biens de Rose ont été transférés au patrimoine de Dirk, mais suite à sa mort à lui, on m'a tout légué.

J'étais un peu surprise que Kim ait déjà appelé son avocat. Et encore plus que l'avocat lui ait dit tout ça. Mais peut-être que les agents hollywoodiens géraient beaucoup la vie privée de leurs grandes vedettes comme Dirk.

Tante Pearl arriva alors avec une serviette dont elle se servit pour essuyer tout le bazar. Elle reprit le verre de Kim qu'elle remplaça par une autre margarita, toute fraîche.

Que Kim descendit à moitié en un seul trait.

Se pourrait-il que la relation entre Kim et Dirk ait été plus que professionnelle ?

— Ce testament a dû vous surprendre.

Moi, ce qui me frappait, c'était que même en venant d'hériter en apparence de plusieurs millions, elle s'inquiétait toujours d'avoir perdu son travail.

— Un peu. J'ai cru qu'il n'avait fait ça que temporairement, pour remédier à la démarche de divorce entamée par Rose, mais l'avocat a dit que non, qu'il avait tout changé sans même le consulter. C'est du Dirk tout craché, mais ça me sidère quand même qu'il ait décidé de me laisser sa fortune. Je sais ce que vous vous dites, mais Dirk et moi avions une relation strictement professionnelle. Vous n'avez qu'à demander aux autres. Qui sait pourquoi il a décidé de tout me léguer ? C'était son genre de faire des démarches bizarres comme ça de temps en temps. Je ne faisais que travailler pour lui.

— Rose avait entamé une procédure de divorce ?

Si c'était vrai, sa mort n'était peut-être pas si accidentelle que ça. Dirk avait une raison très nette de vouloir la tuer. Pourtant, sa mort et sa démarche de divorce n'avaient même pas été rapportées au grand public. J'avais la tête qui tournait avec toutes ces contradictions. Quelqu'un, ou tout le monde, en fait, mentait. Rick et Tyler croyaient qu'Amber était l'héritière de Dirk. Pourtant, Kim clamait l'inverse. Combien de fois Dirk avait-il changé son testament ?

Dirk devait sûrement compter sur la loyauté de Kim, pour je ne sais quelle raison. Ou tout simplement, il savait qu'il pouvait la contrôler. Aucun avocat digne de ce nom ne suggérerait à son client d'accepter un tel accord, et il était évident qu'il aurait préféré garder ce testament secret...

ne s'attendant sûrement pas à mourir alors que ce changement temporaire serait en place.

— Qui était au courant pour le testament de Dirk ? demandai-je.

Kim leva les bras au ciel.

— Aucune idée ! Je n'étais absolument pas au courant. Et personne non plus à mon avis, à part Dirk. Il était très secret sur certaines choses.

On sursauta toutes les deux en entendant quelque chose craquer derrière le bar, bientôt suivi d'un bruit de verre brisé. Une étagère s'était effondrée, éclatant bon nombre de bouteilles très chères au sol.

— Oups ! s'exclama Tante Pearl en examinant les dommages d'un œil suspicieusement hilare. Je vais réparer ça en une seconde.

Je levai la main, craignant qu'elle n'ait de sales plans en tête.

— Ah non, tu ne vas pas…

Mais Tante Pearl était déjà en train de chuchoter un sort de rembobinage.

— Un, deux, trois… fait que ce ne soit pas…

Kim ne sembla rien remarquer. Non que ça ait vraiment de l'importance, car un sort de rembobinage ne faisait qu'effacer sa mémoire à court terme et tout ramener quelques minutes auparavant. L'histoire ne ferait que se répéter, et les instants effacés aussi.

Mais Tante Pearl m'agaçait, parce que je faisais de vrais progrès avec Kim, et que cela m'ennuyait de devoir recommencer mon interrogatoire. Cela ne faisait que nous faire perdre un temps précieux alors qu'on ne pouvait se permettre aucun retard. Mais je recommençai tout depuis le début, jusqu'à revenir au même moment de notre conversation.

— Kim, est-ce que Dirk et vous étiez amants ?

— Quoi ? Non ! Trop vieux pour moi, merci ! Je sais que c'était une vedette, mais il avait deux fois mon âge ! En plus, jamais je n'aurais essayé de piquer le mari d'une autre, protesta Kim, dont les bredouillements devinrent plus sonores.

Le sort de rembobinage avait retourné l'histoire, en laissant apparemment son ivresse intacte.

— Mais il vous a légué toute sa fortune…

— Ah, ça ?

Sa main effectua un geste de dédain.

— Je n'en toucherai pas un rond, j'en suis sûre. Il a fait ça le temps de trouver quoi en faire d'autre. Après la mort de Rose, il a décidé de léguer son argent à une œuvre de charité, sans trop savoir laquelle. Du coup, je suis sûre qu'il a dû mettre mon nom dans le testament pour un petit mois, le temps de trouver. Il y aura des contestations.

C'était encore plus une bombe maintenant. Sa réponse avait légèrement changé depuis le sort de rembobinage de Tante Pearl. Ce qui signifiait qu'avant, elle mentait.

— Et s'il s'était passé quoi que ce soit pendant ses recherches… vous étiez destinée à hériter de plusieurs millions.

Si Kim était vraiment responsable de la mort de Dirk, elle n'avait eu qu'une fenêtre d'action très limitée pour exécuter son plan.

— Ce qui est, étrangement, arrivé.

— M'accuseriez-vous d'avoir tué Dirk ? Je n'y crois pas, râla Kim en essuyant le bord du verre de Margarita du bout de son doigt, pour en récupérer et lécher le sel, avant de se claquer les lèvres. Je suis bien la dernière personne qui aurait pu vouloir commettre un tel crime. Au final, je suis la seule en qui il avait confiance.

— Donc, vous étiez amis ?

— En tout cas, ce qu'il avait de plus proche d'un ami, parce que Dirk n'en avait aucun. Je suis la seule à qui il se soit confié. Je savais des choses sur lui que même sa femme ignorait.

— Comme quoi ?

Peu importe ce qu'elle représentait pour lui, sa mort ne semblait pas beaucoup la chagriner. J'imagine que la promesse de tout cet héritage devait apaiser un peu sa douleur. Kim fit une pause de quelques secondes, réfléchissant à quoi répondre.

— Dirk avait prévu de lancer sa propre société de production et de faire ses propres films, plutôt que de travailler pour Steven. C'est la réelle raison pour laquelle il se montrait aussi pénible, et pourquoi il voulait tout laisser tomber. Tout retarder autant que faire se peut aurait empêché le film de Steven de se retrouver potentiellement en compétition avec le nouveau que sa propre société allait faire.

— Laissez-moi deviner… Un nouveau action-thriller ? supposai-je tout en bas en me remémorant les soupçons de Rick Mazure sur Steven Scarabelli.

Peut-être il y avait-il matière à creuser.

—Yep.

Kim se pencha en arrière sur son tabouret, et manqua presque de perdre l'équilibre, s'obligeant à se rattraper au bar. Peu importe la nature des sentiments que les gens avaient pour Dirk, sa mort semblait avoir déclenché un besoin universel de se saouler jusqu'à plus soif.

— Est-ce que quelqu'un d'autre savait pour la nouvelle boîte de Dirk ?

Encore une fois, tout pointait vers Steven. Si, bien sûr, il était déjà au courant de la trahison de Dirk. Kim haussa les épaules.

— J'en doute. Dirk préférait garder le secret jusqu'au dernier moment, juste avant de partir.

— Dommage qu'il n'ait pas vécu assez longtemps pour le faire, observai-je. Cela aurait pu lui sauver la vie ?

— J'ai du mal à voir en quoi ça aurait quoi que ce soit à voir avec leurs morts…

Kim semblait personnellement insultée par cette suggestion que je venais de faire. Et il est sûr qu'en tant qu'héritière testamentaire des millions de Dirk, elle ne risquait pas de dire quoi que ce soit qui risquait de l'incriminer.

— Mais, supposons que quelqu'un soit effectivement au courant ? proposai-je à voix haute, doutant sincèrement d'une coïncidence. Si Dirk lâchait l'affaire, tout le monde se retrouvait sans emploi. Et il avait beaucoup d'ennemis, y compris peut-être certains qui auraient pu vouloir le tuer. Vous n'avez vraiment aucune idée de quelqu'un qui soit prêt à une chose pareille ?

— Je n'osais pas le dire, mais si, avoua Kim en baissant le ton de sa voix. Amber West l'a menacé pour obtenir son rôle. Elle semblait croire qu'il lui devait une faveur. Et puis, elle était à toujours faire des histoires si elle n'avait pas ce qu'elle voulait. C'est une salope de première.

—Hmm…

J'essayai surtout de dissimuler mon effarement. Même s'il fallait que je continue à faire parler Kim, l'entendre tout rejeter sur ma tante me causait beaucoup de chagrin. À en voir ses commentaires, elle ignorait que Tante Amber était ma tante, ou encore que Tante Pearl et Tante Amber étaient sœurs. Pearl se rapprocha et essuya le bar.

— Amber est juste passionnée par son art. C'est vraiment une actrice de talent.

Je lui envoyai une belle grimace. Ses commentaires surjoués ne manqueraient pas de faire partir Kim au quart de tour. Cette dernière se contenta de lui faire un signe de tête, puis de se retourner vers moi.

— Plus j'y pense, plus je suis sûre que c'est un coup d'Amber. Elle est folle. On dirait une gentille petite vieille, comme ça, mais elle est vraiment mauvaise.

Tout le monde semblait porter le blâme sur Tante Amber, alors que c'était impossible. Elle n'avait pas eu le temps de tuer Dirk, et découvrir la mort de Steven avait paru sincèrement la surprendre. Certes, ses accusations étaient infondées, mais cela m'inquiétait quand même. Amber avait admis sa présence à l'étage aux alentours de l'assassinat. Je ne me souvenais pas si j'avais vu ou non Kim dans la salle à manger au moment de la fausse confession de Tante Amber, mais c'était bien possible. Ou alors elle aurait pu l'entendre de la bouche d'un autre.

— Si je comprends bien : vous pensez que Dirk a tué Rose, et qu'Amber a tué Dirk ? Pour quel motif ?

Surtout en considérant que c'était Kim qui finissait avec l'argent de Dirk ? voulus-je ajouter, mais je m'en empêchai.

— Qu'est-ce que j'en sais ? Amber est une vieille folle, râla Kim en faisant un signe vers sa tempe du doigt, comme pour dire qu'elle était complètement toc-toc. Elle est prête à tout pour arriver à ses fins.

— Amber n'est pas vieille ! rugit Tante Pearl, s'empourprant.

Pearl était en effet l'aînée des trois, de quelques années plus vieille que Tante Amber. Si Amber était vieille, cela la rendait encore plus vieille. Kim grimaça.

— Évidemment que si... Elle doit avoir au moins soixante-dix balais. On dit que le vin se bonifie avec l'âge et certaines personnes aussi, mais pas elle. Vous saviez qu'elle a jeté une chaise sur Steven ? Elle avait beau être très méchante avec lui, il l'a quand même gardée comme figurante. Il était comme ça, Steven. Loyal, presque trop.

Une figurante ?

Soudain, je me rendis compte que Kim avait complètement détourné le sujet pour se concentrer sur Tante Amber plutôt que sur elle. J'eus soudain une illumination : si Dirk se mettait à réaliser ses propres films, il n'aurait plus besoin d'agent pour lui trouver des rôles. Peut-être Kim était-elle plus impliquée que ce qu'elle voulait bien laisser l'entendre.

Et, malgré ce qu'elle disait sur Tante Amber, elle venait de nous fournir de nouvelles informations très importantes qui, si elles étaient vérifiées, la laveraient de tout soupçon. Mais je craignais qu'une Tante Amber en liberté ne provoque plus de chaos que de bien.

CHAPITRE 30

Kim se leva et prit son sac à main sur le bar.

— Bon, j'en ai assez de cette ville de bouseux. À plus dans le bus.

Après avoir sorti son portefeuille, elle en tira quelques billets qu'elle laissa tomber sur le bar. Tante Pearl, qui nettoyait le verre cassé à proximité, la rappela alors qu'elle s'en allait.

— Attendez… vous avez oublié quelque chose !

— Non, j'ai tout, grimaça Kim en réponse.

Tante Pearl lui montra alors un collier.

— Vous avez laissé tomber ça, je pense.

Kim revint alors sur ses pas et prit la chaîne d'argent, qu'elle étudia momentanément avant d'ouvrir le fermoir et d'en ôter un pendentif.

Dont la vue me décrocha la mâchoire. Ce n'était pas du tout un pendentif, mais une chevalière pendue à la chaîne.

— Où avez-vous eu ça ?

Kim inclina la tête en direction de l'autre côté du bar.

— Demandez donc à ce mec.

Après cette réponse, elle enleva l'anneau et le laissa rouler un peu sur sa tranche sur le bar négligemment. Rick Mazure bondit de son siège et fonça en plein milieu du bar où l'anneau s'arrêta un instant pendant une micro-seconde avant de s'arrêter avec un petit cliquetis. La main du scénariste se referma à la hâte dessus.

— Est-ce que c'est à vous ? demandai-je en me mettant lentement en route vers lui tandis que j'envoyai en catimini un texto à Tyler.

Je venais tout juste de commencer à écrire quand la porte du bar s'ouvrit, et que Tyler entra, sans se faire remarquer ni de Rick ni des autres clients. Rick enfonça l'anneau dans sa poche.

— Évidemment.

— Cette bague ressemble beaucoup à celle de mon petit ami. Est-ce que vous pouvez me la montrer ?

Rick ne savait pas que Tyler était mon petit ami. Comme il fallait cependant que je gagne assez de temps pour que Tyler arrive, j'improvisai un long mensonge selon lequel j'avais acheté une bague similaire à mon petit ami, qu'il ne faisait que perdre. Rick la sortit de sa poche pour bien me la montrer.

— M'enfin, c'est bien la mienne. Vous voyez le R en initiale ? C'est ça ma preuve.

Tyler s'était approché discrètement à pas de loups derrière nous.

— Oui effectivement, c'est bien une preuve, convins-je. La preuve que vous avez tué Dirk Diamond. On a tout sur pellicule.

— Hein ? Mais vous êtes folle ! s'offusqua Rick, très offensé. C'est quoi le problème de cette ville de dingue ? J'avais bien dit à Dirk qu'il ne fallait pas venir ici. Tout ça, c'était l'idée de Steven, influencé par cette folle d'Amber.

— Je crois que vous aviez dit à Dirk exactement l'inverse, le contredis-je. Quel meilleur endroit pour tuer qu'un bled paumé comme celui-ci, avec si peu de policiers ?

Tante Pearl tendit le bras vers le haut et éteignit la musique. Non que ce soit nécessaire, parce qu'à présent tout le monde dans le bar avait entendu notre conversation. La majorité était déjà debout, s'approchant de nous avec incrédulité.

Je jetai un coup d'œil à Tyler. Il acquiesça, et se plaça entre Rick et la porte.

— Rick Mazure, vous êtes en état d'arrestation pour les meurtres de Dirk Diamond et de Steven Scarabelli.

Tyler en profita pour lui lire ses droits. Rick était sidéré.

— Non mais vous êtes sérieux ? Vous allez vraiment la croire ? jura-t-il sous cape.

Je lui adressai un sourire.

— Les exigences ridicules de Dirk frustraient tout le monde, et sa façon de traiter les autres les rendait dingues, proposai-je. Mais personne autant que vous. Parce que Dirk vous traitait plus bas que terre. Vous travaillez comme un chien à cause de ses demandes constantes de réécriture, et il n'a jamais pris une seule fois la peine de vous remercier.

Rick haussa les épaules.

— Ouais, c'était un connard — et alors ? On était tous déjà au courant, et Steven nous payait bien. Pourquoi aurais-je tué la poule aux œufs d'or ?

— Tous ces changements précipités vous frustraient énormément, observa Tyler. Et comment vous blâmer ? Tandis que tous les autres étaient coincés à attendre que les dernières exigences de Dirk soient inscrites dans le script, vous étiez enfermé à écrire comme un dingue. Il a failli vous faire mourir à la tâche, n'est-ce pas ?

Rick haussa les épaules.

— C'est mon job. Après tout, Dirk était la vedette du film. Et il faut bien contenter les vedettes.

— Mais tout le monde a ses limites, Rick. Et la vôtre a été atteinte quand Dirk et vous avez travaillé ensemble sur ses projets. Il a lancé sa propre maison de production et vous a engagé pour produire son premier script, sur lequel vous avez travaillé d'arrache-pied jour et nuit en plus de votre travail normal, pour qu'au final Dirk finisse par le rejeter.

Rick pâlit comme la mort mais ne répondit pas.

— Ce fut la goutte d'eau qui a fait déborder le vase, n'est-ce pas ? demanda Tyler. Dirk n'avait aucune reconnaissance envers vous. Il a fait de son mieux pour vous piéger, mais vous avez eu le dernier mot en incorporant son propre meurtre à ses scènes.

— Non, vous vous trompez sur toute la ligne. J'ai commencé ma propre compagnie, c'est vrai, et je prévoyais de partir…

Tyler fit non de la tête.

— Vous n'avez eu cette idée qu'après avoir tué Dirk. Mais les choses se sont compliquées quand Steven a commencé à avoir des soupçons au sujet des armes utilisées pour le casse, qui se sont transformées de simples couteaux en pistolets. C'est là qu'il a commencé à se poser des questions.

Rick leva une main en signe de protestation.

— Steven était trop occupé pour s'en soucier. Il m'a demandé de travailler directement avec Dirk.

Tyler l'ignora et continua.

— Il y avait un autre problème avec les pistolets. Steven savait qu'ils étaient tous chargés à blanc. Bill a peut-être ses torts, mais Steven travaille avec lui depuis suffisamment longtemps pour savoir que jamais il ne laisserait un pistolet chargé en plateau.

Bill acquiesça, à quelques mètres de nous. Le reste du bar l'avait imité, quittant leurs sièges pour former un demi-cercle un peu lâche autour de nous. Rick fit non de la tête.

— Steven était supposé approuver tous les changements. Et il était au courant.

— Sauf que ce n'est pas ainsi que ça s'est passé !1 le contredis-je. Vous saviez qu'il ne les lirait pas à l'avance, parce qu'il vous faisait déjà confiance. Steven était trop occupé à faire signer tout le monde et n'a pas eu le temps de vérifier tous les changements du script. Je l'ai entendu vous dire de foncer.

Tyler acquiesça.

— Même si Steven n'avait pas approuvé vos réécritures, il était évident que transformer les couteaux en pistolets constituait un changement assez majeur. Steven savait que cela ne faisait pas partie des demandes de Dirk. Les exigences de Dirk visaient toujours à lui donner encore plus le beau rôle, sans toucher à quelque chose d'aussi basique que des armes.

— Non ! Vous avez tout faux ! protesta Rick. Dirk demandait des trucs complètement dingues, qu'il fallait toujours que j'incorpore aux scripts !

— Mais Steven vous a accusé directement, n'est-ce pas ? répondit Tyler, sans attendre de réponses. Quand il a su ce que vous aviez fait, il s'est préparé à vous dénoncer. Vous n'aviez pas le choix, et deviez le tuer lui aussi. Comme ça, personne ne devinerait que vous aviez tué Dirk. Vous êtes allé dans la chambre de Steven, et vous l'avez trouvé seul.

Rick se courba en deux et s'enfouit le visage dans les mains, se mettant à sangloter sans pouvoir s'arrêter.

— Mais Steven était mon ami…

— Ce qui vous a trahi était bel et bien votre chevalière, repris-je. Parce que vous la portiez quand vous avez abattu Dirk. Et vous vous en êtes débarrassé parce que vous craigniez qu'elle ne soit tachée de résidus de poudre. Vous l'avez donc donnée à Kim.

Kim pâlit et plaqua la main sur sa poitrine, choquée.

— Non !

— Ensuite, vous avez essayé de faire accuser un homme mort en faisant porter le chapeau de la mort de Dirk à Steven, puis de faire accuser Amber d'avoir tué Steven. Dommage que votre plan n'ait pas été aussi bien écrit que vos scénarios.

Je me souvins en un éclair du petit matin, quand j'avais croisé Rick pendant que je m'escrimais à porter les robes de ma tante. C'est là que j'avais pour la première fois vu sa chevalière, même si j'en avais tout oublié.

— Tout s'éclaire maintenant, observa Bill. Le pistolet qui me manquait, et les changements complètement dingues comme l'ajout de chevaux et de pistolets. J'étais obligé à un moment de laisser mes accessoires sans surveillance. Sinon, cela aurait retardé le tournage. Ce qui laissait à Rick l'ample opportunité de voler un pistolet et de le charger avec une vraie balle.

— D'ici à ce que Dirk réalise la vraie nature de ces changements, il serait déjà mort, comprit Arianne en essuyant ses larmes. Nous avions tous tellement peur de ne pas réussir à tourner cette scène qu'on se bousculait sans arrêt les uns les autres. C'est sûrement pour ça que j'ai dû moi-même aller chercher mon propre pistolet dans la boîte…

Elle hocha la tête en direction de Bill, empreinte de sympathie.

— Rick a entièrement réécrit la scène pour ajouter d'autres pistolets qui serviraient de distractions, expliqua Tyler en sortant des menottes de la poche de sa veste pour les mettre aux poignets de Rick.

Il le fit ensuite tourner vers lui, et le pointa du doigt.

— Vous vous êtes imaginé que cette fusillade fictive masquerait la vraie balle tirée, mais vous avez commis là une erreur majeure : vous avez omis de prendre en compte la trajectoire de la balle. Vu l'endroit d'où elle a frappé Dirk, elle ne pouvait pas venir du tournage, mais uniquement de l'autre côté de la rue.

— J'imagine que vous aviez dû penser que personne ne s'en rendrait compte, dis-je. Mais Bill n'a pas manqué de remarquer son pistolet manquant. Vous ne pouviez le remettre dans l'étui sans vous faire découvrir, alors vous n'avez qu'à peine eu le temps que de le glisser dans la grosse boîte d'accessoires.

— Mais pourquoi est-ce que tu as fait ça, Rick ? s'attrista Bill, en secouant la tête. On avait une bonne affaire pourtant...

Rick s'élança sans beaucoup de stabilité vers Bill, incapable de garder l'équilibre avec ses menottes. Tyler s'interposa, et Rick siffla :

— Pourquoi ? Parce que je ne suis pas un voleur et que selon moi, les voleurs doivent payer ! Dirk m'a piqué l'idée d'une nouvelle série que j'avais écrite exprès pour lui. Il m'a promis de me rendre riche, mais quand j'ai terminé d'écrire les scripts, il me les a volés et m'a ôté du marché. Un sale type qui venait de se faire un accord à plusieurs millions de dollars sur une série que j'avais écrite moi-même, et qui a quand même décidé de me flouter ! protesta Rick, s'empourprant de rage. Ce sont mes scénarios qui lui ont permis de devenir une vedette, et c'est comme ça qu'il me remerciait ?

— Je suis sûre qu'il aurait fini par vous payer, dis-je, même si moi-même j'en doutais, mais il fallait remettre un peu de calme dans tout ça.

Rick secoua la tête.

— Non. Non seulement il a ôté mon nom des crédits, mais il a prétendu l'avoir écrit tout seul ! Ce n'était rien qu'un voleur, un criminel de bas étage.

— Mais c'était une telle vedette, observa Pearl, qu'il n'avait pas besoin de vos scripts débiles, à mon avis.

Rick devint encore plus rouge de rage.

— Mes scripts débiles sont ce qui lui a permis de devenir célèbre à l'origine. Sans moi, il n'était rien.

CHAPITRE 31

Tyler conduisit un Rick menotté en cellule, suivi de ma Toyota et moi.

Le problème étant que la cellule était déjà occupée par une Tante Amber fort étrangement très consciencieuse. Elle était revenue pendant qu'on était au Witching Post, et s'était apparemment elle-même mise en prison pour je ne sais quelle raison. Les mains agrippant les barreaux, elle jura sous cape :

— J'ai tout raté, je n'y crois pas…

Tyler me tendit les clés pour que je déverrouille la porte. J'y pris alors la main de Tante Amber et la fis sortir de la cellule pour que Tyler puisse y faire entrer Rick.

— Viens avec moi.

Je l'accompagnai dans le bureau extérieur de la prison.

— Et maintenant ? demanda Tante Amber en s'épongeant les yeux. Tout ce pour quoi j'ai travaillé s'est volatilisé. Jamais ce film ne se fera.

— Tu n'étais qu'un ajout de dernière minute, indiquai-je. Tu ne t'es pas tellement investie dans le film. Enfin, tu t'es servie de sorcellerie pour ne pas oublier tes répliques…

Elle haussa les épaules.

— Même si j'ai un talent inné, cela ne veut pas dire que c'était facile.

J'ai fait tout le trajet depuis Londres. Et j'ai dû sauter pendant toute la semaine les desserts de Ruby pour bien maintenir ma silhouette. Toute cette souffrance.

J'aurais pu lui signaler qu'elle n'avait absolument pas souffert, mais cela ne m'amènerait nulle part. Je préférai lui tapoter le bras.

— Désolée, Tante Amber. Qu'est-ce que je peux faire pour te remonter le moral ?

Elle battit des cils très vite, et ses sanglots disparurent.

— Et bien, je sais que notre film n'est pas vraiment... « dans la boîte », mais est-ce qu'on ne pourrait pas faire une fête de fin de tournage ? suggéra-t-elle, renforçant ses dires par une imitation de guillemets. Ce n'est pas de notre faute si on n'a pas pu finir le tournage.

— Je ne sais pas, tu sais. Cela semblerait être un peu déplacé vu qu'à cause de ce tournage, Dirk, Rose et Steven ont tous péri prématurément.

Même si le médecin légiste de Los Angeles avait confirmé la véracité de la rupture d'anévrisme de Rose. Dirk ne l'avait pas vraiment tuée. Personne. Ce n'était qu'une coïncidence, mais horrible et tragique, que le mari et la femme aient travaillé sur le même film pour mourir à quelques jours d'intervalle. Au début, leurs soucis conjugaux avaient semblé constituer un motif de meurtre, mais il s'avérait que chaque mort avait été causé par d'autres facteurs.

Enfin, au moins l'une de ces trois morts avait une explication naturelle. Ce qui n'était pas une bonne nouvelle non plus, mais un peu moins mauvaise.

— Ce n'est pas faux, conclut-elle, découragée. Et si on changeait le nom du film ? Qu'on rajoutait quelques scènes ?

— Mauvaise idée aussi, dis-je. Tu viens à peine d'échapper à une accusation de meurtre. Peut-être que tu ferais mieux de faire profil bas sur ta carrière d'actrice.

Tante Amber s'illumina alors.

— Ah, je sais : on va organiser un mémorial en tapis rouge ici, en ville. Et on invitera tous les gros bonnets d'Hollywood à Westwick Corners. Ce serait l'événement de la saison !

— Est-ce que c'est vraiment ce que Dirk ou Steven auraient voulu ? demandai-je en grimaçant, imaginant déjà Tante Pearl mettant le feu à la Rue Principale si d'autres visiteurs venaient à faire irruption.

Tante Amber haussa les épaules.

— Qui le sait ? Ils ne sont plus là pour le dire.

— Tu as raison. Il vaut mieux laisser le choix à leur famille, dis-je.

— Mais ça me laisse une telle sensation… d'incomplet, soupira Tante Amber. Mes chances d'obtenir un Oscar se sont envolées pour toujours.

— Tu es déjà une vedette pour moi, tu sais, dis-je.

Peut-être exagérais-je un peu, mais je n'avais jamais compris pourquoi Tante Amber avait mis ses talents surnaturels de côté pour faire une carrière d'actrice. Elle était déjà une étoile du monde de la sorcellerie.

Mais enfin, j'imaginai que même une sorcière comme Tante Amber aspirait parfois à l'impossible, tout en oubliant tout ce qu'elle avait déjà.

— La célébrité n'est pas aussi géniale que ce qu'il y paraît.

— C'est vrai, Cen. Tous ces paparazzis, ces fans… Rester ordinaire est mieux, reconnut-elle en soupirant. Je vais devoir retourner à ma morne existence. Mais au moins, je suis une femme libre.

— Et tu m'as aidée à obtenir un super article à écrire, exclusif. Je fus la dernière journaliste à parler avec Steven Scarabelli de son vivant. En fait, certains médias d'Hollywood m'ont déjà contactée.

Ce n'était qu'un mensonge visant à l'amuser un peu, mais je le regrettai instantanément. Elle se recoiffa immédiatement.

— C'est vrai ? Alors dis-leur de m'appeler moi aussi. J'ai des ragots bien appétissants d'Hollywood à leur mettre sous la dent.

La porte du bureau s'ouvrit, laissant place à Maman et Tante Amber.

— J'ai entendu les nouvelles, lança Maman en venant serrer dans ses bras Tante Amber. Désolée que ta carrière au cinéma n'ait pas pu se lancer.

— Ouais, désolée pour toi.

La seule chose qui semblait peiner Tante Pearl, c'était de devoir dire « désolée » tout court.

— Ça va aller. Et puis, de toute façon, ils ne me payaient pas assez. Avec tout ce qui s'est passé récemment, je pense que je pourrais obtenir un meilleur contrat.

Tante Amber profitait de toute évidence avec bonheur de son nouveau statut de célébrité. Tyler émergea dans le bureau à son tour et je me glissai vers lui pour lui murmurer à l'oreille :

— Est-ce que tu pourrais en faire des tonnes pour célébrer sa libération, s'il te plaît ?

Tante Amber était déjà sortie dans le lobby.

— Ne t'inquiète pas, Cen. Il y a déjà la moitié de la presse hollywoodienne devant le bâtiment. Ils sont arrivés à peine quelques minutes après que j'aie téléphoné à Brayden pour lui signaler l'arrestation de Rick Mazure, me rassura Tyler.

Il ferma la porte derrière nous, et on prit la suite de Tante Amber dans le lobby. Je souris.

— Les bonnes nouvelles vont vite, je vois.

Tyler rit.

— J'ignorais que c'était aussi important d'être adulée, pour Amber. Elle n'avait pas besoin de nous envoyer sur de fausses pistes pour attirer l'attention, pourtant. Enfin, elle pourrait conjurer une foule en un clin d'œil si elle le voulait.

— C'est vrai, convins-je. Mais Tante Amber ignore que la foule est ici pour l'arrestation de Rick Mazure, et pas pour sa libération. Et c'est pour ça que cette foule représente tant pour elle. Elle est réelle — ce n'est pas une conjuration. Pour elle, il n'y a rien de mieux que d'être innocentée d'un meurtre pour s'attirer une foule.

CHAPITRE 32

*L*e soleil de fin de matinée nous réchauffait doucement les épaules tandis que nous attendions sur les marches de l'Hôtel de Ville, Maman et moi. On se tordait le cou pour essayer de voir ce qui se passait derrière la foule de médias qui attendaient Tante Amber. Elle était soudainement arrivée à la célébrité qu'elle avait tant convoitée, même si c'était d'une façon totalement inattendue.

Les événements d'hier me semblaient déjà n'être plus qu'un rêve, même si en partie, ils allaient bientôt se rejouer.

Tante Amber avait insisté pour recréer la scène de sa libération de la nuit dernière devant une conférence de presse, et, étonnamment, Brayden avait acquiescé. Il semblait que les mélodrames de ma tante ajoutaient quelque chose de grandiose à ce qui n'aurait été qu'une simple et ennuyeuse conférence de presse. Et, sans surprise, Brayden en profiterait pour s'attirer tout le mérite de la capture de Rick Mazure et de la libération de ma tante désormais lavée de tout soupçon et prouvée innocente.

J'analysai l'Hôtel de Ville du regard, sans voir un seul signe de Tante Amber ou de Tyler. Il semblait trouver les excentricités de Brayden amusantes, maintenant qu'elles ne mettaient plus son job en péril. Il avait vraiment échappé de peu au peloton d'exécution, pour ainsi dire avec un jeu de mots macabre. J'espérais juste que notre chance continue un tout petit peu et qu'il n'y ait plus de surprises malvenues en provenance de mon ex-fiancé.

Personne n'était encore sorti du bâtiment de la conférence de presse de Brayden Banks organisée en toute hâte. Il y avait les camionnettes des chaînes d'informations majeures du pays et des reporters postés juste devant avec de puissants éclairages. Il y en avait presque autant que durant le tournage.

Malgré la lumière du soleil, ces projecteurs étaient si puissants qu'ils effaçaient tout restant d'ombre matinal et illuminaient l'entrée de l'hôtel de ville plus fort encore que Times Square au Nouvel An. J'avais un peu l'impression de tourner dans un spectacle à bas budget, en attendant la fracassante arrivée d'un protagoniste ou alors qu'un énorme retournement de situation survienne à tout instant.

Je plissai les yeux et essayai de me concentrer sur les portes de l'Hôtel de Ville malgré les brillantes lumières, les caméras, et le troupeau constitué de reporters et de membres de l'équipe du film, qui nous bloquaient la vue. Ces médias ne comprenaient pas que de simples petits journalistes locaux. En plus d'un reporter local de Shady Creek, je reconnus l'hôte d'un spectacle de divertissement télévisé populaire d'Hollywood. Il était en train de se faire retoucher son maquillage et semblait étrangement mal à l'aise dans un costume et une cravate.

Je baissai les yeux vers mes vêtements froissés, me sentant soudainement crasseuse et éreintée. Ces dernières vingt-quatre heures avaient été folles, et ce n'était rien de le dire. Mais enfin, les choses s'étaient conclues et j'en étais bien heureuse. Les accusations contre Amber avaient été abandonnées, Rick Mazure jeté en prison, et Tyler conservait son travail. Enfin, je l'espérais.

J'ignorais ce que le maire Brayden Banks avait réellement fait, mais au moins il avait été forcé d'avaler sa dose d'humilité.

— Elle arrive, chuchota quelqu'un.

Les gens, murmurants, se confondirent en bruissements et en bousculades, se mettant tous en position. Les portes de l'Hôtel de Ville allaient s'ouvrir. Maman passa son bras dans le mien.

— Et bien, Tante Amber a enfin son quart d'heure de gloire. Je regrette juste que ça soit à un tel prix.

J'approuvai.

— Rien ne vaut un acquittement pour meurtre pour avoir son nom dans les journaux. Toute publicité est bonne à prendre, apparemment.

— Pourquoi a-t-elle voulu devenir vedette de cinéma ? soupira Maman. Si elle n'avait pas eu cette lubie, personne ne serait venu à Westwick Corners pour tourner le moindre film. Peut-être que rien de tout cela ne se serait produit et que Dirk et Steven seraient toujours en vie.

— Pas exactement.

La voix retentissant soudainement derrière moi me fit bondir sur place.

— Cela n'aurait pas fait grande différence, déclara Grand-Mère Vi, qui flottait devant nous. Rick aurait travaillé quand même avec Dirk, peut-être ailleurs, peut-être plus tard. Et il l'aurait tué. Vous devez toutes comprendre que vous ne pouvez pas changer le destin. Seuls les détails varient, mais jamais la finalité.

Tante Pearl acquiesça.

— Le karma est parfois un vrai salaud.

Soudain, les grandes portes de l'Hôtel de Ville s'ouvrirent et je vis un éclair de chevelure rousse apparaître en même temps que Tante Amber. Qu'elle était petite entre ces immenses portes ! Elle était flanquée du Maire Brayden Banks d'un côté et du Shérif Tyler Gates de l'autre. En haut des marches, ils firent face à la foule, les portes derrière eux.

Tante Amber portait une longue robe de soirée blanche, avec de longs gants des années 50'. Elle adressa à la foule un salut royal, se tournant lentement de gauche à droite pour n'oublier personne.

— Merci à tous de votre soutien. Je suis enfin libre.

Je dus ricaner un peu trop fort parce que les gens en face de nous se retournèrent.

— Allez, arrête ton mélodrame ! lança Tante Pearl. J'ai déjà eu assez d'émotion pour la journée.

— Quelle effrontée ! s'exclama Grand-Mère. Elle s'est toujours sentie obligée d'être au centre de l'attention. Ça doit être parce qu'elle était au milieu de trois filles, j'imagine.

Tante Amber profitait un maximum de son heure de gloire, à recevoir des questions des reporters et à poser pour toutes les caméras possibles. La boucle était enfin bouclée. Cela avait coûté deux vies, un faux aveu et un vol de vedette au maire et au shérif, mais Tante Amber vivait enfin son heure de gloire.

Elle n'était pas financièrement plus riche, cela dit. Les racontars de Rick comme quoi Amber était l'héritière de la fortune des Diamond étaient des mensonges complets, conçus pour faire dévier l'enquête sur une fausse piste. Il avait même faussé une nouvelle version du testament de Dirk pour la faire prendre. Tyler avait démasqué ce mensonge en demandant à l'avocat de Dirk de confirmer. Le non-héritage de la Tante Amber n'était cela dit pas plus mal, puisque tout cet argent ne réussirait qu'à causer de nouveaux troubles.

L'image fantomatique de Grand-Mère Vi voletait en rond, très clairement en colère.

— Pourquoi est-ce Amber qui récolte tous les lauriers ? Elle a peut-être rendu Westwick Corners célèbre, mais c'est moi qui ai sauvé la situation.

Je cherchai d'un coup d'œil à mes côtés la réaction de Tante Pearl, mais elle avait disparu.

— Que veux-tu dire, Grand-Mère ?

Elle était devenue encore plus sensible en tant que fantôme que de son vivant. Devenir invisible au reste du monde sauf pour votre famille devait avoir ses propres effets sur ses complexes, j'imagine. Elle devait avoir l'impression que personne ne la remarquait jamais.

— J'ai résolu le meurtre de Dirk.

Je la regardai d'un œil impassible.

— Bon, d'accord. Je t'ai guidé en direction du tueur.

— C'est faux, rétorquai-je. Tu n'as fait que me donner des petits indices pour m'appâter, sans jamais me fournir le moindre vrai détail. Tyler et moi avons résolu les deux affaires tout seuls.

— Comment oses-tu dire une chose pareille, Cen ? Sans moi, jamais le tueur ne serait derrière les barreaux.

— Quand tu t'es enfin décidée à me dire ce que tu savais, il était trop tard, répliquai-je en grimaçant.

Grand-Mère m'avait caché à dessein des informations lors d'une enquête, et j'en fulminais toujours.

— En plus, tu m'as dit qu'ils étaient deux. Un homme et une femme. C'était faux. Rick était l'unique tueur.

— Tu ne t'attendais quand même pas à ce que je te facilite la tâche ?

siffla Grand-Mère Vi. Je voulais mettre à l'épreuve tes capacités de déductions.

— Ce n'est pas un jeu, Grand-Mère.

— Allons, allons, ne nous disputons pas, dit Maman. Tout ce qui importe, c'est que Rick Mazure soit incapable de nuire à quiconque d'autre désormais. Il est sous les verrous pour très longtemps.

— D'accord, certes, tu as peut-être joué un petit rôle dans la résolution de cette affaire, Cen, mais jamais tu n'aurais deviné quoi que ce soit sans mes indices, gronda Grand-Mère dont l'aura devenait couleur lavande. C'est moi qui devrais recevoir les mérites, pas Amber.

— Tu es jalouse, c'est tout, dit Maman. En plus, comment veux-tu que quelqu'un de l'extérieur te donne un quelconque mérite ? Tu es un fantôme, au cas où tu l'aurais oublié.

Grand-Mère Vi parut confuse.

— Personne ne peut te voir ou t'entendre, Grand-Mère, indiquai-je.

Apparemment, elle ne nous entendait pas. Elle croisa plutôt les bras.

— J'aimerais juste qu'ils arrêtent tous de m'ignorer. Je n'ai pas demandé à être invisible. Si seulement Amber voulait bien rendre à César ce qui est à César.

Jamais je n'avais vu Grand-Mère aussi en colère. Les fantômes ne pouvaient pas pleurer, mais son apparition se mit à trembler et prit une couleur bleu pâle.

— Je suis vraiment désolée, Grand-Mère. Comment est-ce qu'on peut se rattraper ?

Le fantôme se mit à scintiller.

— Peut-être qu'on pourrait toutes s'offrir un dîner sympa en famille ?

Je soupirai. Grand-Mère Vi avait toujours du mal à s'accommoder à son nouveau statut de fantôme.

— Bien sûr, pourquoi pas ? Tu n'auras qu'à choisir l'endroit et je ferai la réservation.

Sa suggestion était d'autant plus ridicule que les fantômes ne peuvent manger. Mais pas question de la contredire.

Je sursautai cependant en entendant une explosion à quelques mètres de là.

Ma tête se tourna en un éclair dans la direction du gros « boum » juste au moment où des feux d'artifice jaillissaient et éclataient au-dessus de ma tête. La cacophonie son et lumière qui s'enchaîna parut venir de partout.

Je n'avais même pas vu Tante Pearl partir, c'est dire à quel point elle était sournoise. Tante Pearl, juchée sur le toit de l'Hôtel de Ville, nous fit un signe de main, caquetant follement en claquant des doigts en rythme à chaque éruption. Des feux d'artifice de milles couleurs nous tombaient dessus en cascade comme lors du Quatre Juilllet.

— Non ! gronda Grand-Mère en tendant le poing en direction de Tante Pearl. Arrête ça, Pearl ! Descends du toit avant de te faire mal !

Je levai les yeux au ciel. J'aurais dû savoir que Tante Pearl volerait la vedette à Tante Amber d'une façon qui comprendrait du feu. Leur rivalité fraternelle n'avait aucune limite, et même si c'était Maman la plus jeune, il lui revenait souvent de les séparer.

— Tu vois comment font les pros ? cria Tante Pearl, toujours sur le toit. Tes accessoires manquent de panache !

Personne ne sembla l'entendre avec tout ce désordre ambiant. Et j'étais bien heureuse que Bill surtout ne le puisse. Sinon on risquait de finir avec un autre meurtre sur les bras.

Je jetai alors un coup d'œil à la foule. Tout le monde semblait continuer à être fasciné par le discours de Tante Amber. Et même hypnotisés. Je la soupçonnai d'avoir triché avec un peu de sorcellerie.

Tante Amber s'arrêta en plein discours, du reste, perturbée par ces feux qui ne faisaient de toute évidence pas partie de son charme. Tante Pearl n'étant pas visible depuis les marches, Amber dut s'imaginer que ces feux d'artifice feraient partie de la célébration, et elle se remit à parler tout aussi vite.

— Aujourd'hui est le jour où nous célébrons les vies de deux pauvres innocents, et...

Mon esprit se mit à divaguer sous les ronronnements de Tante Amber qui continuait encore et encore, déterminée à gagner autant d'antenne que possible. Maman soupira en secouant la tête.

— Pourquoi est-ce que je me retrouve avec deux sœurs aussi folles que celles-là ? Il faut vraiment qu'elles lèvent le pied et essaient de se comporter en dames de leur âge. Amber se ridiculise en public et Pearl joue avec le feu.

Folles ou non, leurs âneries avaient au moins débouché en quelque chose de bien. Tante Amber avait amené l'industrie du cinéma dans notre ville, ce qui au fond réussissait à notre Auberge de Westwick Corners. Malgré la tragédie, les cadres d'Hollywood avaient décidé que le spectacle devait continuer. Et ils paieraient de leur poche. Les studios avaient déjà dégotté de nouveaux talents pour les rôles principaux, le tournage reprendrait dans deux semaines.

Sans Tante Amber.

On lui prit un billet d'avion pour Hawaï.

Tante Pearl avait aussi découvert un moyen d'exercer sa pyromanie en toute tranquillité, et je la soupçonnais d'être prête à s'excuser auprès de Bill dans l'espoir qu'il l'engage… à nouveau. Ma tante n'admettait jamais ses erreurs, et j'étais plutôt fière d'elle. Au moins, elle essayait de partir sur quelque chose de nouveau.

Tante Amber finit son discours et tendit le micro à Brayden. Ce fut subtil, mais il adressa à Tyler une petite tape dans le dos.

— Merci, Sherif Gates, pour votre excellent travail, et pour nous protéger ainsi. Grâce à votre travail de détective, un tueur sans vergogne est derrière les barreaux ce soir. Nous vous en sommes tous reconnaissants.

Il s'avéra que Grand-Mère était maintenant elle aussi au centre de la scène. Elle remonta les marches en flottant, en direction des deux hommes.

Je me mis à applaudir. Maman fit pareil, et bientôt d'autres dans la foule suivirent.

— Bravo Madame West ! m'écriai-je.

Grand-Mère Vi rayonnait. Son aspect transparent adopta un éclat doré ravissant, les puissantes lumières miroitant sur elle. Pendant un instant, au moins, elle ne se rendit pas compte qu'elle était invisible, et que ces applaudissements étaient plutôt destinés à Tante Amber.

Tante Amber le remarqua aussi. Elle sourit à sa mère et revint vers le micro.

— Et… c'est dans la boîte ! lança-t-elle tout haut, mutine, avant de descendre lentement les marches de l'Hôtel de Ville, en savourant l'instant.

Tyler la suivit quelques mètres derrière elle, Grand-Mère Vi flottant derrière eux, et tout ce petit cortège s'avança vers nous. Maman soupira.

— Jamais je n'aurais cru que la vraie vie puisse être plus excitante qu'une superproduction hollywoodienne. Et encore moins à Westwick Corners.

Tante Amber nous rejoignit en sifflant « La Joyeuse Parade ».

— Tu étais super là-haut, la complimentai-je. Dommage que le film ne continuera pas. Il devait attirer le mauvais œil.

— Non, Cen. Les sorcières s'attirent leur propre chance, me contredit-elle avec un clin d'œil.

— Qu'est-ce que tu veux dire ? commençai-je, avant de grimacer. Oublie. Je ne veux pas savoir.

— J'espère que maintenant tu t'es sorti ces idées de carrière d'actrice de la tête, n'est-ce pas, Amber ? demanda Maman en réprimant un bâillement.

Ces dernières vingt-quatre heures avaient vraiment été mouvementées.

— Oh non, crois-moi, Ruby. Le mieux est encore à venir, répondit Amber avec un sourire, le regard perdu dans le lointain. Je deviendrai riche et célèbre, crois-moi. Tu verras.

* * *

Vous avez aimé De la Sorcière à la Richesse ?
Lisez le livre suivant de la série.
Vous pouvez obtenir les autres livres de Colleen: www.colleencross.com.

NOTE DE L'AUTEUR

Si vous avez aimé lire *Le Sort vers la Gloire*, merci de penser s'il vous plaît à laisser un petit commentaire, ou à le recommander à un ami. Le bouche-à-oreille, c'est le meilleur ami des auteurs !

Le Sort vers la Gloire est le troisième roman de la série des Petits Polars Sur Les Aventures Des Sorcières de Westwick, et j'en ai encore bien d'autres de prévus dans cette série de petits polars paranormaux. Tant que vous, lecteurs, continuerez à les aimer, je continuerai à les écrire.

Si vous avez aimé Le Sort vers la Gloire et voulez être les premiers informés des nouvelles parutions, inscrivez-vous pour recevoir de nouvelles notifications ici :
www.colleencross.com

J'ai aussi plusieurs autres romans policiers et séries de thrillers qui pourraient vous plaire. Découvrez mes autres livres sur www.colleencross.com.

. . .

Mᴇʀᴄɪ ɪɴꜰɪɴɪᴍᴇɴᴛ ᴘᴏᴜʀ ᴠᴏꜱ ʟᴇᴄᴛᴜʀᴇꜱ !

Colleen Cross

www.ingramcontent.com/pod-product-compliance
Lightning Source LLC
Chambersburg PA
CBHW060553190726
48283CB00003B/993